늪을 건너는 법

구효서 장편소설

늪을 건너는 법

문학동네

∶ 차례 ∶

1

이제 그 여름을 이야기할 수 있을까. 할 수 있을 것이다. 아니 난 그 여름을 이야기해야 한다.

그 여름은 저 먼 유럽의 한 나라에서 일고 있는 축구 열풍으로 시작되었다. 개막 첫 경기에서 카메룬이 아르헨티나를 꺾었다. 아프리카가 남미를 꺾은 것이다. 검은 돌풍. 파란. 이변. 온갖 신문들, 방송들, 시민들은 너나없이 하루종일 그 빈약한 세 마디만을 경주하듯 내뱉었다. 그러는 까닭은 뻔했다. 전통적으로 축구가 열세인 아프리카의 카메룬이 아르헨티나를 꺾음으로 해서, 이번 월드컵은 '이변'과 '파란'으로 점철될 거라는 조심스러운 전망들이 적중되기 시작한 셈이며, 카메룬과 함께 약체로 평가되는 한국도 덩달아 그 파란과 이변의 주역

이 될 수도 있을 거라는 기대를 부풀렸기 때문이었다. 이변에 대한 기대는 대단했다. 사람들은 모자라는 잠을 달래며 새벽 0시와 4시를 기다렸다. 그때처럼 이탈리아라는 나라가 밤낮이 바뀔 정도로 먼 곳에 있는 나라라는 사실을 절실하게 느꼈던 적도 아마 없었을 것이다.

그러나 장마가 시작되면서(장마 소식은 이탈리아에서 먼저 왔다. 한국의 첫 경기가 시작되던 날, 그곳 운동장에는 비가 내리기 시작했다고 월드컵 특별취재반이 전했다. 특별취재반은 한국의 첫 상대인 스웨덴이 수중 경기에 강하고, 상대적으로 한국팀은 약하다고 특별히 덧붙였다. 지더라도 순전히 비 때문에 그리될 거라는 암시였다) 월드컵의 열기는 사그라들기 시작했다. 한국은 기대에 한참 못 미치는 졸전을 치르면서 완패를 거듭했고, 약체라던 카메룬은 파란과 이변이라는 찬사 아닌 찬사를 비웃으며 연일 승승장구했다. 카메룬이 8강에까지 오르자 비로소 카메룬의 승리는 이변이 아닌 '실력'의 결과로 평가되기 시작했다. 한국의 연패와 카메룬의 연승을 말하면서 어느 원로 축구해설가는 역시 축구에서 이변이란 있을 수 없는 것이라고 토로했다. 장마가 시작되면서, 사람들은 이탈리아라는 나라가 밤낮이 바뀔 정도로 먼 나라이건 말건 관심을 두지 않았다. 사람들은 이제 40주야를 줄창 내리겠다는 장맛비에 점차 주눅들기 시작했고, 성경을 열심히 읽는 나의 큰누님은 노아 시대에도 꼭 40주야를 비가 내렸다며, 기독교인 특유의 말세기적 두려움을 지나치게 드러내기 시작했다.

2

이런 식으로 그 여름을 무턱대고 얘기할 수 있는 걸까. 이런 식으로 아무렇지도 않게 말이다.

그 여름을 이야기해야겠다고 맘먹는 데 오랜 시간을 망설였다. 이 글을 쓰는 지금까지도 내가 왜 이 글을 쓰려는지 자신 있게 알지 못한다.

지난여름. 그것은 참으로 알 수 없는 경험이었다. 난마(亂麻)처럼 뒤엉킨, 지금도 풀리지 않는 혼륜(混淪)일 뿐이다. 시원한 한여름, 나무 그늘에서 청아한 울음을 우는 매미가 다름 아닌 땅속의 굼벵이였다는 사실이 쉽게 믿어지지 않는 것과 같은 이치였달까. 쟁기날에 잘리고 스쳐서 상처 입고 뒹굴던, 생각만 해도 소름이 끼치던 그 굼벵이가 아이들이 다투어 선망하는 매미였다니.

난 지난여름을 혼돈과 미망(迷妄)의 늪이었다고밖에 달리 말할 수 없다. 혼돈과 미망이라는 말이 지난여름을 이야기하는 데 가장 적확한 표현이라고는 결코 생각지 않는다. 솔직히 말하지면 난 지난여름을 적절하게 묘사해내고 싶은 마음도 그리 많지 않다. 이 글이, 나 혼자 보고 말 노트에 빠르게 써나가는 일기처럼, 아니면 어떤 사건의 전말을 알리는 사건일지의 기록처럼 되기를 바라는지도 모른다. 과장되거나 치장되지 않은.

적절한 표현과 묘사라니. 난 그럴 자신도 없다. 그럴 주제도 못 된다. 글을 써서 먹고사는 소설가 등의 저술업에 종사하는 사람도 천만 아니려니와, 오히려 지금까지 난 글로써 무얼 해보겠다는 사람들을 은근히 경멸까지 해왔으니 말이다. 게다가 혼돈과 미망이라는, 듣기에 따라서는 다분히 낭만의 분위기까지 풍기는 그런 말들로 이야기를 시작하기에는 그 여름은 너무 낭만적이지 못했다. 다시 기억되지 말았으면 싶을 정도였다. 그러니 그 여름의 세세한 기록을 위해 적절한 표현과 묘사를 동원하려고 애쓰기도 싫은 것이다. 어쩌면 오히려 많은 부분을 고의적으로 생략하려고 할는지도 모른다.

글을 팔아 돈을 사는 저술가도 아닌 사람이, 표현 욕구를 갖게 할 만한 낭만스러운 이야깃거리도 아닌 것을(오히려 다시 떠올리고 싶지 않은 일을) 굳이 하려 드는 이유는 무엇인가. 묘사와 기술(記述)의 테크닉도 없는 사람. 은근히 경멸해왔다던 '글 쓰는 일'을 말이다. 이것이 내가 종이 앞에 앉아 펜을 들기 전까지 풀어내야 했던 과제였다. 그래서 이 기록의 첫 글자인 '이' 자를 종이 위에 쓸 때까지 많은 시간을 허비해야만 했던 것이다.

그러면 과연 내가 이 글을 쓰는 그럴 만한 이유를 찾아냈다는 말인가. 그래서 첫 문장을 시작했는가. 그렇지 않다. 아무리 해도 찾아지지 않았다. 아무런 작정 없이 이 글을 시작한 거나 마찬가지다. 작정 없이 시작하다니. 어떻게 그럴 수가 있겠는가. 그러나 난 이 글을 무작정 시작해놓고 나서 그럴 수도 있겠다고 생각했다. 모든 행위가 분명한 동기를 갖추지는 않는다는 것. 무의식의 동기라는 것도 있게 마련이라는 것. 이런 생각들이 작정 없이 글을 시작하는 데 용기를 주었다. 그래서 그랬는지 나는 한 글자를 쓰자마자 이 글을 반드시 끝까지 꼭 다 써내고야 말겠다는 동기 불명의, 그러나 강렬하기 이를 데 없는 욕구에 흔쾌히 시달리기 시작했다. 쓰다보면, 혹은 다 쓰고 나면 그 동기가 저절로 드러날 것 같은 예감이 나를 더는 종이 앞에서 망설이지 못하게 했다.

왜 쓰려고 하느냐는 질문에 대답 못할 것도 없었다. 지난여름을 '정리'해두고 싶었다. 꿈에도 생각지 못했던, 지금까지도 잘 납득되지 않는 괴상한 일들에 기습적으로 휘둘렸던 지난여름을 찬찬히 기억하며 정리하고 싶었다. 내 균형감각과 자존심을 여지없이 유린하고, 지금도 완전히 회복하지 못하도록 한 그 여름의 무더위와 습기와 혼몽의 정체를 추적해나감으로써, 이전의 현실감각을 되찾기 바란다는 것. 그것이 내가 말할 수 있는 이유라면 이유였다. 그러나 곧바로 뒤따르는 질문에는 묵묵부답일 수밖에 없다. 질문은 왜 '정리'하려 하느냐였다. 균형감각과 현실감각의 회복에 대한 기대는, '정리'의 욕구 다음이 아니던가. 정리, 즉 그 여름을 쓰고자 하는 욕구가 먼저였고, 균형감각이니 현실감각이니 하는 것은 부차적인 기대였다. 대답은 질문을 다시 원점으로 돌려놓은 셈이고, 나는 그제야 무작정의 동기에(앞에서 말했듯이 그것도 동기는 분명한 동기니까) 무작정 기댈 수밖에 없었다.

원인 불명의, 강렬하기만 한 욕구에 시달리며 무작정 이 글을 시작하지 않으면 안 되었던 이유. 이 기록은 아마도 그 이유를 추적하는 과정일지도 모르겠다. 혼돈의, 미망의, 난마처럼 뒤엉킨 혼륜의 그 여름을 '정리'하고자 한다면, 정리의 의지는 무엇에서 연유하는가.

3

그 여름은 꿈처럼 왔다. 꿈처럼 아름답게 왔다는 말이 천만 아니다.

꿈처럼 비현실적으로 시작되었다. 꿈속에서 꿈인가 생신가를 의심해보는 꿈을 꾸는 경우가 있다. 나는 지금껏, 꿈속에서는 꿈인가 생신가를 의심해본 적은 종종 있었어도 현실을 꿈과 혼동해본 적은 없다.

나에게 죽은 누님이 있다는 사실(사실 여부는 아직 확인되지 않았다)에 처음 부닥쳤던 날 나는 대수로운 일로 여기지 않았다. 큰누님보다 먼저 태어난 누님이었다는 내용의 문서를 읽고도 말이다. 우리들 선대에는 아이 낳아 죽이는 일이 예사가 아니었던가. 홍역, 이질, 장질부사, 뇌염, 천연두에 별다른 대책이 없었던 당시에는 영아가 사망한다는 건 그리 큰일도 못 됐었다.

나의 경우도 그랬다. 언젠가 어머니에게, 주민등록상의 출생연월일이 실제 출생연월일보다 훨씬 늦게 기재되어 있는 이유를 물었다. 옛날엔 다 그랬느니라. 태어나서 얼마 못 살다 죽는 애들이 많아서 곧장 곧장 신고를 안 했지. 곧장 신고를 안 한다고 벌금 무는 일도 없었을뿐더러, 워낙 면소가 멀었어. 그게 출생신고가 늦어지는 이유이기도 했지만, 신고가 늦어졌던 진짜 이유는 출생신고하고 얼마 안 있어 다시 사망신고하기가 귀찮고 서글퍼서였느니라. 그래 백일 지나고 돌지날 때까지 한 1년 키워보고 난 다음에 살 만하다 싶으면 그때서야 호적에 올렸지.

꽤 살 만했던(꽤가 뭔가. 내가 태어날 당시인 1945년에 이미 나의 부친은 자본가라는 호칭으로 불렸었단다) 우리 집안에서조차 그럴 정도였으니 여염집에서야 오죽했겠는가. 그 누님의 죽음이(그것이 설령 사실이라 할지라도) 나에게 대수롭지 않은 일로 여겨졌던 것은 바로 그러한 이유에서였다.

그런데 내가 아주 불쾌한 감정에 걷잡을 수 없이 휘말려들면서 그 여름의 늪으로 한 발짝씩 나도 모르게 미끄러져들어가기 시작했던 건, 두번째 팩스를 받고 나서였다. 두번째 팩스에는 사망한 누님이 영아로 세상을 떠난 게 아니고 다 자라서, 그러니까 열세 살이나 된 나이에 가정불화로 자살하다시피 했다는 내용이 적혀 있었던 것이다.

사람들. 대체 무슨 짓들이람. 나는 발신인 불명의 팩스 감열지를 받고 기분이 상하지 않을 수 없었다. 팩스라는 물건을 들여놓고 며칠 지나지 않아 느닷없이 튀어나온 포르노그래피를 받았을 때보다 기분은 훨씬 더 엉망이 되었다. 처음에, 그러니까 흰머리의 한 여인이 한입 가득 남성의 성기를 물고 있는 사진을 보내왔던 자와 동일인의 소행이라고 생각은 하면서도 그가 누구인지 밝혀낼 수 없다는 게 화가 났다.

상대는 내가 기분 나빠하거나 흥분해서 신경질을 부릴 거라고 기대했겠지. 상대의 의도대로 내가 기분 나빠하고 흥분하고 신경질을 부린다면 얼마나 우스운 꼴이겠는가. 그래서 처음엔 다만, 팩스라는 것이 발신인의 신분이나 송신되는 문건의 내용과는 상관없이, 무조건 충성스럽게 전송하는 데만 중뿔이 난 이 시대의 청맹과니로구나 여기고 말았을 뿐이었다. 협박편지 보내는 데는 그만이겠군, 범죄가 아주 손쉬워졌어, 하고 조금 웃었던가 어쨌던가. 그러고 말았다. 그러나 두번째(음화까지 치면 세번째) 괴문서를 받아든 나는, 그것이 할 일 없는 싱거운 사람의 단순한 장난이 아니라는 낌새를 알아차릴 수 있었고, 그래서 순간적으로 위기감 같은 긴장감을 맛보지 않을 수 없었던 것이다. 문서는 나의 가족한테 본격적인 음해를 가하려 했으니까. 첫번째 내용은 이러했다.

당신은 당신의 가족 중에 죽은 맏딸이 있다는 사실을 아는가.

그것뿐이었다. 그런 내용의 팩스가 배달된 지 일주일 정도 지났을까. 나의 무반응을 알아차린 듯, 두번째 팩스가 배달되었다. 첫번째 것보다는 내용이 있는 편이었다.

당신은 당신의 가족 중에 죽은 맏딸이 있다는 사실을 아는가. 알고 있다면 그가 죽은 이유도 아는가. 모르고 있다면 왜 당신만 그 사실에서 소외되어왔는지를 생각해보았는가. 당신이 그 사실을 알고 있다면, 그가 열세 살의 나이로 당신의 부친으로부터 호된 질책을 받고 충동적인 자살을 했다는 사실과 당신의 앎은 과연 일치하는가. 모르고 있다면, 그의 죽음이 혹시 당신의 존재와 어떻게든 연관되었기 때문이라고 생각해보진 않았는가. 당신의 가족 구성원 모두가 그 사실을 잘 알고 있는데 당신만 그 사실을 모른다면, 당신은 당신의 탄생에 얽힌 중대한 비밀을 감쪽같이 모른 채 40여 년을 살아온 것이 아니냐는 의혹을 의당 가져야 하지 않겠는가.

왜 이런 말을 하는가, 당신은 궁금할 것이다. 난 당신을 특별히 미워하거나 더욱이 존경하지는 않는다. 다만 당신이 안쓰러울 뿐이다. 일테면 당신의 개인사는 누군가에 의해 처음부터 철저하게 왜곡되었다는 것인데, 그런 사실을 알지 못한 채 당신을 왜곡한 장본인의 의도대로 당신이 성장하고 처세하는 현재가 안타까울 뿐이라는 것이다. 당신의 피와 이름과 과거와 성장과 의지와 사랑 들이 모두 조작된 것이라면, 당신의 인생 자체가 그 처음부터 가짜 신분의 벽돌 한 개로 시작된 것이라면, 당신의 삶은 무엇이겠는가. 헛껍데기에 지나지 않는다고 생각지는 않는가. 물론 당신은, 40여 년 동안 자신이 누적적으로 기울여온 노력과 열정이 자신의 인생을 결정짓는 것이지 출생의 신분 같은 것은 중요하지 않다고 힘주어 말할지도 모른다. 그럴지도 모른다. 당신이 당신의 출생을 미리 알고 그것을 스스로 대수롭지 않은 것이라고 여겼을 경우에는 말이다. 그러나 당신은 그 사실을 아는가. 나는 지금 당신에게 그것을 묻고 있는 것이다. 당신은 처음부터 아무것도 모르고 있었다.

내가 이 사실을 당신에게 알려야겠다고 결심을 굳히게 되었던 것은 당신이 당신의 출생 비밀을 모르고 있는 것 같아서였고, 나로 인해 그 사실을 알게 되면 당신은 얼마간 당신의 현재 삶과, 그 삶이 일방적으로 요구하는 당신의 입장과 처지로부터 멀찌감치 떨어져서 전혀 다른 관점으로 자신과 세상을 되놀아볼 수도 있지 않겠느냐는 일말의 기내 때문이다. 당신은 타인의 입장을 잘 헤아리지 않는 성벽을 지니고 있다고 많은 사람들이 한결같이 입을 모으고 있다. 난 당신의 그러한 태도가 정녕 당신 본래의 것이라고 생각하지 않는다. 내가 당신을 안쓰럽게 여기는 이유가 바로 여기에 있다. 인간 전봉구(田奉九)를 형성하는 요소들이 하나같이 진실되게 보이지 않는다는 것이다. 적절한 비유가 될진 모르지만, 당신은 누군가에 의해 주입되거나 주사(注射)된 바람들로 가득찬 고무풍선처럼 느껴진다고 해야 할까. 이 글을 읽고도 당신이 나의 작은 소망, 즉 자신과는 전혀 다른 계급적 입장이 되어 자신과 세상을 생각해보는 역지사지의 계기를 애써 갖지 않으려고 한다면 어쩔 수 없는 일이기는 하다.

소망이라고 표현된 이러한 나의 요구가 당신에게 너무 커다란 충격을 가져다주었다면 그 또한 유감이다. 그러나 나로 인해서가 아니더라도 언젠가는 당신의 출생 비밀을 알게 될 터이지 않겠는가. 당신은 당신이 지금까지 당신의 어머니라고 믿어왔던 고씨 부인의 소생이 천만 아니라는.

사람들. 대체 뭘 어쩌자는 건가. 나에게 뭘 원하는 건가. 역지사지? 그걸 원한다면 하필 이런 식일까. 유치하지 않은가. 이런 장난에 내가 어떻게 진지해지거나 충격을 받을 수 있다고 생각하는가. 나는 오히려 팩스를 보내온 그가 안쓰럽게 여겨졌다. 이따위 문서로 내가 충격을 받으리라고 생각한 그 소박하기 이를 데 없는 사람이.

두번째 팩스를 받고 내가 떠올렸던 건 노조 간부들이었다. 피해의식, 대결의식, 계급의식에 늘 후줄근하게 젖어 있으면서 당파성을 내세우는 그들. 그래서 누구보다 역지사지의 입장에 설 줄 모르는 그들. 서지 않는 그들. 오히려 상대의 입장을 고려하는 태도를 부화분자의 방탕한 행위라며 그들 특유의 과장과 맹렬스러움으로 매도하는 그들. 스스로를 매도하는 그들.

글씨는 워드프로세서체였다. 필적감정이란 말도 이젠 옛날 얘기였다. 난 내게 배달된 문서가 르모 투 스리, 라이카 리포터, 오피셜 파트너, 미스터 오퍼레이터라는 네 기종의 워드프로세서 중의 한 자형임을 알아낼 수는 있었다. 그러나 그 네 기종의 워드프로세서가 똑같은 자체를 가지고 있는데다, 내게 전달된 문서의 자체가 어느 워드프로세서의 자체인가를 밝히는 일은 그 문서를 보내온 사람을 밝혀내는 데 하등의 도움이 될 것 같지 않았으므로 그 기기에 대해 조사하는 일은 그만두었다. 나는 임선택, 오선흠, 김덕상, 이유하 등 노조 간부들의 얼굴을 용의자로 떠올려보았다. 그러다가 그것들도 이내 지워버렸다. 그들의 얼굴을 떠올리고, 혐의를 두고, 그들이 했던 말끝을 곰곰이 되살리며 어떤 단서를 추적하고, 행동에서 느껴졌던 낌새들을 새삼 문제삼으려고 애쓰는 일 자체가, 팩스를 보내온 자의 의도에 말려드는 꼴이 아니겠는가. 아무 일도 없었던 것처럼 행동하는 것. 일축해버리는 것. 그것만이 내가 기분 나쁜 팩스에 대응하는 유일하고도 가장 적절한 방법일 것 같았다.

발신인은 회사 내부인이 분명했다.

4

나의 제일 큰누님보다 먼저 태어난 누님이 있었다. 그는 아버지의 심한 야단을 맞고 스스로 목숨을 끊다시피(끊다시피?) 했다. 그의 죽음을 가족 중에 나만 모르고 있다. 그의 죽음이 나로 인한 것이었기 때문이 아니겠느냐. 그래서 가족들은 내 앞에서 그의 죽음을 쉬쉬하지 않았겠느냐. 간추리면 그런 내용이었다. 그런데 출생의 비밀이란 뭔가. 역시 간추리자면 나는 나의 어머니 고정운씨의 소생이 아니라는 것이며, 그래서 다른 형제들하고는 적어도 한쪽의 피가 다르다는 말이었다. 피와 이름과 과거가 어쩌고 한 부분이 바로 그걸 말하는 것일 테지.

난 두번째 문서의 내용을 재구성해보았다.

난 아버지 전만호씨의 정부(情婦)인 한 여인에게서 태어난다. 아버지의 사회적인 영향력과 막강한 재력은 그런 일을 집안 모르게 감쪽같이 해내고도 남을 정도다. 안 그러는 것이 이상할 정도라고 해도 괜찮다. 나의 어머니(물론 고씨는 아니겠다)는 태어난 아이의 적자 입적을 간절히 바란다. 나이를 먹어가면서 나의 어머니는 당신의 안온한 삶을 도모하는 일보다 자식의 미래를 염려하는 쪽으로 모든 관심을 기울이기 시작한다.

아버지는 자신의 사회적인 지위에 치명적인 위협이 될 수도 있다는 사실을 친어머니의 요구에서 깨닫기 시작한다. 어머니는 아버지의 명예를 담보로 나의 적자 입적을 강력히 요구하는 것이다. 나는 비로소 이 집안에 들어오게 된다. 식구들, 그리고 고씨 부인마저, 사사로운 질투의 감정을 드러내는 것보다는 아버지의 엄청난 명예를 보전하는 것이 훨씬 중요하다는 데 인식을 같이했던 것.

그러나 생각지도 않게 맏이의 반대에 부딪친다. 맏이 나이 당시 열세 살. 배다른 형제가 어떻게 해서 태어나는가를 모를 나이는 이미 아니었고, 자칫 잘못하면 아버지의 명예에 심대한 타격이 미칠 수도 있다는 사실을 알기에는 아직 못 이른 나이. 온 집안이 구설수에 휘말리면 지금까지 쌓아놓은 것들이 하루아침에 무너져내릴 수도 있다는 것, 더욱이 총독부에까지 그 소문이 흘러들어가게 되면 아버지가 경영하는 공장을 그 기회에 빼앗으려는 협잡 무리들의 음모가 훨씬 활발해지리라는 것까지 헤아리기에는 어린 나이였다. 아버지의 재산이 총독부의 콧김으로 하루아침에 공중분해될 수도 있었던 당시 이 나라의 사정을 염두에 둘 줄 몰랐다. 맏이에겐 아버지의 배신과 어머니의 비굴만이 참기 어려운 것이었을 터.

어머니의 오랜 설득과 으름장이 먹혀들지 않자 마침내 아버지의 분노가 폭발한다. 나어린 맏이는 돌이킬 수 없는 절망 속으로 스스로 뛰어든다. 어린 동생들은 집안의 그러한 분란을 아직 이해할 수 없는 나이다.

그 여름이 지구 반대편에서 열리고 있는 월드컵 경기의 열기로 시작되었다는 이 글의 서두는 그래서 적절치가 못했던 것이다. 불면으로 시작되었다고 써야 맞다. 맏이의 죽음. 그 죽음을 알지 못하고 있는 나. 지금까지 어머니로만 알고 사십 평생을 알아온 사람이 나의 친모가 아니라는 투서. 맏이의 죽음이 나의 입적 과정에서 발생했을지도 모른다는 추측. 정신을 어지럽히는 무수한 상념들. 제멋대로 가지를 치고 사납게 뻗어나가는 공상. 주체할 수 없는 망상들로 잠을 이룰 수 없었다. 나이 오십을 바라보는 나이에 생급스럽게 출생의 미스터리에 빠지다니. 그 어이없음과 얄망궂음으로 잠을 설쳤다.

이탈리아에서 월드컵이 열리고, 카메룬이 아르헨티나를 꺾어 파란을 일으켰다는 사실을 알 수 있었던 것도, 잠 못 이루고 뒤척이는 귀에 아이들이 틀어놓은 텔레비전 소리가 저절로 들려왔기 때문이었다. 아이들은 꼬박꼬박 밤을 새우며 마라도나와 스칼라치에 열광을 했고, 나는 꼬박꼬박 밤을 새우며 어머니를 생각했다. 맏이의 죽음도 죽음이려니와, 나는 그즈음 나를 낳은 어머니에 대한 지나친 집착으로 다른 생각은 거의 할 수 없었다.

낮에는 그럴 수 없었다. 내게 팩스를 보낸 장본인이 사내에 있을 거라는, 그리고 그가 늘 나의 움직임을 주시할 거라는 확신이 지난밤의 지독한 불면을 내색조차 못하게 했다. 사무실 창문으로 쏟아져들어오는 밝은 빛과 신중을 요하는 업무도 나의 망집을 몰아내는 데 일조했다. 낮만 되면 밤에도 편하게 잘 수 있겠다는 자신감이 무럭무럭 솟아났다. 그만한 일로 잠 못 이루는 나 자신이 이해되지 않았다. 한편으론 못나 보이기까지 하면서 오늘밤에는 기필코 단잠을 자리라 다짐을 거듭했다. 아무 일도 아닌 것을. 정신 빠진 놈의 장난질에 지나지 않는 것을. 난 자주자주 창밖을 내다보며 기지개를 켰다. 중얼거리며. 아무 일도 아닌 것을.

정신 빠진 놈의 장난질이 분명했다. 두번째 이후로 그런 유의 어떤 문건도 더는 접수되지 않았다. 봄 노사협상에 불만을 가진 작자가 나를 모해하고자 꾸며낸 짓이라고 생각했다. 작자는 비서실에 팩스가 있다는 사실에 착안을 했을 것이다. 그러니까 그 문건은 나에게 충격을 주기 위해 작성된 것이라기보단, 그 문건을 접수한 비서의 입을 통해 자연스러운 소문으로 사내에 퍼지게 되기를 바랐을 것이다. 그럼으로써 나와, 사장인 형 사이를 이간하여 사용자측의 전력을 약화시키거나 와해시키려는 수작이었을 것이다.

더이상 괴문서는 날아들지 않았고, 봄에 달아올랐던 회사 분위기도 진득한 더위와 함께 점차 누그러들기 시작했다. 내가 잠 못 이루면서 팔자에도 없는 월드컵 중계를 들을 필요는 정말 없었던 것이다. 그러나 난 카메룬이 16강에 오르고 토마스 스쿠라비의 해트트릭에 환호하는 관중들의 외침까지 고스란히 뜬눈으로 듣지 않으면 안 되었다.

그것은 참으로 짜증스러운 일이었다. 마흔다섯의 나이에 그따위 장난에 신경을 곤두세우다니. 나답지 않은 일이었다. 맞다. 나답지 않은 나를 새삼 발견하는 놀라움이었을 것이다. 나스럽지 않은 내가 나스러운 나의 잠을 쫓고 있다는. 이것도 노쇠현상의 하나이려나. 서글픈 생각마저 들었다. 나다운 것이란, 정신병자의 장난으로 일축해버리고 몇 분 동안 식식거리다가 감쪽같이 잊어버리는 것이었다. 그따위 짓밖에 할 줄 모르는 놈을 한껏 비웃으며 은근히 나 자신의 대범함에 도취되는 것. 그렇게 하는 것이 나다운 거였다. 나의 출생과 입적과 맏이의 죽음을 잠을 설치며 곰곰이 되새기는 것은 내가 할 일이 아니었다.

불면이 시작되던 그때부터 나는 그 여름의 미망 속으로 미끄러져 들어가기 시작한 것이 아닐지. 내가 조용히 잠들던, 늘 푸른 커튼이 쳐진 내 방에 전혀 나 같지 않은 한 중년의 남자가 속절없이 뒹굴며 그 여름은 시작되었던 것이다. 이 글을 써야겠다고 생각하기 시작했던 건 그때부터가 아니었을까. 뭔가, 나의 의지와는 상반된 기운이 나를 이끌고 있다는 낭패감. 그 낭패감에 속수무책 의식을 방기해버리던 나. 그 알 수 없는 상황이 나에게 반드시 이해되고 납득되지 않으면 안 되었다. 해석되고 정리되어야 했다. 정리. 그렇게 하는 것이 나다운 일이었다. 그러나 당시로서는 그러한 상황을 해석한다거나 정리하겠다는 엄두가 일지 않았던 것 또한 사실이었다. 난 팩스의 내용을 충격적으로 받아들이지 않았으면서도 나의 어머니가 지금의 어머니가 아니라는 내용에 매달리고 있었으며, 그 매달림의 정도가 내가 생각하기에도 좀 심한 편이었다. 노쇠현상으로 일축해버리기엔 너무 갑작스럽고 생생하게 기분이 나빴다. 주의력이 흐려지면서 오히려 점점 명료해지기 시작하던 망념들. 난 혼신의 힘을 다해 그 망념에서 벗어나려고 했지만, 벗어나려고 힘쓰면 쓸수록 그 힘은 더욱더 망념을 부풀리는 쪽으로 작용했다. 그렇다고 해서 포기하지는 않았다. 어쨌든 나는 의식이 남아 있는 한 나다우려고 노력해야 했으므로.

5

　시간이 흐르면서 내 출생의 의혹은 점차 빛이 바래갔다. 그러나 나답지 않은 일들로 헷갈리기는 마찬가지였다. 아니다. 이런 식으로 말하면 그 여름을 제대로 얘기하는 게 아니다(난 문득문득 서술력의 한계를 느낀다. 그동안 내게 있었던 일들을 내가 필요한 만큼 써나가기가 여간 벅차지 않다. 글이 제멋대로 살아서 움직인다는 걸 안 것도 이 글을 쓰면서부터이다. 솔직히 고백하자면 나는 몇 문장을 써놓고, 만일 내가 소설가라면 이 대목을 어떻게 썼을까 하고 궁리해본 적이 한두 번이 아니었다. 더욱 심하게는, 미숙하고 거칠더라도 차라리 소설의 양식을 빌려 정리해볼까 하는, 역시 나답지 않은 유혹에 여러 차례 흔들리기도 했다. 여기서 나는 또 한 차례 왜 이 글을 쓰려 하느냐는 질문에 봉착하고 만다. 더욱이 나는 이 글을 쓰면서 마치 소설가처럼 은연중에 독자를 의식하고 있었지 않은가. 이 글을 누구에겐가 읽히기 위해 쓴다는 말인가. '단지 그 혼미스러웠던 여름을 정리해보

고 싶었다'고 한 것은, '정리'에 대한 정작의 이유를 은폐하려는 의도
로 그리한 것은 아닐까. 정리는 머릿속에서도 얼마든지 가능한 것. 그
걸 반드시 글로 써야 한다고 엄살을 부리는 것은, 글의 명료성이나 논
리적인 명확성에다 불순한 기대를 걸어보겠다는 심리는 아닐까. 불순
한 기대. 즉, 머릿속의 것과 다른 내용의 고백을 종이 위에다 기술해
놓고, 그것이 마치 자기 자신의 실제 생각인 양 우선 자신에게 최면을
걸고, 다음으론 타인에게 최면을 걸려 드는. 그렇지 않고서야 나만 알
고 있어야 할 그 여름 미망의 기억을 굳이 글로 쓰려 하는가. 누군가
읽게 될지도 모른다는 기대까지 하면서 말이다. 나의 자식들일까. 독
자들이란 나의 형제들일까. 아니면 내게 전혀 낯설게 여겨지기 시작
한 나답지 않은 나를 향한 것일까).

다시 말하자.

시간이 흐르면서 내 출생의 의혹이 빛을 바래간 것은 아니었다. 나
답지 않은 일들로 헷갈림이 지속되면서 오히려 의혹의 빛은 더욱 짙
어졌다. 다만 순서가 바뀌었다는 것. 그러니까 일정 시기까지는 어머
니에 관한 우울한 상념이 나의 일상을 헷갈리게 했고 나답지 않은 낯
선 나에 대한 자각증상을 부추겼다면, 시간이 좀더 흐른 뒤부터는 일
상의 헷갈림이 먼저고 어머니에 관한 우울한 상념이 나중에 따라붙더
라는 얘기다.

그 여름이 시작되던 무렵 리리코의 미즈 정과의 일만 해도 그랬다.

난 평소에 술집 같은 데는 들르지 않는 성격이다. 술집에 들르고 말
고 하는 게 성격하고 무슨 상관이 있겠는가마는 내 경우는 좀 달랐다.
우선 난, 어떤 술집에서든 거의 예외 없이 보게 되는, 취기를 가장하

여 자기를 과시하는 속물들에게 끊임없는 서글픔을 느껴왔다. 그 서글픔과 맞부딪치기 싫어했던 까닭은, 그들이 과장해대는 것이 고작 군대에서 졸병을 신나게 구타했다는 따위 정도며, 기껏 한다는 얘기가 이미 신문에 나서 남들 다 아는 국회의원 얘기를 새삼스레 흥분해서 떠드는 수준에 지나지 않았기 때문이었다. 5분만 앉아 있어도 와이셔츠가 담배 냄새와 고기 타는 냄새로 절어버리고, 한잔 받으라는 말조차 고래고래 소리를 질러서 하지 않으면 안 되는 게 싫었다. 더구나 옆자리의 생면부지의 인사가 벌겋게 취한 눈알을 매우 조심스럽지 못하게 굴리면서, 터무니없는 호감으로 고깃기름이 묻은 술잔을 건넬 때는 그만 밖으로 도망을 치고 싶었으니까.

물론 그런 간이주점에서 술을 마시는 경우란 드물었다. 난 대개 S호텔의 리리코라는 단골 바에서 술을 마셨기 때문에, 저잣거리의 간이주점 같은 곳은 자주 가야 1년에 한두 차례 직원회식 때 정도였다. 그러나 단골 바라고 해서 리리코에 자주 들르거나, 더욱이 혼자 들르지는 않았다. 사업차 그곳에 가지 않으면 안 될 경우에만 겨우 한 시간 반 정도 머무르곤 했다. 술을 마시면서도 나는 늘, 왜 술을 마시면서 얘기를 해야만 계약이 이루어지는지 그게 여간 답답하지 않았다. 답답하면서도 상대에게 답답함을 내보이지 말아야 한다는 게 또한 여간 고통스럽지 않았다. 형님은 그런 나를 항상 염려스러운 눈길로 바라보았지만, 그렇다고 내가 그런 이유로 상담에 실패하거나 계약을 거절당한 경우는 한 번도 없었다.

그런 내가 별다른 이유 없이 S호텔의 리리코에 혼자 들렀다면 그것 자체로 이미 나답지 않은 일이었다. 더욱이 나는 늘 앉던 자리를 마다하고 미즈 정의 술잔을 받았던 것. 내가 리리코에 들르면 으레 손을 흔드는 것은 나이 오십이 훨씬 넘은 백발의 바텐더였다. 자주는 아니지만 리리코에 들르는 한 반드시 그의 술잔을 받았기 때문에 나는 그가 유랑극단의 아코디언 연주자였다는 사실까지 알 정도가 되었던 것. 그런 내가 미즈 정(그녀가 미즈라는 접두어—접두어? 그녀의 표현이다—를 넣어달라고 정중하게 부탁했을 때 나는 비로소 그녀가 정가라는 걸 처음 알 수 있었다)의 자리로 망설임 없이 다가간 데는, 내가 아무 일도 없이 리리코에 들른 것과 마찬가지의 이유, 즉 아무런 이유가 없었던 것이다.

그날 내가 처음으로 그녀에게 한 말이 무엇이었던가.

"그 속눈썹 박은 거요?" 그냥 흘러나온 말이었다. 난 그 말을 뱉어놓고 깜짝 놀랐다. 낯섦. 갑자기 내 안에 다른 사람이 들어앉아 있는 것 같은, 뭐랄까, 그럴 때 이물감이란 말이 어울릴까, 내 육신의 입술을 빌려 웬 귀신이 말한 걸까, 귀신? 깜짝 놀랐다기보단 소스라치게 놀랐다는 게 훨씬 직질했다. 내 의지를 배반하는 입술과, 별다른 용무 없이 무엇에겐가 이끌리듯 리리코에 들른 것과, 백발의 바텐더가 아닌 미즈 정의 자리에 성큼 앉은 일들이, 결국 어떤 통일된 기운(즉, 귀신)의 장난일지도 모른다는 생각이 불현듯 들었던 것.

"아니에요. 제 눈썹이에요."

차라리 미즈 정이라는 여인이 나를 빤히 바라보았거나 이상하다는 듯 조금 뜸들여 대답했더라면 어땠을까. 자주는 아니더라도 가끔씩 리리코에 들르던 나라는 인간의 됨됨이를 그녀가 모르고 있었을 리 없었거니와, 그렇다면 다짜고짜 속눈썹을 물고 늘어지는 나를 그녀는 당연히 이상하게 여겼어야 옳다는 말이다. 그래야 내가 스스로 나의 '이상(異狀)'을 환기시키든지 각성시키든지 했었을 테니까. 그런데 그녀의 반응은 거의 반사적이었다고 할 만큼 빠르고 무덤덤했다. 그래서 나는 나의 이상을 각성할 수 없었고 내 입에서 튀어나오는 말들을 제어할 수 없었다.

"그 눈썹으로 부채를 만들었으면. 그걸로 바람을 만들어 내 몸을 식혀봤으면……"

나의 이상은 말뿐만이 아니었다.

6

미즈 정을 만난 뒤 며칠 동안 나는 깔축없이 어머니의 망집에 시달렸다. 난 또 깔축없다라는 말을 썼다. 그 여름이 내게 밀어닥치기 전까지만 하더라도 난 그런 말을 쓰지 않았으며 뜻도 모르고 있었다. 여름이 지나면서 내게 일어났던 많은 나답지 않은 현상들 중 하나가 바로 생경한 언어에 대한 반응이었다. 점잖지 못한 말로 분류되어 암암리에 통제받던 말이 제멋대로 튀어나오기 시작했던 것이다. 이 글을 쓰고 있는 지금은 다시 적절히 통제할 수 있게 회복되었지만(통제훈련 삼아 나는 이 글을 쓰고 있는 것인지도 모른다) 가끔 그런 말이 나온다면 그 여름의 잔재일 것이다. 어쨌든 나는 미즈 정을 만난 날부터 어머니의 망집에 또다시 시달렸다. 시달리는 과정은 대개 이랬다. 늪에 빠져들듯 나답지 않은 말과 행동에 나를 방기하게 된다. 그런 이상한 행동이 나를 잘 아는 사람들에게마저 전혀 이상하지 않게 보인다. 그들은 나의 언행을 스스럼없이 받아들인다. 그런 나를 본래의 나로 착각하고 있는 것 같다. 놀라지 않는 그들 때문에 나다운 나로 되돌아가기를 방해받는다. 점점 더 깊숙이 빠져드는 것이다. 점점 더 깊숙이…… 그런 기억을 안고 돌아와 자리에 누우면 비로소 이상상태에 빠져 있던 순간들이 파노라마가 된다. 파노라마가 대충 끝나갈 무렵, 특정한 모습을 하지 않은 '어머니'(난 내 어머니를 못 보지 않았던가)가 등장하여 불면과 망념의 바통을 움켜잡는 것. 그리하여 며칠간의 혼몽한 날이 지속되는 것이다. 이처럼 어머니에 관한 우울한 상념은 일상의 헷갈림이 먼저 유도했다. 우울한 상념은 당연히 내 출생의 의혹으로 뻗질나게 가닿곤 했다.

내가 혼몽의 늪에서 헤어나기 위해서는 일상의 헷갈림, 즉 아무 이유 없이 리리코에 들르는 것부터 자제하지 않으면 안 되었다. 그곳에 가지 않으면 미즈 정을 만날 일도 없으려니와 며칠 동안 어머니의 망집에 붙들리지 않아도 될 테니까.

그런데 지금 매우 중대한 고백을 해야겠다. 그 여름이 시작될 무렵 난 모종의 유혹에 기꺼이 몸을 맡기고 싶은 충동에 시시때때로 사로잡히기 시작했다는 것 말이다. 파노라마의 끄트머리에 잇따라서 모습을 나타냈던 어머니가 며칠 동안 나를 휘두르고 마침내 사라지면 짧은 평온상태가 찾아오곤 했는데, 난 그 짧은 순간의 평온마저 참아내지 못했다. 내처 다시 혼돈의 괴로움 속으로 곤두박질치고 싶은 이상한 유혹에 시달려야 했으니까.

내가 매우 중대한 고백이라고 운을 뗀 것은, 혼돈의 유혹이 다름아닌 배반의 유혹이었기 때문이다. 배반. 어머니와 아버지와 형님과 누님들은 물론 나를 아는 모든 사람들에 대한 배반이었기 때문이다. 생각난다. 그 여름 텔레비전에서도 〈배반의 꽃〉이라는 드라마가 시청자를 사로잡고 있었던 것이. 시청자의 구미에 맞추기 위해서는 등장인물들을 어느 정도까지 학대해야 하는가를 잘 보여주는 드라마였다. 나는 나 자신을 학대하고 싶었던 걸까.

그쯤 되자, 팩스로 장난질 쳤던 게 누구였던가를 가려내는 것이 내겐 아무 소용없고 의미 없는 일처럼 여겨졌다. 팩스로 시작된 나의 이 상상태는 이미 그것 스스로가 획득한 작용에 의해 진전되었기 때문에, 촉발점이 팩스였다고는 하나 이미 그 문건은 내게 일어나고 있는 여러 문제들을 이해하고 해결하는 데 그리 커다란 단서의 역할을 할 수 없게 되었던 것이다. 물론 문제를 발생시킨 계기로서의 팩스에 대한 참고는 끝까지 멀리하지 말아야겠지만.

나 스스로 나 자신을 학대하고 싶진 않았으리라. 학대라는 것. 고통이라는 것. 그것은 달리 말하면 아주 짧은 시간에 주체할 수 없이 많은 사태들이 한꺼번에 밀어닥치는 현상이라고 할 수도 있지 않을까. 그러니까 그 여름이 시작되던 무렵, 내가 배반의 욕구를 강렬하게 느끼며 나 스스로 혼돈의 괴로움 속으로 곤두박질치고자 했던 것은 보다 많은 것들을 일부러, 그리고 급히 경험하고 싶어서였으리라. 앎에 대한 황급한 경험.

어머니의 진위 여부를 가족들의 입을 통해 확인할 수는 없는 일이었다. 확인할 수 있느냐 없느냐를 따지기 전에 확인할 것이냐 말 것이냐부터 결정하지 않으면 안 되었다. 그런 망설임이 지속되던 시기에 배반의 충동이 찾아왔다.

소홀히 넘길 수 없는 점은, 그 배반의 충동이 나의 가족만을 향한 것은 아니라는 사실이다. 어머니, 아버지, 형님, 누님들은 물론 나의 아내, 나의 자식들까지, 그리고 친구 기타 내가 관계를 맺고 있는 모든 사람과, 심지어는 나 자신에게까지 향하고 있었다는 사실이다. 며칠, 무덥던 여름밤을 새우면서 자신이 모든 것에서 소외되어 있다는 자각을 경험하면서부터였다. 그러한 자각을 경험하고 있는 자신은 과연 나이겠느냐 하는, 가히 분열상태에 이르면서부터.

모든 것들을 다 배반해버리자는 의지는 나를 자유롭게 했다. 어머니와 아버지를 의심하는 불효로부터, 아내와 아이들이 모를 비밀을 갖는다는 면구로부터, 친구들에 대한 몰염치로부터 나의 양심은 어느 정도 자유로울 수 있었다. 누구부터 어떤 방법으로 배반해버리자는 계획 같은 것은 있을 수 없었다. 배반의 유혹이 의지에서 비롯된 것이 아닌 이상, 그 무정형의 유혹에 나 자신을 방기해버리는 것으로 족했다. 그래서 친모에 대한 상념이 일상의 헷갈림 다음으로 찾아오는, 순서의 도치현상에 대해서도 사실 나는 별다른 의혹을 품지 않았다.

7

그런데 내가 어머니를 찾아봐야겠다고 맘먹었던 것은 다분히 의도적인 결정이었다. 처음으로 미즈 정을 찾고 사흘이 지나서였던가. 리리코에 다시 찾아가고, 만취가 되고, 두번째로 그녀와 한방에 머물게 되었던 것까지는 첫번째의 경우처럼 별 의도 같은 것이 개입되지 않았던 행동이었다. 그러나 그날 내가 무의식적으로 내뱉은 한마디의 말—난 혼자야!—이 나를 너무 놀라게 했고, 그 놀라움이 어머니를 찾아야겠다는 결정을 내리게 했다. 아주 작게, 조금 입을 벌려 한 말인 것 같았는데 그것은 온 방안을 울리고 귀청을 뜯어내는 것처럼 크게 들렸다. 방안에 아무 소리가 없어서였던 걸까. 그날 일을 기억해보자.

난 그날도 리리코 미즈 정 앞에 가서 앉았다(지금부터 미즈 정이라 하지 않겠다. 난 그녀를 한 번도 그렇게 부르지 않았을뿐더러, 미즈라는 어감이 무작정 좋지 않다. 미스나 미시즈 따위도 마찬가지다. 그냥 정이라고 하겠다. 실제로 난 그녀를 그렇게 불렀다). 아무 말도 하지 않았다. 첫날, 그러니까 내가 그 속눈썹 박은 거요? 하고 물었던 그날은 꽤 여러 마디를 주고받은 것으로 기억되지만 두번째는 아니었다. 그냥 술만 마셨다. 그날도 내 주위에는 낯익은 안면들이 수다한 화제를 입에 오르내리며 저녁시간을 즐겼다. 백발의 노 바텐더는 새 손님을 맞아 자신의 유랑극단 시절을 다시 되새기며 유려하게 셰이커를 흔들었다. 루브르박물관의 샹들리에를 말하던 K산업 박상무는 그날도 영롱한 파리의 샹들리에 빛 속으로 가무려져들었다. 이문옥 감사관의 첫 공판 진술에 대해, 노대통령 6·29 세 돌 기자간담회에 대해, 부시가 발표한 북아메리카 사업 내용, 서기장직을 당의장과 제1서기로 이원화한다는 소련공산당 새 강령 초안에 대해, 기업어음 할인금리 1퍼센트 인하, 선경그룹이 처분키로 한 부동산을 전부 매각하거나 매각 의뢰를 끝냈다는 얘기들이 화제에 오르고 있었다.

난 숨소리도 내지 않고 술만 마셨다. 그들의 화제에 끼어들 생각은 애초에 없었기 때문에, 줄곧 갖가지 양주들이 진열된 벽 선반만 뚫어져라 바라다보았다. 속눈썹 가짜요? 아니에요 제 눈썹이에요 따위의, 던지고 받는 식의 단절된 대화조차 그날 우리는 나누지 않았다. 그런 대화 정도는 손짓과 눈빛 하나로도 충분히 주고받을 수 있었으니까. 한잔 더. 천천히 드세요. 불이 너무 밝어. 저녁도 안 드셨나봐. 실내가 춥군. 어머 바퀴벌레가? 샐러드가 불었잖아. 오늘은 무척 까다로우시네. 오늘은 그 붉은 넥타이 안 오나? 애인인가? 면도하셨어요? 이런 내용은 말이 아니더라도 통했다. 잔받침의 색깔과, 그 잔받침을 놓는 위치와 방법을 가지고, 혹은 잔 밑을 어느 손가락으로 고정을 시키며, 입술 언저리의 근육을 어느 방향으로 얼마만큼 비트는가를 보면 말이 되었다. 술병 아가리가 잔에 부딪치는 강도, 소리의 크기, 따르는 속도, 얼음의 분량이 모두 말이 되었다. 위스키잔에다 와인을 따르는 경우, 온더록스잔에 얼음을 전혀 넣지 않는 경우, 올리브를 생략하는 경우들이 의미하는 바를 모두 한눈에 알아차릴 수 있었다. 그녀가 긴 머리를 왼손가락으로 비스듬히 쓸어올리며 현관 쪽 천장의 오렌지 등을 얼핏 바라보는 것, 담배 연기를 길게 내뿜으며 눈을 아래로 내려뜨는 동작들이 모두 언어가 되었다. 그러한 사인을 사전에 약속을 했다거나 훈련을 한 적은 물론 없었다. 그러나 나는 그녀와 하룻밤을 함께 보낸 뒤로 그녀의 몸동작들이 발생시키는 언어적 의미들을 고스란히 잡아낼 수 있었다.

그녀는 첫날과 같았다. 어떤 경우라도 그녀의 발걸음은 빨라지거나 느려지지 않았다. 발바닥에 균일한 회전수를 지탱하는 바퀴가 달린 로봇처럼. 그녀는 벙어리인 양 말이 없었다. 말이 없어도 갑갑하지 않았다. 그녀가 원하는 것, 내가 원하는 것, 우리가 원하는 것을 어렵지 않게 서로에게 알릴 수 있었다. 그 방법을 자세히 말하라면 난 아무 말도 할 수 없다. 그것은 기호나 표시가 아닌 직감으로 전달되는 것이었으니까. 상대의 의도가 발생하면, 전달 과정이 생략된 채 동시에 수화자(受話者)에게 접수되었던 것이다.

첫날도 그랬듯이 그녀는 객실에 들어서자마자 그녀가 걸쳤던 모든 옷을 벗었다. 벗은 옷을 개는 데 그녀는 불필요할 만큼 많은 시간을 들였다. 옷을 개는 일에 너무 열중이었던 나머지, 그녀는 자신의 벗은 몸이 어떻게 굽혀지고 펴지며 상대에게 어떻게 보이게 될지 신경쓰지 못했다. 그녀의 피부에서는 윤기가 흘렀다. 이낏빛 푸른 윤기였다. 땀이 반사해내는 전등빛이 아닐까 생각해봤지만 아니었다. 그녀가 샤워를 마치고 물기를 말린 뒤 한동안 방안을 거닐 때도 윤기에는 조금도 변함이 없었다. 방안에는 백열전구가 켜져 있었다. 창가에 선 그녀의 균형잡힌 알몸을 보면서 나는 지난가을이었던가, 일본에 잠시 들렀을 때 보았던 영화 〈프라하의 봄〉의 한 장면을 떠올렸다. 사비나라던가. 오래도록 토마스의 연인이었던 화가. 그녀가 테레사의 카메라 앞에서 보이던 나신의 연기들. 영화 쪽과는 전혀 관계없는 나의 삶에 느닷없이 침입하던 황홀한 경험. 그후로 나는 영화에 새로운 관심을 가졌다. 일부러 시간을 내어 영화를 봤다. 어떻게 그렇게 깔끔하고 상큼하게 성을 그려낼 수 있을까. 〈양철북〉에서 보았던 더럽고 추잡한, 그래서 차라리 야연하고 코믹하기까지 했던 것과는 너무나 대조적인 성이었다. 창가에서 몸의 물기를 말리고 서 있던 정은, 사비나의 모습이었다. 편견이나 억압으로 굴절되지 않은 육체의 아름다움. 그녀는 몸의 물기를 타월로 닦지 않았다. 물기가 다 마를 때까지 정은 알몸이었다. 아니다. 그녀는 물기가 다 마르더라도 옷을 입지 아니할 것이었다. 난 그것을 알고 있었다. 첫날도 그랬었다. 그녀는 방에 들어오자마자 옷을 벗었고, 방을 나갈 때까지 옷을 입지 않았던 것.

그녀는 줄곧 의식을 치르는 수도사의 엄격함을 유지했다. 엄격함 이라기보다는 무표정에 가까웠다. 가슴으로 숨을 들이마시는 모습이 라든가, 손가락 끝을 턱밑에 가져다대는 행위로 그녀는 말을 대신했고 나에 대한 감정도 그런 식으로 표현했다. 가리려 하거나 부끄러워 하지 않았다. 아주 오래전부터 나체생활에 길들여진 사람 같았다. 아무렇게나 다리를 벌리고 의자에 앉는 것이라든지, 입을 가리지 않고 하품을 하는 행위가 그랬다. 그녀가 하품을 하면 가슴 사이로 난 홈과 잇닿은 복부 중앙선, 그리고 배꼽과 치골 중앙 부분으로 연결되는 갈색 선이 경련을 일으키며 길게 팽창했다. 난 그녀의 태연자약하다고 밖에 할 수 없는 행동을 지켜보면서, 태연자약하지 않을 이유가 하나도 없다는 사실을 인정하면서도, 신기한 기분에 휩싸여 그녀를 바라보았다.

전혀 삼가지 않는 그녀 앞에서 내가 그토록 너그러웠던 까닭은 무엇이었을까. 리리코에서 말없는 대화를 오래도록 나누었던 것과, 그런 식의 소통이 계속 이어지던 것과 상관없지 않을 것이었다. 나에게 그런 식의 소통이 가능할 수 있었던 것은 그녀를 만난 다음부터였다. 그녀를 만나기 전까지는 상상조차 할 수 없던 일이었다. 이상한 것은, 그녀와 그런 식의 대화를 하는 데 처음부터 아무런 장애를 느끼지 않았다는 사실이었다. 혹시 그녀는 그녀대로, 나를 만나고부터 그런 대화가 가능해진 건 아니었을까. 그럴지도 몰랐다.

두 남녀가 한방에 들어 밤을 지낸다는 것에서 우리는 무엇을 상상할 수 있을까. 무엇이건 간에 그것은 얼마나 한정된 상상이겠는가. 나 자신의 경우가 아니었다면 나도 다른 사람들과 다름없는 상상을 했을 것이다. 잡지나 영화나 소설의 장면을 떠올리면서. 나의 상상이 아니라 잡지나 영화나 소설에 매개된 상상이라는 사실에 그리 놀라운 의미를 두지 않았을 것이다. 그저 정성의 열기를 떠올렸을 것이다. 그러나 그날(물론 첫째 날도 마찬가지였지만) 우리에게 있었던 일들은 그러한 상상과는 거리가 멀었다. 얼마간 술에 취해 있었기 때문에 나의 지금 기억이 정확하지 않을 수도 있겠지만, 어쨌든 우리가 쉽게 생각할 수 있는 그런 상황이 아니었다는 것만큼은 분명하다.

난 그녀의 몸 구석구석을 모두 기억할 수 있다. 그녀는 내 앞에서 춤추듯 움직이며 자신의 몸 부위부위를 하나하나 열어 보였다. 동작들이 얼마나 진지하고 엄숙했던지 난 그녀의 행동을 이상하게 여길 겨를조차 없었다. 나 또한 그녀에 의해 모든 옷들이 벗겨져 있는 상태였지만, 젊고 탄력 있는 여인의 벗은 육체 앞에서 으레 느낄 수 있는 격정 따위는 오래전에 내 몸에서 빠져나간 것 같았다. 허탈감이라면 허탈감이라 할 수도 있었고 박탈감이라면 박탈감이라 할 수도 있었다. 왕성하게 남아 있어야 할 기력과 욕망을 무엇에겐가 꼼짝없이 빼앗긴 것 같은. 그러나 허탈하거나 우울하지는 않았다. 오히려 그때껏 경험하지 못한 색다른 행복감과 황홀감에 취해 그 밤을 보냈다. 며칠 전에야 나는 아주 친한 동무한테 그때 얘기를 슬쩍 비친 적이 있었는데 그 친구는 대뜸, 마약에 취했던 게로군, 뽕 말야! 하고 단정을 내

렸고 더는 내 말에 관심을 보이지 않았다. 친구는 날 마약사범으로 몰아 은근히 경멸하려 들었고 비난하려 했다. 난 마약에 취했던 것이 아니었다. 그녀와 이른바 섹스를 하지 않았으며, 단지 어떤 의식, 혹은 율동에 동참했었다고 말할 만한 것이었다. 그녀는 오래도록 유형화된 몸놀림에 열중했고 시간이 지남에 따라 나도 그녀의 동작을 조금씩 따라할 수 있게 되었다. 내 눈앞에 그녀의 가슴이, 혹은 천골(薦骨)이 하늘보다 크고 푸르게 다가오기도 했고, 턱밑과 겨드랑이가 거대한 각도로 떨어져내렸으며, 땀구멍과 터럭의 끝이 무서운 속도로 부풀어오르기도 했다. 느린 강물처럼 흐르던 손, 대지의 온기로 설레던 심장(아, 난 거듭 묘사의 한계를 느낀다), 바람으로 떠돌던 숨소리. 난 그녀의 메마르고 어두운 심벌이 내 눈앞에 궁륭처럼 떨어져내리는 걸 보았지만, 그것이 부푼 땀구멍이나, 화경처럼 번쩍이는 그녀의 눈보다 더 특별하게 보이지는 않았다.

우리는 성기를 전혀 접촉하지 않고 그 밤을 보냈다. 그러면서도 우리는 충분히 서로가 필요한 만큼 상대를 향해 스스로를 용해시킬 수 있었다. 색다른 행복감이란 바로 그런 것이 아니었을까. 달의 뒷면을 본 것 같은. 늘 한쪽으로만 보아오던 세상을 이리저리 두루두루 구경한 것 같은. 한꺼번에 모든 것을 안 것 같은.

그날 나는 고요해진 그녀 곁에서, 내 밖의 세상이 생명의 기운으로 시나브로 충만되고 있음을 쫓기듯 느끼고 있었다. 그 충만한 기운 속에서 나는 참으로 왜소하게 찌든 껍데기였다. 그래서 난 혼자야! 하고 독백에 가깝게 중얼거렸던 것인데, 물기 묻은 내 목소리는 폭음처럼 커졌고, 난 내 주위에 충만하기 시작한 하늘의 기운을 흩뜨린 역천자

(逆天者)가 된 듯, 금조(禁條)를 깨뜨린 두려움으로 바들바들 떨었다.

그녀와의 만남. 그 신비하고도 두려움 섞인 비현실의 황홀 뒤에 오는 것은 확인되지도 않은 생모의 환영이었다. 생모를 찾아야겠다는 게 순전히 내 의지만은 아니었으나, 난 그날 내가 다짐했던 각오가 내 의지에서 비롯된 것이려니 여겼다.

8

하필이면 배반의 충동이 정(鄭)을 찾는 일로 나타나기 시작했을까. 일상의 헷갈림이 왜 그러한 형태로 드러났던 것일까. 배반의 충동이 처음부터 그런 신비함과 두려움의 경험을 유도하기 위한 것이었을까. 그렇더라도 왜 대상이 여자여야 했으며, 그 형태가 성 유희에 가까운 것이어야 했는가.

이유는 잘 알 수 없었지만 그러한 일의 끝자리에는 반드시 미확인의, 따라서 미정형일 수밖에 없는 생모의 환영이 곧바로 이어졌다. 그래서 내가 유추해낼 수 있었던 것, 그것은 두려움을 동반한 신비한 경험과 죄의식이 어머니의 환영이 나타나는 전조라는 것이었다. 전조가 아니라, 내 의식이 배반의 충동에 시달리는 그 순간부터, 혹은 여자와의 성적인 유희가 진행되고 있는 그 상황까지도 어머니의 환영의 일부가 아닐까 하는 것이었다. 어머니는 나의 무의식 깊은 곳에 자리 잡고 앉아, 자신의 의도대로 나를 이끌어가기 시작한 건 아닐까 하는 것. 그랬을 것이다. 내가 어머니를 찾겠다고 결심했던 것은, 그즈음 나에게 발생하는 모든 문제들이 확인되지 않은 어머니의 존재로부터 연원하고 있음을 내가 알았기 때문에 가능했던 것이다. 모든 나의 나답지 않음은 결국 어머니한테서 연유한 것이라는 사실을 알았기 때문이었을 것이다. 배반의 막연한 충동, 헷갈림의 징후, 이상스러운 성적 경험, 두려움, 죄의식, 마침내 나답지 않음. 이것들이 따로따로가 아닌, 모두 어머니의 환영이 나를 지배하는 방식이었음을 내가 알게 되었기 때문이라는 것이다.

이렇게 해서 시작된 그 여름은 끝없는 배반의 충동에 나를 맡겨버리는 것으로 일관되었다. 내가 배반이라는 말을 자꾸만 쓰는 까닭은, 그 배반이라는 말이 포함하는 의미의 이중성에 매력을 느꼈기 때문이라고 해도 좋겠다. 그 여름 나의 배반이란, 부모와 형제, 친구와 동료, 아내와 자식, 그리고 나다운 나에 대해 부득이 비밀을 가져야만 하는, 참으로 신산하고 우울한 일이었으며, 한편으론 나의 출생 비밀과 내 어머니의 실재 여부 등을 밝혀냄으로써 나의 숨겨진 개인사를 복원할 수 있겠다는 전혀 새롭고도 뿌리칠 수 없는 유혹에 매달리는 일이었다. 40주야를 내린다던 비가 비로소 시작되던 그 무렵. 내 배반의 의지는 우울한 쪽보다는 설레는 기대 쪽으로 훨씬 기울어 있었다. 그즈음 세상에는 어떤 일들이 벌어지고 있었던가. 국회의원들이 방송관계법을 놓고 국회에서 천하장사 씨름대회를 하다가 입술이 터지고 허리도 다쳤다고 스포츠신문 신문팔이들이 떠들고 다니던 때였던가. 혼인을 빙자한 간음꾼에게 지나친 위자료를 요구하다 함께 구속된 한 여인의 이야기가 화제였던가.

9

나는 내 일을 다른 사람들이 눈치채지 못하게 할 필요가 있다고 생
각했다. 나의 일과에 드러나는 변화를 보이면 안 되었다. 오히려 회사
와 가정에 더욱 충실한 모습을 보임으로써 주위 사람들 눈길을 피할
필요가 있었다. 내가 내 일(어머니를 찾는 일)을 공공연하게 시작하
자면 먼저 가족 형제들에게 납득할 만한 설명을 해주어야 했다. 난 그
걸 할 수 없었다. 비밀로 해야겠다고 생각하고 그대로 실천했던 것은,
알렸을 경우 드러날 가족들의 놀라움을 염려해서도 아니었고, 갑작
스레 불거질 식구들 사이의 위화감을 걱정해서도 아니었다. 내가 시
작하고자 하는 일의 무모함, 즉 어느 미친놈의 고약한 장난에 왜 그리
나답잖은 예민한 반응을 보이느냐는 추궁을 당할까봐서였다. 추궁으
로 끝날 것이 아니었다. 근거 없는 장난질에 빠져드는 것을 그들은 가
만히 보고만 있지는 않을 것이며, 그렇게 되면 나는 내 일을 애시당초
방해받을 것이 뻔했기 때문이었다. 난 팩스를 받은 이후로 내게 있었
던 이상스럽고도 신비한 경험들을 누구에게도 알아듣게 말할 자신이
없었다. 그럴 성질의 일이 아니었잖은가. 설령 누군가 나의 그러한 결
정에 지지를 보내고 돕겠다고 나선대도 하나도 반가울 게 없었다. 도
움이라는 것은 때때로 정반대의 결과를 빚게 마련이니까. 엉뚱한 결과
에 분노하는 사람 앞에서, 널 도우려고 한 일인데……라며 난처한 입
장을 어쩌지 못해 하는 사람들을 얼마나 많이 보아왔던가. 내가 하는
일을 나와 인정관계에 있는 사람이 안다면, 그는 반드시 도움이든 방
해든 둘 중의 하나를 거들려고 할 것이다. 나의 일이 순수하기를 바라

는(순수하지 않으면 안 되었다) 나는 누구에게도 알리지 않기로 했다.

내가 처음으로 한 일은 호적등본을 자세히 보는 일이었다. 가족법을 유난히 중시하는 이 나라에 사는 까닭에 지금껏 내가 호적등본을 떼야 했던 경우는 줄잡아 여남은 번은 되었을 것이다. 그러나 그 호적등본은, 그때그때 필요에 따라 첨부해야 했던 구비서류의 일부였을 뿐 자세히 훑어볼 문건은 아니었다. 보아봤자 그곳에는 한 집안의 가족사가 면서기의 바쁜 필체로 아주 간단하게 기재되어 있을 뿐, 그것은 내가 알고 있는 바와 하나도 다르지 않을 것이기 때문이었다.

그런데도 굳이 호적등본을 보려고 했던 까닭은, 나의 시도가 아무런 단서도 없이 출발한다면 처음부터 방향타 없이 항해를 시작하는 것처럼 흔들려버릴 것 같아서였다. 나는 우편민원을 신청했다. 호적등본은 신청한 지 사흘 만에 배달되었다.

그러나 호적등본은 아닌 게 아니라 아무런 단서도 되지 못했다. 부모가 이미 연전에 사망했던 터여서 호적등본은 1985년 5월 7일부로 호주상속신고에 의해 편제되어 있었던 것. 호주는 큰형님으로 되어 있었고 아버지와 어머니에 관한 기록은 전 호적으로 분류되어 있었다.

본적: 평안남도 평원군 한천면 문암리 壹壹八번지
본적: 경기도 강화군 불은면 창포리 四參參번지
본적: 서울특별시 종로구 명륜동 參四의 壹
서기 壹九八五년 五월 七일 호주상속신고에 의하여 편제

서기 壹九八五년 六월 四일 일부 면실 우려로 재제

부: 田萬鎬   모: 高貞芸   본: 慶州

호주: 田奉壹   전 호적: 경기도 강화군 불은면 창포리 四參參번지
호주 田萬鎬의 자
출생: 서기 壹九四○년 貳월 九일

강화군 불은면 창포리 四參參번지에서 출생 壹九四○년 五월 九일
부 신고
　서기 壹九六五년 六월 貳拾五일 朴淳基와 혼인신고
　서기 壹九八五년 四월 貳拾壹일 전 호주 사망으로 호주상속

　그리고 분가신고가 안 된 나와, 혼인신고로 제적된 누님들의 호적
사항이 나란히 기재되어 있을 뿐이었다. 대개의 호적등본이란 호주가
사망할 경우 사망신고에 대한 기재와 함께 사선을 긋고 그 흔적은 남
기는 것으로 나는 알고 있었다. 그러나 호주상속신고가 되자마자(신
고일과 재제일이 겨우 한 달 상거였다) 호적은 "일부 면실 우려"라는
간단하고 모호한 단서만을 달고 재제, 즉 다시 만들어졌던 것이다.
　내가 호적에서 알고 싶었던 것은 아버지와 어머니에 관한 사항이었
다. 그들은 언제 어디에서 누구로부터 태어났으며, 그것이 내가 알고
있는 바와 일치하는가였다. 일치한다면 나는 나의 숙부와 외가친척들
을 만나볼 수도 있을 것이다. 아버지는 제1본적인 평안남도 평원군에

서 조부 전처용(田處用)씨와 조모 한씨(韓氏 : 할머니는 평생 이름 없이 사셨다 한다) 사이의 2남으로 태어났다는 것을 나는 당연히 알고 있었지만, 아, 나는 어머니의 이름만 알 뿐 어머니의 부모, 즉 외조부와 외조모의 이름조차 알지 못하고 있었던 것이다.

외조부모의 출생지와 이름 석 자를 알아야 할 필요도 없었다. 난 이미 그들이 태어나 살던 강원도 고성군의 향로봉 아랫마을을 잘 알고 있었을 뿐만 아니라, 맘만 먹으면 언제든지 외숙을 만나 외가에 관한 모든 얘기를 들을 수 있었다. 요컨대, 호적에서 조부와 조모, 외조부와 외조모에 관한 사항을 알 수 없다 치더라도 나는 얼마든지 그 내용을 알아낼 수 있었다는 것이다.

그리고 나는 호적등본을 받고 나서 나의 우매함을 통탄하지 않을 수 없었다. 호적에 기재된 내용과 내가 알고 있는 바가 일치하지 않으려야 일치하지 않을 수 없었던 것. 나는 내가 알고 있는 바 가족관계에 의혹을 갖기 시작한 것이 아니던가. 내가 알고 있는 바란 무엇인가. 호적등본에 기재되어 있는 그대로가 아니던가. 부모와 가족이 나에게 알려준 가족사항이 어찌 호적사항과 다르겠는가. 더욱이 내가 처외 소생으로 입적되었다는 사실을 숨겨야 할 배다른 형제였다면 말이다. 난 처음부터 호적등본 같은 데서 어떤 단서도 찾을 수 없으리라는 걸 미리 알았어야 했다. 그래도 내 이름이 기재된 난을 보지 않을 수 없었다.

부: 田萬鎬   모: 高貞芸
자: 奉九   출생: 서기 壹九四五년 參월 貳拾일
강화군 불은면 창포리 四參參번지에서 출생 서기 壹九四六년 四월

拾일 부 신고

서기 壹九七○년 八월 貳일 權岺愛와 혼인신고

역시 내가 알고 있는 나의 신상과 하나도 다르지 않았다. 나는 그 기록을 허위라고 전제하지 않으면 안 되었다. 그 짧은 기록이 있기까지의 나의 출생과, 그 출생이 있도록 한 나의 어머니, 그리고 나의 입적으로 비롯되었다는 맏이의 사건 등을 나는 알아내고자 했으니까.

내가 호적등본에서 집어낸 혐의가 있었다면 두 가지였다. 하나는 호주상속신고가 되자마자 한 달 만에 호적이 새로 작성되면서(누군가 부랴부랴 서둘렀다는 인상을 주기에 충분했다) 부모가 단순 망자로 처리되어 전 호적으로 밀려나 있었다는 점. 다른 하나는(정말 그가 존재했다면) 당시 열세 살이었던 맏이의 출생 및 사망기록이 누락되어 있다는 점이었다.

10

하루 시간을 내서 고향행을 감행하던 날, 나는 감행이란 말에 어울리지 않을 만큼 오래 망설였다. 배반의 충동. 즉, 점점 커다란 비밀을 갖는다는 죄스러움과, 나의 개인사를 복원하고자 하는 설렘 사이에서 그날은 유독 망설였다. 그날 나는 팩스사건 이후 처음으로 나의 개인사를 호적에 기록된 그대로 '묻어두고' 싶은 마음이 간절했다. 자신 없었다. 쓸데없는 짓이 아닐까 하는. 구명(究明)의 결과가 고작 원상(原狀)의 확인에 지나지 않는 것은 아닐까 하는. 당장 모든 의혹을 체념하는 것이 가장 현명하고 나다운 일이 아닐까 하는. 귀찮음 같은 것, 아니면 두려움. 혼돈과 격렬한 의혹이 동반할 삶의 파행과 균열, '나'의 무너짐, 붕괴감에 잇따를 고통 따위. 그런 것들을 감당해낼 다짐이 아무래도 모자랐던 것이 아니었을까. 찾아나섬이 갑작스러운 것이었던 만큼.

그러나 나는 고향을 향해 떠났다. 그곳은 고향이라고 할 수도 없었다. 전쟁을 전후로 해서 떠나왔으니까 그때 내 나이 대여섯. 별 추억도 없는 곳이려니와 나를 반겨줄 친척 하나 없는 곳이었다. 나에게 그곳은 전 호적지일 뿐이며 출생지의 의미밖에는 없었다. 평남 평원에 삶의 터를 두었던 조부모 슬하를 떠난 아버지가 강원도와 경성(京城)을 거쳐 정착했던 곳이었으므로 일가친척이 있을 리 만무했으며, 6·25 때 남하한 하나밖에 없는 혈육인 숙부마저도 저 먼 포항 근처에서 농기구 대리점을 하고 있을 뿐이었다.

아버지가 남하한 경로만 보자면 마치 전쟁 때 난리를 피해 갖은 고생을 하며 월남한 것처럼 보였다. 그러나 아버지는 이 땅에 전쟁이 발발하기 훨씬 이전인 제정하에 남하했으며, 그것도 전쟁 같은 환란을 피해서가 아니라 자신의 동경제대 동기인 총독부 관리를 따라서였다. 당시는 이 땅이 남북으로 갈라지지 않았기 때문에 어쩌면 남하니 월남이니 하는 말들이 아버지에겐 어울리지 않을지도 모른다.

대지주의 아들이었던 아버지는 일본에 건너가 5년 동안 공부를 하면서, 땅을 잡고 농산물로 소출을 내는 조부의 사업이 얼마나 전망이 희박한 사업인지를 알 수 있었다. 그래서 그는 공부를 마치면 곧바로 공산품을 생산하는 자본회사를 차리기로 맘먹고 조부를 설득, 마침내 강화도에 고무공장을 세울 수 있었던 것이다. 평원에 남아 있는 백부와 숙부는, 아무래도 자금 회전이 빠르고 그래서 늘 위태로울 수밖에 없는 아버지의 회사를 안전하게 후원할 양으로 십수만 평의 전답을 보전하는 일에 전력을 다하였다.

아버지가 강화도에 정착하였던 경위에 관해 내가 아는 바는 그것이 전부였다. 강화도를 향해 처음 떠나던 날 나는 무슨 생각을 했었던가. 내가 알고 있는 아버지의 강화도 정착사는 너무 간단하구나. 아버지의 창사 내력은 누구에 의해 나의 기억에 이전되었던가. 과연 사실과 다름없이 이전되었는가. 기업을 창립하고 연연히 성장시키는 데 성공했던 기업주치고 이른바 비화(秘話) 하나쯤 없을 리가 없을 텐데. 강화도를 향해 질주하는 차 안에서 당연히 그런 식으로 아버지에 관한 기억들을 더듬어야 했다. 그러나 나는 리리코의 술 따르는 여자—정생각에 빠져 있었다. 그녀의 희고 빛나던 살결. 엄숙하기 짝이 없던 침묵. 바라춤만 같던 의식적(儀式的) 몸짓들. 내 코앞에 간단없이 떨어져내리던 어둡고 푸른 궁륭. 둥글고 어둡고 거대했던 흔들림. 격하지 않되 뼈가 바스라지듯 강렬했던 행복감, 온후함, 충만감, 잇따르는 적막감, 소외감, 두려움.

차는 강화도에 잇닿은 2차선 연륙교(連陸橋)를 눈앞에 두고 멈추어 섰다. 병기를 꼬나쥔 해병 헌병과 검문경찰이 차창을 통해 무례한 눈빛을 아무렇지도 않게 쏟아부었다. 나는 그들의 눈빛이 무례하건 말건 상관하지 않았다. 좁은 염하(鹽河) 너머로 건너다보이는 푸른 섬을 바라다보고 있을 뿐이었다. 차로 건너자면 20초도 채 걸리지 않

을 것 같은 거리인데도, 웅크리고 앉은 그 섬은 10리 밖에서 침묵하고
있는 것처럼 보였다. 서울특별시만하다고 했던가. 비교적 넓은 면적
이었지만 육지에서 보는 그 섬은 길지 않은 푸른 띠를 바다 위에 펼쳐
놓은 것 같아 보였다. 나는 문득 몸이 여린 신열로 달아오르고 있음을
느꼈다. 원인 모를 갈급증은 내 눈앞에 떨어져내리던 정의 어둡고 건
조한 그늘을 다시 떠올리게 했다. 차가 출발하고, 나는 천천히 바기나
속으로 미끄러져들어가는 환상과, 쏟아지는 졸음 속으로 빠져들었다.

11

그 첫 고향행을 얘기하기 위해 나는 두번째 행보에서 이야기를 시
작해야겠다.

처음으로 그 섬에 다녀온 뒤, 채 일주일도 지나지 않아 나는 다시
부랴부랴 차를 몰아 그곳으로 향했다. 만나자마자 작자를 볼 것 없이
패주고 말리라. 순 엉터리 같은 자식! 강화문화원장은 하필 그런 놈을
소개했던 걸까. 나는 액셀러레이터를 밟은 다리에 힘을 주었다.

첫 방문에서 나는 특별히 할 일이 없었다. 불은면사무소에서 전 호
적을 확인하고(내가 확인한 것은, 아버지의 출생지가 평남 평원이며,
조부는 田處用, 조모는 韓氏라는 것. 아버지는 1907년생이며, 1931년
에 어머니 高貞芸과 혼인을 했고, 그해에 분가를 해서 호주가 되었다
는 것. 그리고 어머니는 강원도 고성 출신으로, 1913년생이며, 본은
原城, 외조부는 高性晩, 외조모는 康晟徽라는 것 정도였다―이것은

지금까지 알고 있던 사실과 하나도 다르지 않았으나 나는 그 사실로 인해 나를 둘러싼 어떤 규모 있는, 완강하고 철저한 음모의 냄새 같은 것을 오히려 더 진하게 맡을 수 있었다) 문화원에 들렀다. 그때 나는 선글라스를 쓴 이상하게 생긴 문화원장에게서 내 일을 도와줄 청년 한 명을 소개받았다. 내 일이 가족한테나 형님에게나 공공연히 밝힐 성질의 것이 아니었으므로 나는 자주 그곳에 내려갈 수 없는 처지였다. 내가 먼저 내 일을 대신해줄 적당한 사람을 구했으면 좋겠다고 말했다.

"있어여. 적당한 사람이. 좀 괴팍한 점이 없지 않지만 말이다."

"지역사를 잘 압니까 그 사람? 저도 사학 전공하는 친구한테 부탁을 받은 거라서. 고향이라곤 해도 워낙 어렸을 때 떠서 뭐 아는 게 있어야지요. 잘 부탁을 드리겠습니다. 그 친구 이 고장에 관심이 대단하거든요."

그래야 될 것 같아서 거짓말을 쳤다. 나는 그 일에 뛰어들면서, 객관적인 결과를 기대하기 위해 그 일과 나 사이에 일정한 거리를 유지할 필요가 있다고 여겼다. 제삼자의 입장을 참고하며 문제의 실체에 접근하는 것. 그리고 내가 그 문제의 당사자가 아님을 미리 알림으로써 상대에게서 기탄없는 진술을 유도해내는 것. 나의 거짓말은 그럴 경우 합리적인 것이 아니었겠는가.

"지역사뿐이겠시까. 그 청년 한국사니 세계사니 모르는 거이 없시여. 여하튼 내가 잘 몰라서 그러는가 그 친구 참 괴상하리만큼 아는 거이 많은 것 같습디다."

"괴팍하다는 건 어떤 점을 두고 하시는 말씀입니까?"

그렇게 묻고 있었지만 내 눈에는 그 문화원장이라는 양반의 선글라스가 더 괴상했다. 밝지도 않은 실내에서 선글라스라니. 게다가 강화문화원 내부는 정도 이상으로 어둡지 않았던가. 그의 안경알은 맥주병 같은 진한 갈색의 유리였는데 이상하게도 그 유리를 투과하는 그의 연록빛 눈동자는 선명했다. 난 그것이 특수 유리의 특이한 반사작용이거나 굴절률 때문일 것이라고만 여겼다. 그는 말을 하면서, 비정상적일 만큼 길고 가느다란 손가락으로 연신 자신의 된장빛 턱과 눈썹과 귀를 쓰다듬었다. 쓸데없이 히죽히죽 웃으면서.

"천방지축인데다가 말이 없고 고집만 세어. 그렇다고 허튼 데가 많다는 건 결코 아닐시다. 특별한 병력이 있는 건 아닌데 자주 고개를 외로 희뜩희뜩 돌리면서 픽픽 바람 새는 기침을 하는 거이 좀……"

그러나 난 아쉬운 대로 강화문화원장이 추천해준 그 작자에게 일을 맡기고 돌아올 수밖에 없었다. 운수리에 있었다던 동화(東和)회사와 그 회사의 사장이었던 전만호에 대해 우선 아는 대로 조사해달라는 부닥을 했다. 그런데 채 일주일도 못 돼서 작자의 첫 보고가 있었던 것. 적어도 한 달 정도는 걸리지 않겠는가 속으로 계산을 하고 있던 터여서 그의 빠른 보고는 나를 여간 놀라게 하지 않았다. 나는 그에게 누차 당부까지 했었다. 내 친구가 귀국을 하려면 아직 3~4개월은 더 있어야 하니 서두를 필요는 없고 그저 자세하고 정확하게만 조사해달라고.

내가 작자의 보고에 화를 냈던 것은, 그 짧은 시일 안에 첫 보고를 써올렸으니 얼마나 불성실했겠는가를 따지기 위함이 아니었다. 작자는 내가 부탁한 대로 일을 하지 않았던 것이다. 나는 그에게, 전만호씨와 전만호씨의 회사였던 동화회사에 대한 자료와, 자료가 아니더라도 그 사사(社史)를 유추해낼 수 있을 만한 어떤 단서들이라도 좋으니 무조건 많이만 수집해달라고 당부를 해두었던 것이다. 그런데 작자는 엉뚱한 소리를 늘어놓았다.

信 1

田萬鎬씨는 전형적인 식자층 親日 買辦資本家로서, 동경제대 林學實科 同期인 역시 전형적인 親日官僚였던 崔正洙(창씨 성명: 高山英一)의 行政的인 庇護로 강화군 불은면 운수리의 물 좋은 背山臨水 터에 東和고무라는 고무신공장을 차려 日帝가 이 땅을 人的 物的으로 侵略하는 데 앞장을 섰던 親日과 變節의 隷屬자본가였다. 그는 본래 平南 平源 出身으로, 십수만 평의 田畓을 소유한 역시 親日大地主인 부친으로부터 사업자금을 마련, 전국을 떠돌며 공장 터를 물색하던 중 강화군 불은면 雲水里에 定着하였다(가택은 창포리). 배산임수로서 운수리가 공장부지로서는 適合하나, 鐵道는 물론 당시 육지로 통하는 陸路交通편조차 여의롭지 못한 섬에서 生必소모품을 대량으로 생산했던 까닭은, 田萬鎬의 동기이며 나중에 江華郡守까지 오른 崔正洙의 行政的인 特惠와 蠻行的인 비호를 기대했기 때문이었으며, 또한 육로교통 대신 海上交通을 이용함으로써 전라도 무안 군산으로부터, 충청도 서산 당진, 황해도 해주 은율까지를 그 市場으로 장악하고자 했기 때문이다. 평원에서 高率의 小作料를 받는 것으로 악명 높은 田處用이 作人들의 등골을 빨아내어 전만호의 고무공장에 처넣게 되자 회사는 一路繁昌할 수밖에 없었고, 전만호는 전만호대로 殖産銀行의 融資를 잘 얻어내 東和票 고무신이 조선 팔도를 휩쓸 날이 멀지 않다고들 했다.

전만호는 또한 타고난 好色漢으로서 한때는 섬의 처자들 중에 그의 품을 거쳐가지 않은 자는 없었다고 할 만큼 그 醜聞이 자자했다고는 하나, 자신의 社會的인 名聲과 活動에 致命的인 毁損이 될 것을 우려한 그는 그런 일에 워낙 用意周到했으므로 드러난 證據는 별로 확보되지 못했다. 그는 解放 후에도 美軍政에 빌붙어 자신의 회사를 건사하는 수완을 보이는 한편, 未久에 있을 土地改革에 대비하여 평원의 땅을 미리 처분하고 그 돈을 몽땅 동화고무에 투자하는 先見과 瞬發의 智略을 발휘하기도 했으나, 戰爭이 발발하자 島內 三郎城遊擊隊로부터 습격을 받아 공장은 불타고 업주 전만호는 육지로 자취를 감추게 되었다…… 운운.

그의 보고를 받고 나는 사람을 잘못 택했다고 후회했다. 성급하게 작자에게 일을 맡기지 말았어야 했다. 문화원장의 소개를 받고 그를 찾아갔을 때 내가 느꼈던 첫인상을 중시했어야 했다. 그는 문화원장이 말하던 대로 뭘 많이 아는 것처럼 보이지도 않았고, 내 일을 대신 해줄 사람으로서도 적당치 않아 보였었다. 한눈에 보기에도 그는 퍽 효상 사나운 얼굴을 하고 있어서 그냥 바라만 보아도 기분이 언짢았다. 그런데 사실대로 말하자면 난 선택의 여지가 없었던 셈이다. 내 일을 해줄 사람을 나 스스로 구하는 데는 여러 가지 제약이 따랐으므로. 그를 처음 만나던 날 기억을 좀더 더듬어보자.

문화원장의 소개를 받고 작자를 처음 만난 것은 만화방에서였다. 시외버스 터미널을 왼쪽으로 끼고 돌면, 돌자마자 천국만화방이 있거든여, 거기 있을 걸시다 아마. 하필 만화방일까. 그게 내키지 않았지만 그때로서는 그런 것에까지 일일이 신경을 쓸 수 없는 처지였다.

나는 문화원장이 일러준 대로 가게 주인에게 통대가 누구냐고 물었다. 가게 주인은 내 차림새를 한 번 흘끗 바라보고는 말없이 턱짓으로 소파의 한 청년을 가리켰다. 빛바랜 베이지색 잠바를 입은 청년은 소파에 거의 눕다시피 앉아서 만화에 열중이었다. 곁에 누가 다가오고 있다는 사실도 모르고 키득키득 웃으며 책장을 넘겼다.

"자네가 통댄가?"

댓바람에 반말을 한 것은 그러고자 해서가 아니었다. 그를 보자마자 그렇게 튀어나왔을 뿐이다. 그가 너무 어려 보였기 때문이었을까. 그는 아주 꼭 끼는 검정색 바지를 입고 있었으며 빛바랜 잠바도 결코 크지는 않았다. 전체적인 행색이 겨우 초등학교 6학년 정도에 지나지 않았다면 맞는 말이었을 것이다.

"그런데여, 아썬 누구이꺄?"

작자는 황급히 표정을 수습하고 되물었다. 나를 바라보는 눈이 매서웠다(문화원장 말대로 작자는 고개를 '희뜩' 돌렸다).

눈이 유난히 작은데다 양옆으로 쪽 찢어진 게 여간 표독스러워 보이지 않았다. 보통 사람에 비해 검은 눈동자가 작게 보였다. 그가 긴장을 했듯이, 나도 긴장하지 않을 수 없었다. 갑작스러운 신사복의 침입으로 만화방 안에 있던 아이들의 표정에도 일순 긴장이 감돌았다.

"잠깐 보자."

나는 그의 팔을 볼 것 없이 낚아챘다. 낚아채기 전에 나는 그의 뺨을 한 차례 후려갈겼던가. 그랬을 것이다. 분명히 생각난다. 왜 그랬는지는 모르지만 그를 처음 보았을 때 나를 강렬하게 유혹했던 것은 구타의 충동이었다. 가게 안에 있던 아이들은 아마 내가 만화 속에서 튀어나온 민완형사라도 되는 줄 알았으리라.

"올해 몇 살이야?"

되는 대로 길가 슈퍼마켓의 비치파라솔 밑에 그를 주저앉힌 나는 별로 소용에 닿지 않는 질문을 다그치듯 했다.

"건 왜여? 픽."

작자는 나의 무례를 따질 양인지 대답 않고 버텼다. 비웃듯이 픽, 하고 코웃음을 쳤지만, 그것은 웃음이 아니고 비강 부분에 이상이 있는 사람의 재채기 같은 습관으로 보였다.

이것 또한 문화원장이 사전에 얘기했던 바였다.

"아아, 실례. 나이는 필요 없고, 사실은 문화원장의 소개로 자넬 찾았네만." 나는 나의 부례에 때늦은 양해를 구하다 말고 다시 한번 샛길로 빠졌다. "다 큰 사람이 만화책 같은 건 왜 봐?"

그가 대답했다.

"재밌잖어여."

그러곤 다시 고개를 획 돌리며 픽, 하고 김새는 기침을 했다. 참 희한한 애구나. 얘가 대학을 나온 애라니.

"재미? 아, 그럴 수도 있겠지. 본론을 말하겠네. 자네 내 일 좀 도와줄 수 있겠나? 자네에겐 어려운 일이 아닐 거라고 문화원장이 그러더군."

작자에게 '자네'와 '하게'를 하던 내가 왜 그날따라 자꾸 비굴하게 여겨지던지. 그에게 내 일을 도와줄 수 있겠느냐고 물은 것도, 작자의 의향을 떠봤다기보다는, 과연 네가 내 일을 도와줄 깜냥이나 되느냐고 따지는 것처럼 여겨졌다.

"……"

그는 아무 대답이 없었다. 나는 다시 한번 그의 따귀를 후려갈기고 싶다는 점잖지 못한 충동에 휩싸였다. 그는 열 손가락을 쉬지 않고 움직여 자신의 팔과 턱과 얼굴 등의 부위를 쓰다듬고 문지르고 긁거나 두드렸다. 작자의 손놀림이 어찌나 정신 사납고 방정맞던지 나는 어떻게 해서라도(패서라도) 그 동작을 멈추게 하고 싶었다. 게다가 작자는 끔찍하게 작아 보이는 홍채로 나를 바라보고 있었다.

그런 상황이 조금만 더 지속되었다면 난 한 차례 더 그의 따귀든 콧잔등이든 후려갈겼을 것이다. 그러나 나는 그 원인 모를 충동을 억제하지 않으면 안 되었다. 한여름 땡볕에서 엉뚱한 사람을 붙잡고 따귀나 때리고 있는 내가 문득 한심하게 되돌아보여졌던 것.

"저, 아씨 픽. 쭈쭈바나 하나 먹져?"

내 부탁에 대한 수락 여부를 말하기 전에 작자는 나에게 일에 대한 대가를 묻는 것 같았다. 나의 방문 이유를 충분히 간파한 듯한 작자의 태도가 갑자기 자신만만해지고 거만해졌다. 터무니없이 기세등등하던 내가 갑자기 안절부절못하게 되어버렸다.

"일만 잘해준다면 사례는 섭섭잖게 하겠네." 기다란 얼음주머니같이 생긴 것을 그의 입속에 넣어주며 미리 준비해두었던 봉투를 함께 내밀었다. "우선 착수금으로 받고 일이 끝나면 마저 사례를 하겠네."

"픽, 사례는 필요 없시다. 자료 조사비면 되이다 픽."

작자는 점점 더 거만해졌다.

"알겠네. 내가 자네를 찾은 까닭은 이쪽 지방의 근대사를 연구하는 친구가 있는데 그 친구가 말일세……"

난 자꾸 비굴해지는 것만 같아서 짜증이 났다.

"친구여? 픽, 근데 아씨가 왜 안달이시이꺄?"

그에게 이미 허를 깊숙이 찔린 것이 아닌가 싶어 몸 둘 바를 몰랐다. 작자가 거만해질수록 이상하게 나는 그에게서 신뢰 같은 걸 느낄 수 있었다.

내가 왜 전만호와 동화회사에 대해 알려고 하는지 그가 눈치를 챘건 말건, 나는 처음 다짐했던 대로 있지도 않은 역사학자 친구를 내세워 일의 요지를 설명했다. 설명을 다 끝내자 입안이 쓰겁고 아렸다. 작자에게 신경질적으로 물었다.

"왜 통대야? 통대장은 아닐 테구."

그가 웃으면서 대답했다.

"픽, 대갈통이 크다는 말일시다. 대갈통 통자, 큰 대자, 통대."

그는 웃지 않느니만 못했다. 그의 웃는 모습은 정이 떨어질 지경이었다.

"대갈통이 전혀 커 보이지 않는데."

"작년만 하더락두 컸었시니다. 이따만 했는걸여."

작자는 자신의 더러운 손바닥으로 커다란 수박만한 원을 그려 보였다.

참 이상한 섬이군. 작자에게 부랴부랴 일을 맡기고 돌아오면서 그렇게 중얼거렸을 것이다. 조금 전 섬 안에서 있었던, 나와 그가 연출해낸 상황들이 꿈속의 장면 같았다.

작자의 첫 보고를 받고 댓바람에 나서기는 했지만 두번째 강화도행 역시 망설임이 없었던 것은 아니었다. 그 섬에 빨려들면 또다시 의지가 흐려지고 무기력해지는 이상스러운 경험을 하게 되지 않을까. 전혀 나답지 않은 행동을 천연스럽게 하다가 섬을 빠져나와서야 비로소 그랬던 사실을 충격적으로 깨닫는 것은 아닐까. 두려움이 앞섰던 것이다.

12

우선 문화원으로 갔다. 오래된 3층짜리 건물의 내부는 처음 오르던 날처럼 후텁지근한데다 음습하기 짝이 없었다. 이리 막히고 저리 막힌 계단을 오르려면 두 개의 냄새나는 화장실을 거쳐야 했다. 잠금장치가 고장난 문들이 활짝활짝 열려 있었다. 오줌 버캐가 누렇게 묻은 지저분한 변기가 복도에서도 훤히 들여다보였고 지린내는 코를 얼얼하게 했다. 화장실 이쪽저쪽에는 각각 화장품가게와 이불솜가게가 있었는데 사람은 보이지 않고 물건만 잔뜩 쌓여 있었다. 유리창의 화장품 광고 포스터는 아주 오래전에 붙인 듯 하얗게 빛이 바랬고, 이불솜을 묶어놓은 비닐끈도 사람의 손이 닿은 지 오래인 것처럼 희치희치하게 물이 날아 있었다. 문들은 조금씩 열려진 상태였으며, 그것들은 내가 처음으로 그 건물의 계단을 오를 때와 하나도 다름이 없었다.

문화원에 들어선 나는 누구에게랄 것도 없이 고개를 숙여 인사를 하고 문화원장을 찾았다. 문화원장에게 정중히 따질 참이었다. 하필 그런 작자를 소개했느냐고. 그러나 다짜고짜 그 말부터 할 수 없었다. 문화원 분위기가 어수선했기 때문이었다. 벽에 붙었던 부착물들이 모두 땅에 떨어져 있었고, 책들은 책장에서 나와 붉은 끈으로 묶여 있었다. 꽃병의 꽃은 병에서 뽑혀져 책상 위에 아무렇게나 흐트러졌고 꽃병도 누워서 뒹굴었다. 의자들은 모두 테이블에서 두어 발짝씩 물러나 있었다. 선풍기, 캐비닛, 책꽂이, 서류봉투들이 책을 묶은 것과 같은 붉은 비닐끈으로 친친 감겨 있었다. 곧 이사를 갈 것처럼 보였다.

"이사를 하실 모양이죠."

인사 삼아 말하는 나를 사환처럼 보이는 아가씨가 곁눈으로 바라보더니(그녀도 나를 '희뜩' 바라보았다) 내쏘듯 말했다.

"오늘 이사를 온 걸시다."

"이사를 오다뇨. 며칠 전까지 여기에 있었잖습니까?"

아가씨의 말이 하도 맹랑해서 나도 모르게 따지듯 물었다. 아가씨는 달려들 것처럼 말했다.

"무슨 소리를 허는 거이꺄? 이곳에 있었다니여? 우린 어제까지만 해두 저쪽 가청동 수협 건물에 있었다구여. 아저씬 누구이꺄?"

무슨 귀신 씻나락 까먹는 소리냐는 표정이었다. 내가 할 소리였다. 난 분명히 기억하지 않던가. 더러운 화장실 냄새, 화장품가게와 이불솜가게, 이리 막히고 저리 막혀서 짜증나던 계단들. 정확히 문화원을 찾아들었던 것이다. 처음 이사를 오는 것이라면 어떻게 내가 아무에게도 묻지 않고 실수 없이 단번에 찾아들 수 있었겠는가.

아가씨와의 다툼을 그만두었다. 아가씨에게 기분 언짢은 일이 있었던 모양이라고 여겨버렸다. 난 문화원장을 찾았다.

"어찌 오셨는지요."

자칭 원장이라는 사람이 손을 내밀어 앉기를 권했다. 나는 테이블에서 가장 먼 의자에 앉았다. 원장은 내가 며칠 전 보았던 그 사람이 아니었다.

"원장님이 그새 바뀌셨군요. 저는 서울 사는 전봉구라고 합니다."

새로 인사를 해야겠어서 자리에서 엉거주춤 일어났다. 그러나 일어나자마자 나는 다시 의자에 털썩 주저앉지 않으면 안 되었다.

"바뀌다니요, 무슨 말씀이신지. 전 이곳에서 8년째 문화원장을 맡고 있는 사람이올시다."

사환 아가씨와 별로 다르잖게 말하는 거나 마찬가지였다. 그들의 눈에는 내가 정신이상자로 보였을 게 틀림없었다. 이사 온 집에 웬 낯선 사람이 불쑥 찾아와서 이사를 갈 거냐고 묻고 8년 동안 일 잘해온 원장에게 새로 부임했느냐고 엉뚱한 소리를 했던 셈이니까. 나는 오해를 받지 않기 위해서라도 조심스럽고 신중하게, 그리고 한마디 한마디를 똑똑하게 발음해야 했다.

"제가 며칠 전에, 정확하게 말씀드리자면 나흘 전 금요일에 이곳에 왔었습니다. 그때 문화원장이라며 제게 통대라는 젊은이를 소개해주셨던 분이 계셨습니다. 얼굴은 검었고 암갈색 선글라스 같은 안경을 썼습니다. 그분의 손가락이 유난히 길었던 것이 기억에 남습니다. 다시 말씀드리자면 저는 나흘 전에 바로 이곳에 왔었고 그때 이곳은 강화문화원이었습니다."

원장이라는 사람은 빙그레 웃으며 천천히 고개를 가로젓기만 할 뿐이었다. 그의 조심스러운 웃음은 정신질환자의 심기를 건드려 공연한 폭력을 유발시키지 않겠다는 것 이상의 의미가 아니었다.

황망히 그곳을 빠져나오지 않을 수 없었다. 아, 실례했습니다라고 말했던가. 무어라고 하면서 빠져나왔는지 기억나지 않는다. 다만 그곳에서 빠져나와 곧바로 뱃속의 것들을 모조리 토해냈던 사실은 떠올릴 수 있다. 그 더럽던 화장실. 코를 찌르는 지린내에 휩싸여 변기를 삼킬 듯 입을 벌리고 토악질을 했다. 오랜 시간 위와 식도의 발악적인 경련과 싸움을 벌인 나는, 휘청거리는 몸을 가까스로 추스른 뒤 세면대에서 샛노래진 얼굴을 닦았다.

그러다가 나는 어떡했던가. 소리를 질렀다. 으아아아아아악. 훨씬 긴 비명이었다. 땀으로 범벅이 된 샛노랗던 얼굴이 점점 검게 변해가기 시작했던 것. 내 얼굴은 나흘 전에 보았던 암갈색 선글라스를 낀 문화원장의 피붓빛으로 변했다. 그것은 장띠빛이었다. 선글라스의 갈색 유리를 투과하던 그의 녹색 눈빛은 그 강렬함을 더해갔다. 파충류. 그는 파충류였던가. 초록의 눈알은 금방이라도 터져내릴 것처럼 팽창하며 진초록의 가늘고 복잡한 실핏줄을 여기저기에 뻗쳤다. 그리고 그가 연신 자신의 얼굴을 쓰다듬던 늙고 긴 손가락들. 그것은 환형동물한테서나 볼 수 있는 체절(體節)이었다. 흰지렁이, 거머리, 개불, 붉은머리회충이 검은 얼굴을 친친 감고 있는 형국. 나는 얼굴을 감싸쥐고 온 힘을 다해 소리를 질렀다. 으아아아아아아아아아아아아아아아아아아아악!

어지러운 발소리가 들리고 잠시 후에 몇몇 사람이 화장실을 기웃거리다가 사라졌다.

13

음모가 아닐까. 이 엽기에 빠져든 것은 어떤 거대한 음모의 작용 때문이 아닐까. 팩스에서부터, 더럽고 냄새나는 화장실에서 소리지르며 혼절한 일에 이르기까지. 그렇다면 노사협상에 불만을 품은 자들의 소행은 아니었다. 그들이 이렇게까지 규모 있는 음모를 꾸밀 필요는 없었을 터.

음모일지도 모른다는 생각을 거의 굳히게 된 건 문화원 건물에서 빠져나와 천국만화방을 찾고 나서였다. 작자는 그곳에 없었다. 만화방 주인은 나의 질문에 한마디 대꾸도 않고 벙어리처럼 고개만 천천히 흔들 뿐이었다. 모두 한통속인 것 같았다. 다 알고 있으면서도 모른 체하는. 그곳에서 만화를 보고 앉아 있던 아이들조차 모든 내막을 알고 있는 듯한 눈빛이었다. 난 그곳에 있는 누구에게도 작자의 행방을 묻지 못했다. 아이들의 눈빛은 하나같이 아이들답지 않게 완강해 보였고 무엇엔가 잔뜩 준비태세를 갖추고 있는 것처럼 보였다. 나는 내가 신경쇠약에 걸린 것인지도 모른다고 생각했다.

원점으로 돌아간 셈이었다. 그로테스크한 선글라스의 강화문화원장은 실재 인물인지조차 모르게 되었고, 내게 첫 보고를 보냈던 통대라는 청년의 행방도 묘연해졌던 것. 막연했다. 그때 비로소 일 같지 않은 그 일을 마무리지어야겠다고 생각했다. 처음부터 천방지축으로 시작되었고, 아무래도 일의 주체가 내가 아닌 다른(일테면 음모나 귀신 같은) 것만 같았으며, 나는 다만 끌려다녔을 뿐이다. 그런 느낌이 일상으로 되돌아갈 것을 부추기기 시작했다. 내가 그 섬을 향해 출발하기 전에 문득문득 느꼈던, 그 일에 대한 거부감이나 싫증 같은 것, 그리고 나도 모르게 길을 나설 수밖에 없었던 낭패감 같은 감정들을 되돌아보았다. 아무 일도 아니었던 것이야. 며칠간의 혼돈의 흔적들을 쉽게 지워버리고자 했다. 자꾸 깊어지는 늪에서 발을 뺄 수 있는 절호의 기회다. 이럴 때 아예 마음을 다잡아먹자. 몹쓸 최면에 걸려들었던 것일 뿐이라구.

그러나 꼭뒤를 움켜쥔 어두운 손아귀는 생각처럼 쉽게 나를 놓아주지 않았다. 며칠간의 혼돈 끝에 다다른 막막함과, 그로 인한 허탈감 때문이었을까. 그날 나는 아무렇게나 눈에 띄는 술집을 찾아들었던 것인데 마침내는 그 집 주인과 아가씨를 흥정하게 됐다. 한 건강한 아가씨에게 무조건 압도되어 대낮부터 방사를 치를 결심이었다. 그런데 방사를 곧 포기하지 않으면 안 되었다. 그녀는 내가 바라는 대로 하지 않았다. 한방에 둘이 있게 되자마자 나에게 달려들어 옷을 벗기고는 나의 쭈그러진 성기를 득달같이 물고 늘어졌던 것. 아, 아니야. 그게 아니야. 그녀를 떠밀면서 소리를 질렀지만 그녀는 막무가내였다. 그녀는 입으로 그랬던 것처럼 나의 것을 자신의 것에다 걸신들린 듯 쑤셔넣기에 바빴다. 한 서린 빈자(貧者)의 식사? 나는 그녀의 거대한 몸뚱어리를 밀치고 겨우 떨어져나와 진저리를 쳤다. 그녀에게 근엄하게 소리치기 시작했다. 그녀에게 소리쳐 요구한 것이 리리코의 정이 취하던 포즈였다는 사실을 안 건 그다음이었다. 그녀가 검고 윤기나는, 건강한 몸을 관능적으로 씰룩거리면서 나의 요구를 받아들이지 못하자 나는 주인을 불러 불만을 표시했고, 주인은 녹두라는 이름의 다른 아가씨를 들여보내주었다.

난 어느새 정과의 방법이 아니고서는 어떤 여자와도 함께 있을 수 없게 되어버렸던 것일까. 딱 두 번, 정과 잔 뒤로 나는 아내와 기타의 여인들과 20여 년 동안 해왔던 방법을 하루아침에 팽개쳐버렸다. 정의 행위가 이상스럽게 여겨졌던 것이 불과 며칠 전이었다. 그러나 그날 그 집에서 검고 건강한 아가씨한테 소리를 질러 상대가 취해야 할 포즈를 명령했던 것이다. 내가 요구한 포즈가 리리코의 정이 취하던 체위라는 사실을 안 것은 다른 아가씨(녹두)가 표정 없이 방안으로 들어와서 내 요구에 척척 움직여주면서였다. 알몸을 빳빳하게 굳힌 채 천천히 혹은 빠르게 자반뒤집기를 하는 모양이며, 나와 머리를 맞대고 기역자로 누워 숨고르기를 하는 것들이 영락없는 정이었다. 나의 주문을 앞질러 행위를 시작하는 것 같았고, 내가 무엇을 원하는지 신기하게 알아냈다. 그녀는 정이 그랬던 것처럼 내 국소를 건드리는 법이 없었다. 그녀가 내게 닿아올 때는 언제나 땀구멍 하나하나와 터럭 끝에 동시에 스며들듯 닿아왔다가 떨어지곤 했다. 의식(儀式)의 절차를 지키듯 엄숙하게. 나는 내 몸의 일부가 볼썽사납게 부풀어올라야만 느끼던 쾌감의 열 곱절을, 전혀 그러지 않고서도 얼마든지 맛볼 수 있었다. 내가 그날 행복감에 젖어 내뱉었던 말은 무엇이었던가.

그 말을 꼭 해야만 할 것 같아서 했던 것뿐이다.

"어딜까?"

그녀는 탄성을 지르듯 응답했다.

"천국."

천국. 그것이 통대가 있는 만화방 이름이었다니. 도대체 맥이 닿지 않는 일이다. 그녀가 엄숙한 의식의 한중간쯤에서 희열에 떨며 뱉은 말이 만화방의 상호였다는 것이 말이다. 그 여름을 '정리'한답시고 이 글을 써내려가는 지금도 그날 내게 일어났던 이상한 일의 맥을 제대로 짚어낼 수가 없다. 나는 다만 그 여름이 시작되던 시기의 일들을 겪었던 대로 기술함으로써 이 글이 끝날 즈음, 혹은 그보다 훨씬 뒤에 그날의 혼효를 이해해낼 수 있지 않을까 하는 일말의 기대를 할 따름이다.

녹두라는 아가씨와 헤어져 천국으로 향하면서 나는, 그 대낮의 술집에 들르기 직전에 했던 생각들, 즉 일 같지 않은 일을 마무리짓겠다는 것, 일상으로 돌아가야겠다는 것, 며칠간의 혼돈의 흔적을 깨끗이 지워버리고 싶다는 것, 늪에서 발을 빼야겠다는 것, 몹쓸 최면에서 벗어나야겠다는 생각을 까마득히 잊었다. 녹두라는 여인과의 신비한 체험에서 다시 시작할 기력을 충분히 얻었기나 한 듯.

14

이제부터 그 여름, 그 섬에서 있었던 일들을 좀더 구체적으로, 그리고 좀더 본격적으로 이야기해야 할 것 같다. 그러나 난 거듭 자신 없음을 느낀다. 그 여름은 어떤 순서를 지키며 다가온 것이 아니었고, 혼란하고 어리둥절한 일이 연속적으로 닥쳤을 뿐이다. 뒤엉킴. 실마리를 찾아들어가면 갈수록 더욱 미궁으로 빠져들고 말던 당혹감, 믿기 어려운 비문(碑文)과 고서(古書), 상반된 진술, 엇갈린 증언, 향토사학자의 지나친 열정, 주요 자료원인 통대의 분열증……

물론 그랬으므로 나는 더 이 글을 쓰고자 했는지 모른다. 어수선하고, 어렵고, 순조롭지 아니했던 지난여름의 경험을 어떻게든 정리해서 기억의 창고 속에 정연하게 저장하고자 했던 것인지도, 그렇다고 하더라도 이 일에 여전히 자신 없기는 마찬가지이다. 겪었던 그대로 쓰면 될 게 아니냐고 나 스스로 여러 번 부추겼지만, 겪었던 그대로 쓴다는 게 또 얼마나 어려운 일이던가.

이 글이 내게 일어났던 사건(이라기보다는 과정)을 순서대로 나열하지 못하리라는 것은 자명하다. 나는 그 순서를 제대로 기억하지도 못할뿐더러, 순서를 기억하고 그 순서에 충실하는 것이 그 여름 내게 있었던 경험의 내용을 추적하고 이해하는 데 도움이 되지 못할 거라는 생각 때문이다. 이 글을 쓰는 정작의 이유가 아직은 밝혀지지 않았고, 나 자신조차 그 이유를 알지 못하고 있으므로, 왜 순서를 무시한 채 써나가느냐고 누군가 묻는다면 위와 같이 대답할 수밖에 없다는 것이다. 그러나 재삼 말하지만, 분명한 건 내가 이 글을 쓰는 데는 그럴 만한 이유가 있을 거라는 것이다. 불명료하고 불확실하긴 하지만 분명히 존재하는 어떤 기류가 나로 하여금 순서를 기억하지 못하게 작용하고 있으며 심지어 무시하도록 하는 것은 아닐까, 지금으로선 그렇게 추측할 수밖에 없다. 순서만이 아닐 것이다. 기류라고 일컬어지는 것의 필요대로 그것은 나의 손을 통해 기록되는 모든 것들을 일일이 간섭해나갈 테니까. 좀더 본격적이고 구체적으로 이야기를 시작하겠다는 내 말의 뜻은, 이제부터 거두절미하고 그 여름의 일을 자세히 기록(정리)해보자는 것이지, 혼류(混流)의 본질에 대한 천착 같은 것과는 거리가 있다는 말일 게다.

소요궁(逍遙宮)이었던가, 그 술집에서 녹두라는 아가씨와 헤어져 천국만화방의 통대를 찾았을 때 나는 다른 사람이 되어 있었다(지금 생각해보건대 그렇다). 누가 나를 천여 명의 근로자를 고용한 사업장의 부사장인 줄 알았겠는가. 통대를 만나서 웃은 웃음이나 말투나 몸짓들은, 모자라 보이는 통대 가족의, 역시 모자라는 숙부거나 맏형 정도로밖에 안 보였을 것이다. 어떻게 그토록 다른 모습으로 변할 수 있었던지, 그리고 어떻게 그것이 내 본래의 모습인 양 오랫동안 자연스럽게 처신할 수 있었는지. 생각하면 지금도 소름이 끼치는 일이다. 전혀 다른 소프트웨어를 갈아끼운 로봇이었던 걸까 나는. 그것에 기능장애 바이러스가 침입했던 걸까. 통대가 낄낄거리며 보고 있던 만화 내용처럼.

"너 이리 좀 나와봐."

그를 팰 것 같은 기세로 나는 다시 통대를 만화방에서 끄집어냈다.

"왜 이래여? 이거 놓고 말허시겨. 쪽팔리게 픽."

"일을 그따위로밖에 못하겠어? 내가 인마 자료만 모아달라고 했지 너한테 언제 민중사학자가 되라고 했어? 친일매판이니 친일지주니 하는 건 니가 판단할 문제가 아니다 이거야, 짜샤!"

나도 모르게 그의 앞에서 큰소리를 지르기 시작했다. 문화원장에게 따지려다 못한 것까지 그에게 다 퍼부어댈 참이었다. 그를 보자 문화원 화장실에서 했던 구토가 갑자기 수치스러웠다. 큰소리를 지르자 작자는 야릇한 웃음을 지으며 대들었다. 그가 웃을 때마다 여전히 소름이 끼쳤다.

"잘못됐으만 다시 허만 될 거 아니이꺄, 픽. 아이씬 본인의 일도 아니라구선 왜 안달이이꺄? 대신 돈은 안 받겠시다."

아저씬 본인의 일도 아니라면서 왜 그리 안달이냐? 그에게서 두번째 듣는 말이었다. 유난히 작으면서도 기분 나쁘도록 재빠르게 돌아가는 그의 눈동자. 나의 내숭이 그대로 발가벗겨진 것은 아닐까. 안달이라. 내가 그랬던가. 아, 회사 일을 제쳐두고 이따위 것하고 세월 좋게 말다툼이나 해야 하다니. 건짜증이 났다. 그러나 그의 심사를 뒤틀어놓아서는 안 된다고 나 자신을 달랬다. 내가 필요해서 그를 찾은 것이지 그에게 내가 필요한 것은 아니었으므로.

"저, 그 전만호라는 자가 호색한이라고 썼는데 근거될 만한 거 없을까?"

그가 무척 싫었지만 당분간은 그에게 기댈 수밖에 없었다.

15

두번째 고향행에서 중요한 단서를 잡아냈다. 아버지의 고무공장에서 직공으로 일했던 한 노파를 만나볼 수 있었던 것이다. 올해 67세의

'뽀로수 할머이'라는 별명을 가진 그녀는 통대가 선뜻 소개하기를 꺼렸던 노파였다. 처음에 통대는, 보고서에도 썼듯이 전만호라는 사람이 워낙 용의주도했던 인물이어서 그가 호색한임을 증명할 그 무엇도 남아 있지 않다고 말했다. 전만호라는 자가 온 섬에 추문을 뿌렸던 장본인이었다는 보고서의 내용은 그럼 무엇을 근거로 작성된 것이냐고 나는 작자를 다그쳤다. 그러자 통대가 마지못해 소개한 사람이 부주고개에 사는 뽀로수 할머이라는 노파였다.

그 노파에게 물을 작정이었다. 그의 엽색행각은 어땠으며 그 대상들이 어떠어떠한 사람들이었는가를. 그리고 그때 함께 일했던 동료들의 소재지를 아는 대로 가르쳐달랠 참이었다. 물론 통대 녀석의 의심을 사지 않기 위해 질문의 초점을 아버지와 동화고무에 맞춰나갈 생각이었다.

그녀가 산다는 부주고개는 읍에서 동북쪽으로 얼마 벗어나지 않은 곳에 있었다. 해가 설핏 기울었는데도 햇볕은 여전히 구리송곳처럼 피부를 찔러댔다. 차가 뒤뚱거리며 달렸다. 비포장도로 양옆 숲에서는 쓰르라미의 울음소리가 폭포처럼 쏟아져내렸다. 매미들은 더울수록 발악적으로 울어댔다. 내가 여름 내내 혼몽한 정신을 수습하지 못한 까닭 중의 하나가 바로 그 쓰르라미의 그악스러운 울음소리였다. 풀쐐기에 쏘이며 삼랑성(三郞城)을 미친 듯이 헤맬 때도, 살갗을 익히며 초지진과 광성진을 돌아다닐 때도, 두억시니처럼 따라붙으며 정신을 사납게 휘저었던 것이 쓰르라미였다. 지금도 그 섬을 떠올리면 내 귀에서는 수십 대의 착암기가 동시에 작동하는 것 같은, 쓰르라미가 기승을 부렸다.

부주고개로 향하는 도중에 통대가 포도주 한 병을 사야겠다고 했다. 나는 차 밖으로 잠시 나가 논두렁에다 소변을 보면서 하늘을 올려다보았다. 기온이 사람의 체온을 넘어섰다고 했던가. 더위를 먹은 농부와 공사장의 인부가 죽어버렸다는 보도까지 있던 참이었다. 땡볕에 잠시 서 있었는데도 숨이 턱턱 막혀왔다. 나는 통대의 느린 걸음에 짜증을 냈다. 난 왜 그를 보면 무턱대고 패주고 싶었던 걸까.

노파는 손바닥만한 마당에 거적을 깔고 앉아 있었다. 다행히도 앞마당에는 커다란 참나무 그늘이 넉넉하게 드리워져 있었다. 그 오래된 참나무에도 쓰르라미가 극성이기는 마찬가지였다. 계해(癸亥)생이라는 노파는 나이보다 훨씬 늙어 보였다. 기둥 하나 없이 순전히 돌과 흙벽돌로만 지은 퇴락한 오두막에서 그녀는 혼자 살고 있는 것처럼 보였다. 그녀와 얘기를 나누는 동안 주위에는 아무도 얼씬거리지 않았다. 그녀는 누런 남성용 러닝을 입고 있었는데 벌레 먹은 나뭇잎처럼 군데군데 구멍이 나 있었고, 늘어진 어깨띠 안으로는 쭈그러져 말라붙은 가슴이 들여다보였다. 난 한눈에, 그녀로부터 아무것도 얻어낼 게 없겠다고 단정했다. 그녀의 짓무른 눈이 사람을 지나치게 경계하고 있었다. 방구리 하나를 내다놓은 것 같은 왜소한 체구. 주먹만한 머리통. 몇 가닥 남지 않은 삼베줄 같은 머리카락. 그녀가 기억을 가지고 있다 치더라도 그녀에겐 그 기억을 되살릴 기력이 남아 있지 않았다. 세월이 그녀의 몸안에 남아 있던 얼마 되지 않던 기억마저 몽땅 하얗게 날려버린 것이 아닐까. 자신의 가슴처럼 노파는 쭈그러지고 말라붙어 있었다.

그녀가 계해생이라고 말했을 때 나는 자꾸 계산을 틀렸다. 그녀가 자신의 출생연도를 정확하게 기억 못하는지도 모른다고 생각했다. 그러나 그녀가 입을 열면서부터 그녀가 말하는 모든 것이 사실일 거라는 믿음이 서서히 들기 시작했다.

"내가 태어나든 해에는 거 뭐시냐, 백정놈덜이 일어나든 때였다든가 그래. 걸핏허만 일어나는 것이 상놈덜이지 뭐. 못 배우고 못사는 것덜. 행팽사라든가. 뭘 찾아먹겠다구…… 그런다구 어디 천명이 배껴? 사랑의 싹이라는 거 알아? 그거이 참 재밌는 볼거리였는데 우리 어무니가 나를 낳고 삼칠일도 안 돼서 그걸 보러 갔다가 된통 경을 쳤다는구만그래."

그녀의 나이를 되물었을 때, 노파는 이가 없어 발음이 새는 입술로 흐물흐물 말했다. 그녀의 말이 쉽게 나온 것은 아니었다. 노파는 시간이 흐른 후, 그러니까 통대가 사들고 간 포도주를 반 넘게 비우고 나서야 얘기를 시작했던 것이다. 통대는 이미 술 잘 먹는 그녀를 알고 있었다.

사신의 나이를 의심하는 나에게 그녀는 그런 식으로 대답했던 것이다. 난 백정이 일어난 연대를 몰랐을 뿐 아니라 그녀가 '사랑의 싹'이라고 말하는 것이 무엇인지도 알지 못했으므로 그녀의 대답으로 나이를 가늠할 수 없었다. 그러나 통대가 곁에서 그녀의 말에 주석을 달면서부터 그녀의 말이 점점 사실로 믿어지기 시작했다. 그녀가 말하는 백정들의 봉기란, 강상호(姜相鎬) 등이 진주에서 창립하여 전국 규모의 조직을 가졌던 형평사(衡平社)를 말하는 것이고, 사랑의 싹이란 당시 〈제야의 종소리〉로 유명했던 민중극단의 한 연극을 가리키는 것이며, 그것들은 모두 1923년, 계해년의 일이었노라고 통대가 토를 달았다.

어쨌거나 그녀가 말을 시작하면서 나는 그녀와 처음 맞부닥쳤을 때 느꼈던 인상, 즉 그녀에겐 자신의 지난 인생을 되새길 만한 기력이 남아 있지 않으리라는 느낌을 버리지 않으면 안 되었다. 그녀는 자신의 몸뚱어리 하나 맘대로 운신할 수 없는 형편이었음에도 엄청난 기억력을 발휘하고 있었으니까. 글쎄. 그것을 기억력의 발휘라고 이름하는 게 과연 적절할까. 아닐 것이다. 기억력이 아니라 한탄이라 해야 맞았다. 한(恨). 그녀는 과거의 이러저러한 기억들을 단순히 재생해냈다기보다는, 오래도록 자신의 뼈에 사무쳐 있는, 그래서 잊으려야 잊을 수 없었던 아픔 같은 것을 하소연했다. 단순한 기억이라면 종종 정확지 않을 수도 있겠으나, 증오심과 결부된 심중의 원한이었으므로 전만호에 대한 그녀의 기억은 정확하고 순수하고 생생한 것이라고 믿어도 상관없었다.

그러나 그녀의 말을 다 기록하고 싶은 마음은 솔직히 없다. 술에 취한 노파는 먹은 술의 반을 눈물로 게워냈을 뿐 아니라, 때늦게 전만호를 증오하는 그녀의 늙음이 여간 추하게 여겨졌던 것이 아니다. 붉어진 온몸을 비틀며 짜내던 요란스러운 기침과 쉴새없이 내뱉던 싯누런 가래를 다시 떠올린다는 건 고통이 아닐 수 없으니까. 술이 기탄없는 말들을 쏟아놓게 하는 데는 효과가 있었으나, 술에 취해 넋두리를 내두르는 것을 보면서, 나는 그녀에게 먹여서는 안 될 약물을 투여해놓고 이실직고를 즐기는 고문기술자가 된 듯한 기분이었다. 지나치게 세세한 기록은 내가 이 글을 끝까지 써나가는 데 도움이 되지 않을 것이다. 나로선 이 글을 어떻게든 마치는 것이 가장 중요한 일이다. 이

기록이 사소한 것에 의해서도 방해받지 않기를 원한다. 통대의 의심을 피하기 위해 허드레로 끼워넣었던 질문들도 여기에서는 모두 삭제하고, 그녀의 진술 가운데 어머니와 관계있을 법한 내용들만 간추려서 빠르게 정리한다. 그녀의 불확실한 발음과 알아들을 수 없는 사투리, 당시의 역사적 사건들에 대해서는 통대의 주석에 의존한다.

—이름은 무엇이며 언제 태어났는가.

△청주 한씨 한구례이며 계해년 8월생.

—동화고무에 입사한 것은 언제인가.

△총동원령이 공포되던 해였으니까 갑신년(1944년) 1월이다.

—회사의 규모는 어느 정도였으며 사장 전만호에 대한 사원들의 평판은 어떠했는가.

△사원의 수는 200에서 300명 선이었고 대부분 여성 근로자였다. 제품 수요량의 증감에 따라 인원도 함께 증감했으므로 고정적이지 않았다. 사장에 대해 사원들은 적대적이었다. 특히 내가 입사한 후로 노동조합의 활동이 갑작스럽게 극렬화되어 회사 분위기는 전투장을 방불케 했다. 시대가 그랬다. '긴급국민근로동원방책요강'이 발표되었고 광산과 군수공장에 강제징용이 시작되던 때였으니까. 게다가 그해 5월에는 여자 정신대 경남반이 일본 후지현 강재공장(鋼材工場)에 동원되었고, 경북반과 경기반이 각각 6, 7월에 대규모로 동원되던 해였다. 공장에서 쫓겨나면 그대로 정신대에 끌려간다고 믿게 되어 노조의 단결된 투쟁이 더욱 촉구되던 시기였다. 사장은 또한 그걸 핑계삼아 사원들을 협박하고 으름장을 놓아 교묘하게 노동력을 착취했다.

적대적일 수밖에 없었다. (여기서 한정 없이 말이 길어지려는 낌새를 보이기 시작했으므로 내가 적절히 제동을 걸지 않으면 안 되었다.)

—찬찬히 말하도록 하자. 동화고무 전사장이 소문난 호색한이라는 게 사실인가. 사실이라면 그 근거는 어디서 찾을 수 있겠는가. 그에 관련한 특별한 사건은 없었는가.

△물론 있었다. 그러나 당사자들은 한결같이 입을 다물고 있다. 왈가왈부하기가 싫은 것이다. 그들은 이미 대가족의 할머니의 자리에 위치해 있으니까. 그들 중에는 자진해서 기꺼이 그의 요구에 응했던 사람도 많았던 것으로 안다. 경제적인 이유로 해서 말이다. 노조의 마지막 투쟁은 임금 인상이나 근로조건 개선을 위한 것이 아니라 성폭행을 당장 중지하라는 우리의 요구를 관철시키는 일이었다. 특이한 성격의 쟁의여서 신문의 취재 경쟁도 대단했던 것으로 안다. 그러나 어찌된 영문인지 우리들의 투쟁 소식은 단 한 차례도 신문에 보도된 적이 없다. 사장과 군수와 서장과 헌병대장이 미리 손을 쓴 것으로 알고 있다. 지금 생각해도 피가 거꾸로 솟는다.

—피해 당사자들이 한결같이 입을 다물었다는데 그런데도 쟁의가 가능했는가. 쟁의란 구체적인 사례의 폭로와, 피해 당사자들의 증언이 무엇보다도 필요하며, 그런 것들이 뒷받침될 때에야 비로소 쟁의는 대외적인 호소력을 갖게 되는 것이 아니겠는가.

△그렇잖아도 그렇기 때문에 우리의 가열찬 투쟁이 신문에조차 보도되지 않았다는 견해를 갖고 있던 사람도 많았다. 피해자가 누구인가를 우린 명백히 알고 있었으나, 그들을 앞에 내세워 두 번 희생시켜 혼삿길을 막을 수는 없었다. 부득이 노동조합 간부들이 피해자를 자

처하고 나서지 않으면 안 되었던 것이다. 그 점이 투쟁의 한계였다. 두 사람을 제외하곤 사실 정황이 제대로 맞을 리 만무였으니까.

―그 피해자들을 지금도 기억하고 있는가. 그들의 소재지를 알고 있는가. 두 사람은 피해 사실이 확인되었다는 말인데 그들은 누구이며 어째서 그러했는가. (여기서 그녀는 침묵을 지켰다. 머뭇거리는 기색이 역연했다. 그러자 통대가 나섰다.)

―피해자들이란 이국선, 오호자, 남정자, 이옥임, 홍남운, 김정분 등이다. 맞지 않는가. 그리고 두 사람이란 노조 간부 중에서 피해를 입은 이포전과 정언년이다. 맞지 않는가.

△(대답 없음)

―(내가 다시 나서며) 그들은 지금 어디 살고 있는가.

△(대답 없음)

―(통대) 내가 묻는 말에 대답해주기 바란다. 당시 쟁의가 유례없이 가열찼던 것은 노조가 외부세력과 연계되어 있었기 때문이라는데, 그 외부세력이라는 것이 여운형의 지하조직인 건국동맹이라는 사실이 맞는가.

△맞지 않다. 쟁의가 외부세력의 조종으로 가열됐다는 주장은 노조를 와해시키려는 조작극이었다. 노조 외에 그 일에 관련한 집단이 있다면 이포전의 식구 정도였다. 그들은 자신들의 식구 중 하나인 노조 간부 이포전이가 사장의 애를 가졌다고 주장하며 떼거리로 몰려와 맹렬하게 항의했다. 아니, 흥정했다. 나중에 그 집 식구들은 모조리 좌익에 가담해 삼랑성 야산대가 되고, 전쟁 직후엔 동화고무를 습격 파괴하는 데 앞장서게 된다.

—(나) 이포전에 대해 자세히 이야기해달라.

△이포전에 대해 아는 것은 그것뿐이다. 더이상 알지도 못하고 알 수도 없다. 그도 일부러 사장을 꼬드긴 것이다.

—왜 그렇게 생각하는가.

△이포전의 행실에 대해 그전부터 사람들 사이에 말이 많았다. 그들 식구는 생계가 매우 어려웠다. 이제 포전이에 대해 더이상 묻지 마라.

—그 이후의 행적에 대해 아는 바가 있는가. (난 이포전이라는 사람의 '임신'을 중요시하고 있는 게 분명했다. 그러나 이포전에 대한 질문이 성급하다는 걸 나는 알고 있었기 때문에 질문 중간중간에 이런저런 허드레 질문들을 끼워넣는 걸 잊지 않았다.)

△없다.

—그러면 이포전 이외의 사람이 사장의 애를 가졌다는 소문은 없었는가.

△없었다.

16

한구례 노파의 진술은 충격이 아닐 수 없었다. 통대나 노파의 의혹을 피할 양으로 이런저런 허드레 질문을 적절히 섞는다고 섞었지만 나중에 가서는 나도 모르게 이포전에 관해서만 대들듯 질문을 던졌다. 이포전이 나의 어머니나 되는 듯이 말이다. 내가 지나치게 긴장하고 있으며 노파의 말에 필요 이상으로 몰입하고 있다고 느꼈던지 통대는 내 소매를 지그시 잡아끌었다. 그럴 때의 통대는 점잖기 이를 데 없어 보였다.

"저 냥반 말예여. 그 이포전이란 사람허구 아무래두, 아무래두 사사로운 감정이 있는 것 같지 않으이꺄. 픽, 내가 알기루는 말이이다. 이포전이가 그런 사람이 아니었시여. 사장의 애를 갖다니요. 픽, 무슨 그런 당찮은. 그런 사람이 아니었을 걸시다."

고개를 내려오면서 통대는 내 눈치를 흘끔흘끔 보며 말했다. 자기 일도 아니면서 노파의 말에 그렇게 정신없이 빠져드느냐는 질책처럼 느껴졌다. 그쯤에서 작자에게 모든 것을 털어놓아버릴까 잠깐 고민했다.

"사사로운 감정? 저 노파와 이포전이란 사람 사이에?"

"피해자들 이름을 대라니까 안 대잖어. 자기가 한 말을 그들이 뽀록낼까봐 겁내는 거라구여, 픽. 이후의 행적이구 뭐구 딱 잡아떼잖어, 망구 같으니라구. 픽, 내가 알기루는 다른 직공들이 전만호에 대해 가시구 있든 증오심허구 서 노친네의 그것허구는 본질적으루 차이가 있는 거 같든데여 뭐, 픽."

"어떤 차이가 있다는 거지?"

"눈치루 때려잡아두 모르겠시꺄? 저 노친네는 전사장헌테 한을 품고 있는 건 사실이지만 말이져, 그 뭐시냐 남덜처럼 계급적인 적대감 같은 거이 아니구 픽, 사사로운 거, 말허자만 사련 같은 데서 나오는 거다 이 말이이다."

"사련? 그렇다면 연적?"

"말허자만 그렇져. 노친네의 원망은 전사장보다 전사장헌테 당한 동료 직공들에게 더한 거져. 전사장헌테는 배신감을, 동료들헌테는 강새암을 느끼는 거라구여, 픽."

"그래도 그렇지 지금 나이가 몇인데 투기 같은 걸……"

"그게 무슨 나이를 타는 일이이꺄? 모르져. 노친네는 전사장이 자신에게만 했던 황홀허구 은밀한 언약이 동료들의 무분별한 성폭행 폭로 쟁투루다 말짱 뒤죽박죽이 됐다구 생각헐지두. 동료덜이 그 난리만 치지 않었어두 자신의 현재가 이 모냥 이 꼴은 아니었을 거라구 두구두구 원통해하구 있는 건지도 모르는 거 아니이꺄?"

통대는 한구례 노파를 그런 쪽으로만 몰고 갔다. 나에게 한구례 노파를 소개하기를 꺼려하던 것과, 작자가 그 노파를 언짢게 생각하고 있는 것하고는 어떤 관계가 있을까. 그리고 작자가, 노파가 좋지 않게 말한 이포전이란 사람에 대해서는 은근히 비호하는 태도를 보였던 까닭은 무엇이었을까.

"넌 성이 뭐냐?"

"건 왜여?"

"아니, 그냥."

난 작자의 성을 물었다. 이포전이라는 사람과 어떤 혈연적 연관을 가진 놈이 아닐까 하는 의혹이 그런 식으로 튀어나온 모양이었다. 작자는 대답을 하지 않았고, 나는 방법이 적절치 못함을 깨닫고 더는 묻지 않았다. 그날 노파를 만나고 돌아오면서부터 난 다짐을 했었던 것 같다. 작자에게 도움은 받되 너무 기대해서는 안 되겠다, 이제부터 그는 내가 만나야 할 많은 사람들 중 하나로 간주해야 한다, 작자를 믿고 싶은 맘은 이미 작자를 추천했던 녹색 눈의 문화원장이 증발하면서 함께 사라진 것이 아니던가, 라고.

노파의 말에서 받았던 충격이 작자의 너스레로 훨씬 완화되긴 했지만 의문점들이 아주 사라진 것은 아니었다. 즉, 작자는 왜 이포전이라는 자에 대해 노파와 다른 진술을 하고 있으며, 다른 진술을 하는 근거는 무엇인가. 노파의 분기가 사련으로 비롯된 것에 지나지 않을지도 모른다는 추측의 배경은 무엇인가. 노파가 밝히기를 꺼린 피해자들의 이름을 그가 단번에 줄줄 외울 수 있었던 비결은 무엇이었을까 하는 것들이었다.

두번째 고향행에서 내가 확인할 수 있었던 사실은 아버지가 분명히 몇몇 여자들에게 성적인 피해를 입혔다는 것이다. 물론 그것은 뽀로수 할머니라는 늙고 추한 노파의 진술과 통대의 보고 내용이 일치한다는 것만으로 섣불리 믿어버릴 수는 없는 문제였다. 나중에 내가 당시의 재판기록을 직접 확인하고 나서야 인정하지 않으면 안 되었던 문제인데, 어쨌든 결과적으로는 두번째 고향행에서 그 사실을 확인한 셈이었다.

두번째 고향행은 뽀로수 할머니를 만나는 것으로 마감하지 않으면 안 되었다. 그녀가 살고 있는 부주고개를 막 빠져나왔을 때는 이미 무논에 저녁 햇발이 길게 누워 있었으니까. 나는 통대에게 이포전이라는 여인에 대한 자료를 수집해 보낼 것을 지시하고 어두워지는 섬을 빠져나왔다. 열섬현상에 갇힌 도심의 저녁과는 달라서 들길을 달리는 기분이 사뭇 쾌적했다. 생각보다 쉽게 나의 일이 곧 기대했던 결과를 드러낼 것 같은 예감에 무시로 빠져들던 하루였다. 이라크가 쿠웨이트를 침공한 날이었던가.

17

그 섬에 두번째로 다녀온 날 집에는 큰누님이 와 있었다. 아내와 누님은 나를 서먹서먹하게 맞았다. 일부러 그러지 않으려고 애를 쓰는 것처럼 보였으나 저절로 드러나는 분위기까지는 어찌할 수 없었던 모양이다. 시간. 시간이 필요하다. 나는 누님의 돌연한 방문에 의구심을 감추지 못하면서도, 시간이 모자라 그 섬에 오래 머물 수 없었던 것이 안타깝다는 생각이 들었다. 통대에게 좀더 조목조목 물었어야 했어. 금방 잡힐 듯한 출생의 미스터리를 그 섬에 남겨두고 서울로 돌아와야 한다는 것이 얼마나 속상했던가. 그곳에 눌러앉아 몇 날 몇 밤을 지새워서라도 내 출생의 비밀을 끝까지 밝혀내고 싶었다. 무엇을 알아낸다는 것. 그것은 적어도, 알아내고자 하는 그 비밀이 형성되는 데 소요된 만큼의 긴 시간이 요구되는 일이 아니던가.

"너 마귀에 씐 게 아니냐?"

안방으로 쫓아들어오며 대뜸 누님은 나를 다그쳤다. 마귀라는 말은 성경에 빠져 있는 누님의 입에서 무시로 튀어나오는 것이기는 했지만, 며칠 내가 겪었던 이러저러한 괴이쩍은 일들과 관련되어 그 말은 나를 사뭇 놀라게 했다. 누님은 말했다.

"광야에서 일찍이 교부들을 시험했듯이 악마가 즐겨 쓰는 수법은 음란한 환상을 이용하는 방법이라더라."

그래요. 차라리 그러고 싶습니다. 나는 속으로 외쳤다. 나의 출생의 비밀을 아는 일이라면 악마에게 빠져버려도 상관없겠습니다. 지상에서 나의 능력과 한계를 돌파할 수만 있다면 악마의 힘을 기꺼이 빌리고 싶어요. 악마에게 영혼을 판 대가로 그런 힘이 주어진다면 영혼을 팔아버리겠다 이겁니다. 네에. 팔아버리고말고요. 난 현실이라는 이 완강한 벽을 뚫고 나갈 비현실적인 힘이 필요합니다. 아무래도 이 현실은 가짜 같으니까요. 악마란 억울한 올가미를 쓰고 있는 진실의 모습인지도 모르지 않습니까. 배반이란 떳떳한 것일 수도 있습니다.

"이스라엘 백성이 모압 여인들과 음행하여 염병으로 2만4천이 죽었느니라. 음녀는 깊은 구렁텅이요 이방 여인은 좁은 함정이라. 너는 타인의 아내와 통간하여 그로 자기를 더럽히지 말지니라. 낮에와 같이 단정히 행하고 방탕과 술 취하지 말며 음란과 호색하지 말며 쟁투와 시기하지 말고 오직 주 예수그리스도로 옷 입고, 정욕을 위하여는 육신의 일을 도모하지 말라 아멘."

누님은 예배나 미사를 집전하는 성직자와 같은 근엄한 어투로 말했다. 누님의 말은 그대로 성경 구절이었다. 누님은 자신의 말을 한껏 돋우어 내가 섣불리 발명치 못하도록 미리 단단히 입을 봉해놓고는 조용히 말했다.

"네 처의 맘고생이 이만저만이 아닌가보더라. 어쩌자구 너답잖게 이러는? 다 늦게 남부끄럽지도 않아? 우리 집안에 없던 일이다."

없던 일이라구요? 하마터면 누님 앞에서 소리를 지를 뻔했다. 그러나 끝까지 숨기지 않으면 안 된다고 나 자신을 다독였다. 저들이 내 일을 눈치챈다면 분명 방해하고 나오겠지. 일정 기간 동안 난 저들을 배신하겠다. 난 악마에게라도 영혼을 팔 준비가 돼 있지 않은가.

누님에게 아무런 대답도 하지 않음으로써, 아내나 누님이 내 일상의 흔들림을 외도 탓으로 단정하는 것을 부인하지 않았다. 차라리 그

쪽으로 믿게 하는 것이 유리할 것 같았다.

"네 형도 안다. 혼자서 어려우면 형과 의논해서 잘 해결해보도록 해."

"형님도요?"

나는 누님 앞에서 깜짝 놀라 보이고는 아무 말도 하지 않았다. 확실하게 외도를 인정하는 태도를 보인 것이다.

"음녀로 인하여 사람이 한 조각 떡만 남게 되며 음란한 계집은 귀한 생명까지 사냥한다고 했다. 음녀란 깊은 함정이라 여호와의 노를 당한 사람은 거기에 빠진다고 했어. 네가 잘못해서 그리됐다기보다는 음란한 계집들이 네 연약함을 알고 악마가 되어 연한 살을 파먹으려 드는 게다. 네 안식구도 너를 원망하는 게 아니구 네가 행여 어떻게 될까봐 그게 걱정인가보더라. 히브리서에도 있잖니. 모든 사람은 혼인을 귀히 여기고 침소를 더럽히지 않게 하라, 음행하는 자들과 간음하는 자들을 하나님이 심판하시리라, 라고. 아까도 말했지만 정욕을 위하여 육신의 일을 도모하지 말고 오직 주 예수그리스도의 옷을 입도록 하자."

큰누님이 성경 구절을 외워 나를 경계하고자 하는 데는 그럴 만한 이유가 있었다. 나도 한때는 열심히 기도생활을 했으며 최근까지도 성경을 읽었으니까. 나뿐만이 아니었다. 우리 집안은 기독교 집안이었다. 여호와 하나님을 가까이 하지 않을 수 없도록 아버지는 솔선해서 하나님의 말씀을 따르고 자식들에게 그 실행을 강조했으니까. 음행을 범치 마라. 아직도 그 섬의 짓무른 노파는 분기형형하게 아버지의 음행을 기억하고 있는데 아버지는 평생을 예수만 믿는 목석처럼 살았던 것이다.

　내가 그 섬에 나다니기 시작하기 전까지 아버지는 아버지였다. 당신이 말하는 당신의 과거가 곧 과거였다. 우리는 누구도 아버지의 분부를 거역하지 못했으며 스스로 거역하지 않으려고 애썼다. 우리를 복종케 했던 것은 아버지가 이루어놓은 엄청난 부(富)였고, 그가 시시때때로 인용하는 하나님의 지엄하신 '말씀'이었다. 아버지는 우리에게 남들보다 충분히 일용할 양식을 주면서, 양식 공급을 중단할 수도 있다고 적절히 위협함으로써, 자식들의 욕망을 통제하고 진로를 당신이 원하는 쪽으로 조정해나갔다. 형제들끼리 불화할 때마다 아버지는 레위기와 요한일서를 인용했다―너는 네 형제를 마음으로 미워하지 말며 이웃을 인하여 죄를 당치 않도록 그를 반드시 책선하라. 그 형제를 미워하는 자마다 살인하는 자니 살인하는 자마다 영생이 그 속에 거하지 아니하는 것을 너희가 아는 바라. 그리고 우리가 당신의 지시한 바나 우리 스스로 힘써야 할 일을 게을리할 때는 영락없이 잠언을 펼쳤다―어리석은 자의 퇴보는 자기를 죽이며 미련한 자의 안일은 자기를 멸망시킨다. 손을 게으르게 놀리는 자는 가난하게 되고 손이 부지런한 자는 부하게 되느니라. 부지런한 자의 경영은 풍부함에 이를 것이나 조급한 자는 궁핍에 이를 따름이니라. 우리가 당신에게 순종하지 않을 때는 창세기 23장과 신명기 1장을, 당신이 보기에 우리가 교만하다고 여겨질 때는 창세기 11장과 잠언 16장과 이사야 2장을, 그리고 신심이 약해졌다고 생각될 때는 시편 103장과 전도서 9장과 예레미아 17장을 외우도록 했다. 아버지는 당신의 자식들은 물론 당신의 사위와 며느리까지 신실한 크리스천이 아니면 안 된다는 조건을 달아놓았다. 나의 매부들과 형수와 아내와 조카들이 몽땅 크리스천인 것은 아주 자연스러운 일이었다.

내가 감히 아버지와 관련해 이런 기록들을 여기에 적을 수 있는 것. 그것은 지난여름이 있음으로써 가능했다. 지난여름이 없었다면 나는 아직 아버지의 말씀을 따라 살려는 노력을 포기하지 않았을 것이며, 그가 쳐놓은 금기의 울타리에 오도 가도 못하게 갇혀서 그가 무엇 때문에 여호와 하나님을 유난스럽게 찾았는지를 영원히 알 수 없었을지도 모른다. 아버지는 여호와 하나님을 신실하게 섬기는 종이었다기보다 하나님 그 자체였는지도 모른다. 아버지는 늘 지엄했고 철두철미했으며 완전했고 타당했다. 언감생심 대들 수 없었으며 거역할 수 없었고 복종하지 않을 수 없었다. 아버지가 무섭고 엄격하기만 해서 그랬다기보다는, 우리 스스로 아버지를 받들었고, 받듦이 당연하고 자연스럽게 여겨지도록 아버지는 우리들의 충분하고 완벽한 울타리가 되어주었다.

지금 생각건대 아버지는 거대한 위선 덩어리였다. 위선이라고 간단히 말해버릴 정도가 아니었다. 아버지는 당신 자신을 우리들의 우상으로 만들었으니까. 어쩌면 자신을 자신의 우상으로 만드는 일이 먼저였을지 모른다. 아버지는 자신의 개인사를 감추거나 왜곡시킬 수 있다고 믿었던 것이 분명했다. 그리고 그렇게 했다.

그 섬에 머물면서 본격적으로 아버지를 탐구(?)하기 시작했을 때 나에게 닥쳐온 첫 갈등은 아버지에 대한 인식의 문제였다. 내가 40여 년 동안 줄곧 외경(畏敬)해온 아버지와, 그 아버지에 관한 현지 사람들의 진술과 기록들이 정확하게 상반됐었으니까. 그러나 그 문제는 시간이 해결해주었다. 여러 사람의 입에서 한결같이 말해지는 아버지는 내가 40여 년 동안 곁에서 보아온 아버지가 아니었다. 나는 비로소 근본적인 질문에 시달리기 시작했다. 내가 잠시 미망(迷妄)에 빠져 있는 것인가, 아니면 지금까지의 삶이 온통 미망이었던 것인가라는.

그 여름이 지난 지금. 난 문득문득 솟구치는 아버지 생각에 진저리를 친다. 생전에는 보이지 않았던 아버지의 통치술이, 몹쓸 기억처럼 시도 때도 없이 한 가지씩 떠올랐기 때문이다. 아버지식 통치에 일조를 한 것은 어머니였다. 누님이나 형님도 협력했는지 모른다. 온 식구들이 나 하나를 청맹과니로 만들기 위해 일사불란했는지 모른다. 어쨌건(형제들마저 그 음모에 동참했건 안 했건) 어머니는 분명, 아버지가 자신의 개인사를 감추거나 왜곡시키기 위해 필요 이상의 치밀한 가족 통치술을 구사할 때 누구보다 긴밀한 조력자요 반려였다. 나는 그 사례를 하나하나 거론하고 싶지는 않다. 그럴 필요도 없으며 내 기억력이 그걸 허락지 않는다. 다만 그들의 협조가 어떤 식이었는지 하나만 섞을 필요를 느낀다.

형님이나 나나 누님들이나, 누구의 꾸중을 받을 정도로 까다롭다거나 성격이 야단스럽지는 않았다. 형제들은 없는 집 식구들처럼 각박하지도 않았고, 넉넉한 집안의 아이들답게 늘 여유 있게 행동하려고 애썼다. 우리는 너그러워지려고 했고, 그런 너그러움은 부족한 걸 모르고 자란 아이들에게서나 찾을 수 있다는 점까지 어려서부터 이미 알고 있었다. 우리는 자존심이라는 허울로 가려진 빈한한 자들의 옹졸함을 경계했다. 형님과 내가 경주했던 것은 누가 얼마만큼 좋은 물건을 가졌느냐는 따위가 아니었다. 우리는 대범함을, 용기 있음을, 그리고 쾌활함과 인정 많음을 경쟁했다. 우리는 꾸중이라는 걸 모르고 자랐어야 마땅했다.

그러나 어떻게 된 영문인지 우리들 형제는 남들처럼 아버지에게 적지 않은 꾸중을 들으며 성장했다. 지금 생각건대 그것이 아버지의 통치술이었다는 것이다. 아버지와 마찰을 빚을 일은 그리 흔하지 않았다. 입시 공부와 학교생활에서 남에게 뒤지지 않았으며, 누구에게나 있을 만한 청소년기의 반항과 탈선의 위험에서도 스스로 보호할 줄 알았으니까. 유학 시험과 외국생활 역시 부모의 도움 없이도 잘해냈던 우리였다. 그러나 나는(누님이나 형님도 마찬가지였지만) 아버지 앞에 자주 불려갔다. 알 수 없는 일이었다. 지금에야 그 까닭을 알게 되다니. 아버지는 일부러 까탈을 잡았던 것이다. 그것도 늘 잘잘못이 구별되지 않는 성질의 문제에서 출발했으며, 나중에는 문제의 본질과 동떨어진 것을 가지고 다시 문제를 삼았다.

일테면 이런 식이었다. 10여 년 전, 일본에서 수입한 좋은 가스보일러가 있대서 형수가 기름보일러를 떼어내고 그 가스보일러로 바꿔 단 적이 있었다. 아버지는 보일러의 색깔이 빨간색이라서 보기 싫다고 했다. 형수에게도 그것이 반드시 빨간색일 필요는 없었다. 그냥 예뻐 보여서 산 것일 테니까. 그러나 아버지는 빨간색을 선택한 것은 잘못이라고 말했고 형님은 보일러의 색깔이 반드시 어떤 빛깔이어야 한다는 법은 없지 않느냐고 해서 아버지의 심기를 편찮게 한 적이 있었다. 일이 그쯤 되면 보일러는 어디로 가고 얘기는 부모 자식 간의 예절과 어법과 태도에 관한 문제로 비약되게 마련이었다. 말하자면 도덕의 문제겠는데, 그럴 경우 나어린 자식이 부모 앞에서 할말이란 거의 없는 법이었다.

　나와 아버지 사이에 있었던 일 중에 기억나는 것을 아무렇게나 하나 꼽아보자. 계절에 맞춰 날염 디자인을 바꾸겠다면서(아버지는 상경 후 업종을 섬유 제조로 바꾸었다) 아버지는 며칠을 디자인에만 매달렸다. 나는 늙은 아버지의 색채감각이 시대착오적일 수밖에 없다는 사실을 알고 있었기 때문에 관심을 두지 않았다. 때가 되면 디자이너에게 주문하리라 맘먹고 있었다. 그러나 아버지는 나를 데리고 남대문, 광장, 동대문, 평화 시장을 돌면서 시장조사를 하자고 했다. 나는 아버지에게 솔직하게 말할 수 없었다. 아버지의 안목은 이제 구식이에요, 아버지 취향대로 디자인을 골랐다가는 판매는커녕 납품조차 곤란합니다, 디자인은 이제 전문가들한테 맡기는 시대잖습니까, 라고 말할 수 있었겠는가. 나는 어쩔 수 없이 아버지와 함께 여러 시장을 다니며 디자인 샘플을 구했지만 눈에 차는 것은 하나도 없었다. 아버지는 하나같이 내가 도리질치는 학, 일출, 소나무, 부채와 여인들이 그려져 있는 디자인만 좋다고 골라들었다. 나의 시큰둥한 표정을 마땅찮게 여긴 아버지는 마침내 나의 무성의를 탓하고 나왔고, 디자인 문제 하나 아비 힘 없이 제대로 해결할 줄 모른다는 지청구를 듣고야 말았다. 난 아버지의 오랜 독단을 하루아침에 고칠 수 없다는 사실을 누구보다도 잘 알기 때문에 디자인에 관해서는 끝까지 아무 말 하지 않았고, 팔자에도 없는 무성의하고 불성실한 놈이 되어 근엄한 목소리의 민수기와 잠언과 이사야서와 마태복음을 들어야 했다. 아버지는 나 하나를 다스리기 위해 마음에도 없는 시장을 돌아다녔던 것이며 디자인은 처음부터 안중에 없던 일이었다.

불화라고 할 것까진 없지만, 아버지와 언짢은 일이 있을 때마다 중재를 하고 나섰던 것이 어머니였다. 그 역할은 당연히 어머니의 몫이었다. 다른 집안에서도 어머니의 역할이 우리와 크게 다르지 않으리라 여겼기 때문에 그럴 경우 어머니의 개입은 전혀 이상스러울 게 없었다. 어머니는 우리 편에 서서 아버지의 불합리와 억지와 노염을 타박하는 데 인색하지 않았다. 어머니는 우리 편이라는 걸 우리가 의심 없이 받아들일 수 있도록 아버지의 잘못을 충분히 지적했다. 때론 우리보다 훨씬 과격했다. 그러고 나서 어머니는 집안의 어른인 아버지의, 아버지라는 존재의 불가피성을 조심스럽게 역설하기 시작했고, 참고 이해하고 순종하기를 바랐다. 집안의 평온을 위해서! 그리고 가문을 일으킨 훌륭한 아버지를 인정해야 한다는 뜻에서.

어머니의 역할은 앞에서도 말했듯이 어느 집안에서나 공통된 것일 수 있겠다. 그러나 그 여름을 모질게 겪고 난 지금 나는 어머니의 역할에 혐의를 두지 않을 수 없다. 아버지의 불합리와 억지와 노염이 치밀하게 계산된 불합리와 억지와 노염이었다는 사실을 알게 되었으니까. 생각나는 대로 두 경우를 들었기 망정이지 곰곰이 생각해본다면 아버지의 위선은 더욱 분명해질 것이다. 아, 어째서 그 사실을 아버지 생시에는 깨닫지 못했던 것일까. 하기야 내가 강화도라는 섬에 들르기 전까지는, 아니 발신인 불명의 팩스를 받기 전까지만 해도 당신은 당신이 말하는 대로의 아버지였고, 당신의 과거는 당신이 말하는 대로의 과거였으니까. 요컨대, 성경 구절이 등장하고서야 끝이 났던 사소한 충돌은 결국 아버지의 (통치를 위한) 고의적인 트집잡기였고, 어머니의 개입은 아버지의 '고의' 밖에서 이루어졌던 게 아니었다. 이런 이야기는 어느 가정에서나 있을 수 있는 평범한 것일 수도 있겠다. 그러나 과거에 많은 사람을 괴롭히고 희생시킨 사람이 군자인 양 기독교적인 근엄함을 가장하며 자신의 개인사를 왜곡한 가장이 그리 흔하겠는가.

"형님도 안다니 형님과 잘 의논해서 조용히 마무리짓도록 하겠습니다."

그 말을 듣고서야 큰누님은 돌아갔다. 난 영락없이 외도를 한 것으로 되어버린 것이었다. 자기 입으로 외도를 시인했으니 아내 앞에서 고개를 못 들어야 하는 것은 당연한 일. 그러나 난 반성하거나 부끄러워하는 기색을 보이지 않았다. 리리코 정과의 이틀 밤. 소요궁 녹두인가 하는 처자와의 한나절도 외도는 외도였는데도 말이다. 무고죄에 걸려들어 억울해하는 사람을 대하듯 아내는 며칠을 서먹서먹 말없이 나를 대했다. 그러던 중에 통대로부터 두번째 팩스가 날아들었다.

18

信 2

이포전(李布傳). 여자. 1924年生. 출생지 吉詳面 奈里. 본관 全州. 노동운동가. 1944年 당시 주소 길상면 나리. 당시 직업 동화고무 생산 직공.

수려한 美貌와 활달한 성격의 소유자로 많은 同僚들의 信任을 얻으면서 1942年, 1944年 두 차례 있었던 동화고무의 勞使爭議의 주동이 됨. 이포전은 社主 田萬鎬의 性的 暴行의 직접적인 피해자인 것은 사실이나 姙娠한 경력은 별무함. 이포전이 당한 性的 暴行이라는 것도 저고리가 벗겨지고 상스러운 욕을 들은 정도에 지나지 않는 것으로 보이나, 그것으로 인하여 爭議를 積極的으로 主動하매 共産分子로 誤解받기도 함.

爭議 當時 이포전의 식구가 社主 田萬鎬와 協商을 벌였다는 내용은 記錄 등으론 찾기 힘드나 佛恩面 全州 李氏 集成村에 사는 한 사람의 陳述은 그러한 史實을 뒷받침하고 있음. 그러나 協商이라 하는 것은 어디까지나 抗議와 法的인 賠償問題에 관한 것이었지 흥정적인 性格은 아니었다 함. 協商의 性格이 흥정 따위가 아니었다는 사실은 이포전이 소속된 家率이 傳來的으로 不義를 알지 못할 뿐 아니라, 돈을 중히 여기지 않았고 國家에 患難이 있을 적마다 數多히 義勇한 事例로써도 推測이 可能함.

아직 그의 가술에 대해 調査중이나, 지금까지 드러난 사실만으로도 이포전은 門中 先祖들의 不屈의 피를 물려받은 熱血民族靑年에 지나지 않았으며, 그가 活動한 時代가 朝鮮이 主權 없는 暗黑期였던 까닭으로 불온하고 不美스러운 記錄을 남길 수밖에 없지 않았는가 推斷하는 것이 可할 것으로 봄.

그는 器物을 破損하는 등 民心을 盡惑케 함으로써 朝鮮獨立의 煽動을 目的했다는 理由로 징역 5년을 언도받고 복역한 뒤 자취를 감추었으며, 그후 해방이 된 뒤에도 그의 行績에 대해 말하는 사람이 없음.

참고로 그가 소속하여 있던 가족에 대해 좀더 말하자면, 전통적으로

異民族에 대한 排他心이 유별함으로 因하여, 國家가 外侵으로부터 患難을 겪을 때마다 인원을 배출하여 出戰케 하였는데, 조사한 바에 의하면 그 始初는 抗蒙 三別抄부터라 함. 그후 그의 선조들은 壬辰戰爭은 물론 丁卯, 丙子年의 胡兵의 侵入에 맞서 싸웠다는 기록이 전하며, 丙寅 · 辛未洋擾와 抗日, 그리고 해방 후에는 人民解放을 위해 鬪爭하였다는 기록을 남기고 있음.

정리하면, 이포전은 대대로 民族解放鬪爭에 일떠섰던 선조들의 氣象을 이어받은 熱血民族靑年으로서, 買辦資本家인 동화회사 사주 전만호의 非人間的 反民族的 처사에 의분으로 對抗하매, 효과적인 爭鬪를 위해 자신에 대한 사주의 성폭행까지 폭로하는 기발한 방법도 서슴지 않은 愛國愛族의 인물임.

이포전에 관한 통대의 보고를 받은 나는 그 섬으로 당장 달려내려가고 싶었다. 통대에게 진술하고 자료를 제시한 사람들을 내가 직접 만나서 확인하지 않으면 안 될 것 같았다. 통대의 보고—작자는 첫번째와 마찬가지로 내가 원한 대로 일을 하지 않고 제멋대로 이포전을 조사했다—는 내가 두번째 들렀을 때 만났던 부주고개 뽀로수 할머이의 진술과 전혀 다른 것이었다. 노파는 이포전이 '임신'을 했었다고 말했으며(난 그 말을 얼마나 충격적으로 받아들였던가), 그녀가 가진 아이를 사이에 두고 이포전의 가족들은 사주 전만호와 모종의 흥정을 했었노라고 말하지 않았던가. 노파는 이포전이 먼저 전사장을 꼬드겼다고 말했을 뿐 아니라 그녀의 행실을 지극히 의심하는 눈빛이었다. 그런데 통대의 두번째 보고는 어떤가. 임신은커녕 이포전은 선조들의 대외항쟁정신을 이어받은 열혈 민족청년으로 둔갑하고 있지 않은가.

난 다시 한번 통대와 이포전과의 관계를 의심해보지 않을 수 없었다. 그의 성씨가 무엇이라는 것 정도는 그때 알아뒀어야 했다. 통대의 보고서는 왠지 이포전을 미화하려는 서투른 흔적을 여기저기 내비쳤으니까. 작자가 왜 부주고개의 노파를 나에게 소개시키기를 망설였는지 알 것 같았다. 부주고개를 내려오면서, 노파의 진술이 이포전에 대한 사사로운 감정 차원 이상의 것이 아니라고 평가절하한 의도에도 나는 혐의를 두지 않을 수 없었다. 작자를 내가 만나야 할 여러 진술자 중의 한 사람 이상으로 취급하지 말아야 했다. 나는 나의 일과 거리를 유지하는 데 좀더 각별히 유념해야 할 것이며, 그러기 위해서는 사소한 말들(일테면 동화고무의 한 여직공이 사장의 애를 가졌다는 근거 불명의 진술 따위)에 쉽게 충격을 받아서는 안 되었다.

나는 형님을 만나 상의하기로 했다. 나에겐 무엇보다 시간이 필요했다.

"필요한 것 있으면 얘기해. 무엇이든. 힘닿는 대로 도와줄게."

늘 그랬듯이 형님은 나에게 너그러웠다. 너그러운 저 형님은 알고 있을까. 내가 자신의 친동생이 아니라는 것을. 과연 내가 그의 친동생이 아닐까.

"시간이요."

"시간?"

형님은 나의 대답에 놀라는 기색이었으나 충분히 예상했던 일이라는 듯 이내 표정을 수습했다.

"예, 시간."

"좋아. 얼마면 되겠니. 일주일? 보름? 한 달?"

"일주일."

"그럼 넌 일주일 동안 말레이시아로 출장이다. 용무는 전에 대만에 들렀던 것과 동일한 성격이다. 오늘 뜰래?"

"내일 뜨죠."

"그럼 모레부터 쳐서 일주일로 하지. 다른 말은 하지 않겠어. 출장 업무를 이상 없이 완수할 것. 이건 전씨 집안 남자들의 위신에 관한 문제라구."

그리고 형님은 웃었다. 한두 번의 외도가 별일이냐는 투였다. 오히려 부럽다는 표정이었다. 자기에게 그 문제를 상의해온 것을 형님은 무엇보다 흐뭇해했다. 형님은 자신의 선의를 사양하는 사람을 가장 섭섭하게 생각했다. 나에게 속고 있다는 사실을 꿈에도 알지 못했다. 전씨 집안의 며느리들을 속이는 일을 동생과 모의한다는 사실을 쑥스러워했을 뿐이다.

19

무엇인가를 반드시 밝혀낼 것만 같았던 의욕은 그 섬에 도착하자마자 반감되었다. 반감이라기보단 변질이라고 해야 하지 않을까. 섬과 잇닿은 연륙교를 건너면서부터 나른한 무기력감이 엄습해왔다. 그 무력감 속으로 속수무책 빠져들었다. 그 섬에 발을 디뎠던 두 번 다 그랬다.

나른한 무기력감? 정확히 말하자면 그것이 아니었다. 서울에서 품었던 의지가 깨진 독에 물 새듯 반 넘어 빠져나간 것은 사실이지만, 빠져나가기만 하고 만 것은 아니었으니까. 빠져나간 만큼 들어찬 새로운 기운의 정체를 나는 말할 수 없는 것뿐이다. 마약류를 사용해보았다면 그때의 기분이 마약이 일으키는 진정 작용과 어떻게 다른지를 명확하게 말할 수 있겠으나 난 그런 것들을 투여해본 적이 없었기 때문에 막연히 상상해볼 뿐이었다. 미량의 환각제를 투여했을 때 기대할 수 있는 신경 안정의 상태가 바로 이런 것이 아닐까 하고.

반드시 무기력감만은 아니라고 말할 수 있는 것은, 처음에 품었던 의지가 반 넘어 새어나가면서 그 빈자리를 차지하고 들어온 기운—그것에서도 힘을 느꼈기 때문이다. 설명할 수는 없지만 무턱대고 통대의 뺨을 후려갈겼던 힘, 작자의 얼굴까지 내 손을 이끌어올렸던 그 힘, 그리고 문화원 화장실에서 길고 커다랗게 지르던 비명, 나도 놀랄 정도로 굉장했던 그 목소리, 또 무엇이 있었던가, 녹두에게의 우발적인 몰입, 한낮에 녹두에게 몰입하고 경험했던 신비한 회복감. 그런 것들은 분명히 내 몸안의 에너지 작용이었으나 통제되지 않는 기운이었다. 어쩌면 그것은 내가 그 섬에 도착하기 훨씬 이전부터 작용하기 시작한 건지도 모른다. 리리코 정과의 관계. 강렬한 배반의 욕구. 천연스러운 거짓말들. 헷갈림.

불은면의 전주 이씨 집성촌에서 내가 알아낼 수 있었던 것은, 이포전이 그들 집성촌과는 상관없는 인물이라는 사실이었다. 성보(姓譜)를 보관하고 있는 이성희라는 마흔둘 먹은 종손은, 44년 당시 이포전이란 처자가 동화고무에서 꽤나 골치 아픈 존재였다는 사실을 자신의 선친으로부터 들어 알고는 있다며, 내 질문에 꼬박꼬박 인용투로 대답했다. 일테면,

"같은 전주 이씨고 지역적으로도 불은과 길상은 서로 맞붙어 있는 인접한 면인데 이포전과 그의 가족에 대해 아는 바가 없다는 겁니까?"

라고 내가 물으면 그는,

"이포전이란 처자가 분명히 있긴 있었답디다. 그리구 그 처자의 무리가 삼랑성의 나림이라는 곳에 군거하고 있었다구 합디다. 난 모른다고 허진 않았시다. 다만 그들의 정체를 잘 모를 뿐이며 우리 문중과는 상관없는 무리였단 걸시다. 정보를 보만 고려 원종존가 그때에 이 지역에서 전주 이씨 집안에서 집단 행불자가 많이 발생했다는 근거는 있긴 있시다만, 그건 몽고와의 마지막 항쟁 때 바다에 몸을 던져 시신을 찾지 못해 묘를 쓰지 못한 조상들이 있었기 때문이지 그들이 나림으로 든 건 전만 아니라고 힙디다. 낸들 일깄시까, 그렇다니껜 그런가 부다 허는 거지."

라고 대답했다.

"이포전을 선친은 어떻게 알았을까요?"

그런 식으로 나도 물을 수밖에 없었다.

"생야단을 한바탕 쳤다는데 몰랐갔시까? 온 섬사람덜이 다 알았답디다. 게다가 그 작자가 극구 전주 이씨라구 우기구 나오는데 우리 문중이 어디 편안했갔시까? 내가 태어나기두 전의 일이라서 난 잘 모르지만."

요컨대 그의 말은 이랬다. 선친에게서 이포전에 관해 조금 들었다. 이포전이란 인물이 워낙 항간에 말이 많았던 자이고 스스로 전주 이씨라고 '우겼기' 때문에 전주 이씨들은 그자를 모를 수 없었다는 것. 그자는 나림이라는 곳에서 군거하는 '무리'의 일원이었다. 일각에서는 그 무리의 뿌리가 집성촌에서 누대를 이어내려온 전주 이씨와 같다고 하기도 하는 모양이지만 천만 그렇지 않다는 것.

"제가 느끼기로 선생은, 아니 선생의 선친은 자신들이 전주 이씨라고 우겼다는 그 나림의 무리에 대해 무척 언짢게 생각한 걸로 들립니다만."

"물론일시다. 좋게 생각하려 할 수가 없었던 거져. 그들은 뻑하면 사고를 저질러놓구 떠허니 전주 이씨의 성을 댔다니 맘이 편했갔시꺄? 어찌 선친만 그랬갔시꺄. 이씨 문중은 물론이구 조정에서두 골칫거리루 여겨설랑은 그 무리를 토벌까지 했다지 않으이꺄."

"그러면 그 무리가 집성촌의 이씨 문중과 뿌리가 같다고 말하는 사람들은 누굽니꺄?"

"누구긴 누구이꺄. 그저 뭣 좀 안다구 허는 사람덜이지. 옛날 책 어디에 뭐가 조금만 씌어 있다거나 무슨 돌맹이 하나만 발견돼두 역사가 어떻느니 고증이 어떻느니 허는 사람들 왜 있잖으이꺄? 취미루 그러는 사람덜. 향토사학자라나 뭐라나. 사학자는 무슨. 어쨌든 이 섬에두 그런 사람덜 꽤 있시다. 제대루 배우지두 알지두 못하는 것덜이 남 조상 욕보이는 건 모른다 이 말일시다. 모르긴 해두 선생두 그런 사람 겉은데 아니헐 말루 수백 년 전 일을 글 몇 조각 가지구 어떻게 알갔시꺄? 안 그러이꺄?"

"아 예, 무, 물론 그렇지요."

나는 통대를 흘끔 바라보았다.

"아, 저, 서울에 있는 대학의 유명한 역사학자라구 했시여."

통대는 나에게 작은 소리로 빠르게 말하고 고개를 희뜩 돌렸다. 잘한 일이라고 확신하는 표정이었다. 아, 왜 난 문득문득 작자를 패고 싶었던 걸까. 작자가 말하지 않았더라도 나는 역사학자처럼 행동하려고 하지 않았던가. 그 섬에 대단한 애정을 가진.

"나림의 무리가 이씨 집성촌과 어떤 관계인지 곧 밝혀지게 될 겁니다."

난 책임질 수 없는 말을 아무렇게나 얼버무리고 집성촌을 빠져나왔다.

다음으로 찾을 대상은 그 향토사학자인가 하는 사람들이었다. 그러나 난 통대를 따돌리고 웬일로 부주고개로 향했다. 부주고개로 향하면서 렌터카라도 끌고 왔어야 했다고 생각했다. 노파가 사는 부주고개는 버스가 들어가지 않는 곳이었다. 버스가 운행되지 않는 곳은 그곳 말고도 여러 곳 있었다. 나중에야 알았지만, 하루에 겨우 한 번 운행되는 버스를 기다리느라 읍내에서 하루를 꼬박 소비하는 사람들이 많았다.

3~4킬로미터를 모자도 없이 걷는 일은 20년 만에 처음이었던 것 같다. 어떤 노인의 "조금만 걸으면 된다"는 말만 믿고 나는 한 5분 걸으면 되겠거니 여겼던 것. 군에서 행군을 할 때도 모자는 있었잖은가. 나는 뜨겁게 달아오른 황톳길을 걸으면서 되돌아가 택시라도 잡아야 한다고 수없이 되뇌었다. 그러나 막상 그리하지는 못했다. 앞으로 나

아가야 할 거리와 되돌아갈 거리가 시간이 갈수록 비슷해지다가, 결국 나아가야 할 거리가 짧아지게 되었으니까. 난 그때 이미, 그 일을 포기하고 서울로 되돌아오기에는 너무 그 일에 깊이 걸어들어갔다고 생각했다. 쓰르라미. 그 황톳길을 떠올리면, 구리송곳 같던 땡볕도 땡볕이려니와 귀가 멍멍하게 울어대던 쓰르라미 소리에 지금도 진저리가 쳐진다. 이 글을 쓰고 있는 지금까지도 내 귀에 확실한 이명으로 남아 있는 건 부주고개의 그 그악스럽던 쓰르라미 울음소리다.

난 그 소리에 멀미를 했다. 문화원 건물 화장실에서 치받쳤던 심한 욕지기가 그때 내 몸에서 다시 격렬하게 일기 시작했다. 그래서 그랬을 것이다. 난 정신이 몽롱해졌으며, 한구례 할머니 앞에서 하마터면 뒤로 나자빠질 뻔했다.

그녀는 무더운 날씨에도 내가 사들고 간 값싼 붉은색 포도주를 잘 마셨다. 그녀의 더러운 입성과 짓무른 눈을 다시 기억해내고 싶지는 않지만, 나를 바라보며 씨익 웃던 그녀의 웃음은 잊고 싶어도 도무지 잊히지 않는다. 시니컬했다고 해야 할지. 노파는 내가 왜 자꾸 자신을 찾는지 다(그것도 아주 잘) 알고 있다는 투로, 내숭 떨면서 헛질문 해쌓지 말라는 투로, 가소롭다는 식으로 섬뜩하게 웃었던 것이다. 그 웃음 뒤에 한구례 노파는 무어라고 말했던가. 그녀의 말이 너무도 충격적이었기 때문에 그 말 바로 전에 웃었던 그녀의 웃음이 섬뜩한 것으로 각인된 것인지도 모른다.

"이포전의 자식. 맞지. 임자 애비가 전만호라는 걸 내 입으로 말해주길 바라는 게지. 그렇지? 그래서 두 번씩이나 찾아온 게지?"

그리고 또 한 차례 웃었는데, 두번째 웃음은 소리를 내서 웃었고,

그 소리는 이랬다. 캑캑캑캑캑캑캑캑.

난 그녀의 웃음소리에서 도마뱀 같은 파충류를 떠올리며, 동시에 강렬한 살의를 느꼈다. 그때 내가 질끈 눈을 감아버리지만 않았더라도 난 달려들어 노파의 가느다란 목을 사정없이 눌러버렸을지도 모른다. 그리고 그녀의 버르적거리는 사지가 비늘 돋은 도마뱀 다리로 변하는 것을 지켜보았을 것이다.

"이포전의 자식이라구요? 누가요? 내가요? 할머니, 오해하지 마세요. 난 미안하지만 대학교수입니다. 대학생을 가르치는 선생이라구요. 이 고장의 역사를 좀 알고 싶을 뿐이고, 그래서 살아 계신 역사의 증인들을 찾아뵙고 있는 중입니다. 아시겠어요?"

대학교수로서는 참으로 빈약한 변명이었다. 그러한 변명이 노파에게 전혀 먹혀들지 않고 있다는 데에 절망했다. 그녀는 섬뜩한 웃음을 다시 한번 웃어 보였다. 다 알고 있는데 그럴 거 없다는 투. 난 제풀에 주눅이 들었다.

"도내체 어떤 점이 할머니에게 그렇게 보였나요? 나 참."

딴청을 부리려 했으나 그녀의 대답은 나의 넋을 한꺼번에 콱 움켜잡았다.

"똑같잖어. 이포전이허구 말야. 시상 사람덜 다 쇡여두 난 못 쇡여. 임자 코허구 눈이 영락없어. 코허구 눈만 같으만 다 닮은 거이지 뭐. 안 그래?"

"어떻게 닮았는데요?"

태연을 가장하는 것이 고통스러웠다.

"그걸 나보구 말루다 허라구? 이 양반 말깨나 좋아하는 양반이구

만. 그걸 어떻게 말루다 해? 그냥 척 보구 아는 거지. 척 보구 말야. 외
려 말루 허만 달라지게 마련이야."

"허허…… 허허허허허."

난 그냥 웃었다. 지금까지 내 앞에서 터무니없는 조건을 제시하며
납품 계약을 강요하던 많은 사장들이 그랬듯이. 내가 가장 싫어했던,
쑥스러움과 열없음과 뻔뻔스러움을 큰 웃음으로 한꺼번에 쓸어버리
던 그들의 웃음. 난 노파 앞에서 얼떨결에 그 웃음을 연신 웃어댔던
것이다.

"나림이라는 곳을 아세요? 이포전인가 하는 양반이 그곳에서 살았
다면서요?"

웃음을 삼키고 다시 질문을 시작했다.

"나림? 그런 건 몰르지만 그 사람덜 남녀가 구별 없이 배얌처럼 한
구뎅이에 모여 산다는 소린 여러 번 들었지. 내 남자 니 남자 내 여자
니 여자 구분도 없이 아무허구나 껴안구 자구 아무허구나 붙어먹는다
더구만. 화냥것들이라구 했어들. 그런 구뎅이에서 사는 이포전이가
아이를 뱄는데 그게 전만호 아이라는 보장이 어딨어? 임자두 전만호
는 하나두 닮지 않았어……"

"뱀처럼? 그럼 무슨 땅굴 같은 데서 살았다는 말씀입니까?"

"땅굴? 그리고 보니께 무슨 굴에서 살았다지 아마. 정족산이라든
가……"

"그곳을 아세요?"

"몰라. 그곳을 사람들이 나림이라구 허는지두 모르지……"

"정족산은 어드멥니까?"

"길상멘."

"길상면이오?"

"전등사 뒷산이 정족산이여."

갈수록 태산이었다. 통대의 팩스 보고를 받고 길상면의 전주 이씨 집성촌을 찾으면 대충 이포전의 윤곽을 잡을 것이라고 생각했었다. 그러나 집성촌의 종손은 이포전을 자신의 일족으로 치지 않았고, 성보에도 없는 사이비 전주 이씨의 무리로 보고 있었다.

그런데 난 왜 이포전이라는 인물에만 집착하고 있는가. 헛다리는 아닐까. 임신? 통대는 그녀가 임신한 사실이 없었다고 분명하게 말하지 않았던가. 부주고개의 뽀로수 할머이를 나 혼자 찾은 것은 그러한 궁금증을 확인하기 위해서였는지도 모른다. 뽀로수 할머이에게서, 내가 이포전의 자식이라는 사실을 확인받기 위해서 말이다. 내가 그녀 앞에서 무시로 현기증을 일으켰던 것은, 은연중에 노파의 그 대답을 기대하고 있었으며, 그러한 기대감이 나를 부주고개로 이끈 것이 아닐까 하는 신비스러운 느낌에 지배당하고 있었기 때문이었을 것이다. 노파는 누구의 어떤 말보다 확신에 찬 어조로 내가 이포전의 자식이라고 말했다. 그녀의 기분 나쁜 웃음 때문에, 오히려 더 신뢰가 갔다.

그런데 화냥것들은 뭐고 뱀떼처럼 뒤엉켜 산다는 건 또 뭔가. 땅굴은 또. 게다가 내가 이포전은 영락없이 빼닮았으면서도 전만호는 전혀 닮지 않았다는 소리는 뭔가.

갈수록 태산이었다. 정신을 똑바로 차리지 않으면 안 될 것이라고 나 자신에게 타일렀다. 그러나 정신을 똑바로 차린다는 것에도 자신이 서지 않았다. 그 섬에 발을 들여놓으면서부터 기력의 일부를 빼앗겼을 뿐만 아니라, 나를 움직이는 것이 내가 아닐지도 모른다는 느낌을 벌써 여러 차례 경험했던 터이니 말이다. 여행 삼아 그곳에 갔던 것은 아니었으니까 그럴 수도 있었겠다는 생각이 든 건 당연할지도 몰랐다. 구체적인 계획을 가지고 특정한 장소에 다녀오는 여행이라면 헷갈릴 필요가 없잖겠는가. 그러나 그 섬에서 나의 일이란 불분명한 증거와 진술과 기억에 따라 움직이는 일이었으므로, 자칫 잘못 판단하거나 고의적인 훼방에 말려들면 헤어나기가 여간 힘들지 않은 그런 일이었다. 내게 증언하고 제시하는 모든 사람들의 진술과 기록 등의 자료를 징검다리 삼아 그 여름의 혼망의 늪을 건너야 했으나 내가 딛는 징검다리는 그 지반이 불안전하고 위태롭기만 했다. 지금 생각건대 그때 이미, 수십 년 동안 나름대로 단련된 판단력이 제멋대로 살아 움직이는 자료와 진술과 괴이쩍은 분위기의 기승에 뒷전으로 밀려버렸던 것 같다.

"저, 할머니. 할머니의 말을 뒷받침할 만한 사람들이 또 없을까요. 제가 이포전인가 하는 그 사람을 닮았다고 말해줄 수 있는 사람들 말입니다. 제가 할머니의 말을 못 믿어서가 아니라, 그 사람들을 만나서 더 묻고 싶어서 그래요. 이포전이란 사람이 어디서 살았으며 나림이라는 곳이 어디인지 그런 걸 더 묻고 싶은 겁니다."

어서 그 노파로부터 벗어나고 싶었다. 그 노파와 함께 있을수록 기분이 나빠졌다.

"더 묻고 말고 할 것두 없어. 임잔 이포전이허구 똑 닮았으니깐. 영락없어. 코허며 눈……"

"전에 저랑 함께 왔던 사람 있죠? 키가 작고 눈이 째진 사람 말예요. 그 사람이 얘기했던 당시 할머니의 동료들 이름이 정확하게 맞습니까? 지금 그들은 어디에 살고 있습니까?"

나는 수첩을 꺼내 그때 적어놓았던 이름들을 찾았다. 내가 수첩을 꺼내는 것을 보고 노파는 입을 꾹 다물었다. 그녀는 동료들의 신상이 밝혀지는 것을 원치 않는 것 같았다. 아니면 동료들에 의해 자신의 정체가 드러나지 않기를 바라는 것일지도. 이국선, 오호자, 남정자, 이옥임, 홍남운, 김정분, 정언년 들이 맞습니까 하고 물었을 때도 그녀는 다문 입을 떼지 않았다. 부주고개를 내려올 때까지 그녀는 딱 한마디만 물었을 뿐이다. 내가 순사가 아니냐는. 나는 일부러 대답하지 않았다.

20

"어떻게 된 거야?"

"뭐가 말이이꺄? 픽."

"함께 일했던 뽀로수 할머이는 이포전이란 사람이 임신을 했었다는데 넌 그런 사실이 없다고 했잖아. 그리구 이국선이니 정언년 같은 사람들의 이름은 어디서 알았어? 그거 확실해? 그 사람들 그때 동화고무에서 일했던 사람들이야? 넌 그럼 알고 있겠구나? 그들이 지금 어디서 뭘 하는지를. 나한테 똑바루 말 안 할 테야? 엉?"

화가 머리끝까지 나서 작자를 닦달했다. 왜 그렇게 시도 때도 없이 화가 났을까.

"픽, 아이씬 친구분 일을 대신허는 거라구 허면서 왜 그리 안달이
이꺄? 혹시 픽, 아이씨 일 아니이꺄? 지역사 어쩌구 허드니 왜 이포전
이란 사람헌테만 픽, 집착허시니꺄?"

니가 기어코 그 말을 세 번씩이나 하는구나. 그 말을 듣고 나자 더
는 참을 수가 없어졌다. 니가 그런 말을 나에게 했어? 그것도 세 차례
씩이나.

난 그의 엉덩이를 힘껏 발로 걷어찼다. 이 새끼 너 이리 오지 못해?
도망치는 그를 잡아먹을 것처럼 으르렁거리며 뒤쫓았다. 작자는 버스
정류장 차양 구조물을 빙빙 돌며 나를 피했다. 나도 그를 잡으려고 구
조물을 빙빙 따라 돌았다. 버스를 기다리느라 줄을 서 있던 사람들이
우리를 바라보며 킬킬거렸다. 그들은 우리를 못난 부자지간으로 착각
했을지도 모른다.

"다 말할게여. 말하기두 전에 왜 이러이꺄? 픽."

통대는 가쁜 숨을 몰아쉬며 멈추었다. 그때 하늘이 갑자기 칠흑같
이 어두워지며 무서운 소나기가 쏟아지기 시작했다. 우리를 보고 킬
킬거리던 사람들은 삽시간에 어디로 몸을 숨겼고 길 위에는 우리 둘
만 동그마니 남아 비를 맞고 있었다. 아주 짧은 순간이었다. 자동차와,
읍내를 돌아다니던 사람들이 흔적도 없이 자취를 감추었던 것이다.

소나기는 30여 초 만에 딱 끊어졌는데도 사람들은 다시 나타나지
않았다. 바람 한 점 없는 길거리의 온갖 물상들이 흑백사진에 박힌 것
처럼 일제히 정지해 있었다. 흑사병 같은 괴질이 휩쓸고 간 도시 같았
다. 통대와 나는 들이마셔야 할 산소마저 증발해버릴지도 모른다는
무서운 예감에 사로잡혀 헉헉거렸다. 사진에 갇힌 인물처럼 움직일

수조차 없었다.

"움직여봐! 움직여보란 말야!"

작자에게 큰 소리로 외쳤다. 필사적으로. 울먹이며. 작자가 히쭉 웃
으며 어깨를 움츠려 보였다. 그러자 읍내는 터져나갈 듯한 소음으로
가득차면서 좀 전의 활기를 되찾았다. 사람들도 순식간에 쏟아져나와
거리를 가득 메웠다. 정지했던 필름이 돌아가기 시작했다. 나는 현기
증을 일으키며 주저앉았다. 통대가 무서웠다.

"내가 묻는 게 제대로 묻는 거야? 내가 너한테 묻는 게 정상적인 것
처럼 보이느냐 이거야."

어디선가 음악 소리가 들려왔다.

"진정허시겨. 그게 무슨 소리이까? 픽."

"무슨 소리긴 임마. 내가 너한테 묻는 질문들이 과연 내가 물어야
할 질문이며, 또 니가 대답해야 할 성질의 질문이냔 말이지. 그리구
여긴 어디야. 어디냐구? 음악 소리가 들리는데……"

"아, 픽, 글쎄 진정허래두여."

음악 소리가 더욱 크게 들리기 시작했다.

"대답이나 해!"

"무슨 질문을 했는데여?"

"이포전이 임신을 하지 않았었다는 증거. 그리구 이국선이니 오호
자니 하는, 이포전의 동료 직공들의 이름을 안 경위. 넌 내가 시킨 대
로 또 일을 하지 않았어. 알겠어? 그리구 여기가 어디냐는 걸 물었어.
여기가 어디야?"

"술집이에여. 픽, 내가 대답 안 하겠다구 한 것두 아닌데 왜 안달이

이꺄? 참."

난 걷잡을 수 없이 화가 났다.

"너 이 새끼 한번 더 안달이니 복달이니 그런 말 나한테 썼다가는 죽는 줄 알아! 알았어? 근데 술집엔 왜 대낮부터 들었어?"

"지금이 대낮이에여? 저녁 7시가 픽, 넘었시다. 그리구 아이씨가 들어가자구 해서 들어온 거라구여."

"말해!"

"뭘 말이이꺄?"

"임신. 그리구 누구? 이국선? 그런 거!"

결국 그날 작자에게 아무 말도 듣지 못했다. 내가 하도 요란을 피워서 작자는 내가 물은 것에 대답할 만큼은 한 모양이었다. 이튿날 작자를 만났을 때 작자는 "그 대답을 또 해여?"라면서 똑같은 질문을 하는 나를 못마땅하게 쳐다보았다. 나는 그날 한 모금의 술도 마시지 않았다. 그런데도 그날 술집에서 있었던 일들을 전혀 기억하지 못했다.

"아이씨가 증말루 무슨 회사 부사장이이꺄?"

내가 말하지 않은 사실을 작자는 알고 있었다.

"누가 그러든?"

의아한 눈빛으로 그렇게 물을 수밖에 없었다.

"아이씨가 그랬잖아여. 픽, 어저께 한 손님허구 싸우면서……"

"내가 싸웠다구?"

"싸웠잖구여. 하여튼 아이씬 참 이상해여. 아이씨 같은 사람이 픽, 무슨 회사에 부사장이라니 안 웃을 사람이 어딨겠시꺄?"

"다 웃데?"

"픽, 그럼여."

그날 오전 내내 아무 일도 할 수 없었다. 도대체 전날 무슨 일이 있었는가? 지독한 허기가 느껴질 때까지 나는 통대 옆자리에 틀어박혀, 한 페이지마다 한 번씩 정사를 벌이는 성인만화를 속절없이 넘기고 있었다.

21

이포전과 함께 동화회사에서 일하던 몇몇 사람의 이름을 작자가 알수 있었던 것은 수원지방법원 강화지청에 남아 있는 당시의 사건판결기록을 열람할 수 있었기 때문이라고 했다. 이포전은 1944년 당시, 대정 6년 제령 제7호 위반 및 보안법 위법 피고사건 결심공판에서 징역 5년을 언도받는데, 그때의 검찰 피고인 신문기록과 증인 신문기록 등에 이포전이 임신했었다는 풍문은 사실이 아니며, 그를 증거하는 몇 명 증인의 기록이 있는바, 바로 작자가 말했던 이국선이니 오호자니 정언년 등의 증언이라는 거였다.

난 작자를 꾸짖었다. 그걸 이제야 말하면 어떡하느냐고. 그러자 그는 말할 기회를 자기한테 주기나 했느냐고 대들었으며, 이제라도 알았으면 상관없지 않느냐고 했다.

"그럼 이포전이가 열혈 민족청년이었다는 근거는 어딨어? 판결문에 그렇게 씌어 있던? 그가 민족해방투쟁에 일떠섰던 선조들의 기상을 이어받은 열혈 민족청년이라고?"

나는 새삼 흥분하지 않을 수 없었다.

"설마요. 그때가 픽, 어떤 시대였는데 그런 게 거기에 기록돼요?"

전날 내가 보였다던 이상한 행동 때문에 작자가 나를 조금 얕보는 걸까. 작자의 말투에 전에 보이지 않던 비웃음이 섞여 있었다. 분명히 그래 보였다. 나의 정신상태가 정상이란 걸 그에게 보여줘야 했다.

"그럼 니가 이포전을 애국애족의 인물로 단정하면서 그 일족의 대외항쟁정신을 높이 평가하는 근거가 대체 무어냐 말야? 너도 들었다시피 불은면 집성촌에서는 이포전의 가족이 도적의 무리나 되는 양 배척했잖냐? 뿐만 아니라 부주고개 노파도 그들 무리를 아주 안 좋게 얘기했잖냐?"

"그 사람덜은 픽, 사사로운 감정에 너무 치우쳐 있는 거 같잖았시까? 나는 말이이다. 적어두 온전한 식견을 가진 사람들의 말이나 그들이 적어놓은 사료를 참고로 했다 이 말씀일시다 픽."

"사료?"

"그래여. 조선 고종 때 정판영이라는 수령이 이 지방 유학자인 이백보라는 사람을 시켜 픽, 기록케 했다는 『혈구지』라는 책이 있시다. 거기에 보만 몽란과 호란과 픽, 왜란을 통해서 유린됐던 이 섬의 역사가 일목요연하게 정리되어 있는데 거기에 외란 때마다 옥쇄한 사람들의 이름이 적혀 있거든여. 픽, 그런데 그곳에 나오는 많은 이씨 성을 가진 전사자들의 후손이 시방 부전한다는 것일시다. 불은면 전주이씨 픽, 고을에서두 자신덜의 조상이 아니라 허구, 요 너머 송해면의 좀 규모가 작은 이씨 마을에서두 자기들헌텐 그런 조상이 픽, 없다구 잡아떼니 이건 분명히 그 백절교란 무리의 조상이 아니었겠느냔 거죠. 두 집성촌에서 이포전을 자기들 문중 사람이 아니라고 역시 잡아 떼니 이포전은 픽, 저절루 『혈구지』에 기록된 그 선혈들의 자손이 되는 게 아니갔시꺄? 전만호와 싸웠다는 그들 가족두 말예여."

"이씨 성을 가진 많은 사람들이 외침에 맞서 싸우다 장렬히 전사한 기록은 분명히 있는데 현재 그들을 자신들의 조상으로 인정하는 자손들이 이 섬에 살고 있지 않다? 그러니까 나림인가 거기에서 은거하던, 이포전과 그의 가솔들이 바로 그들의 후손이겠다 이거군?"

"그렇져. 불은면 송해면 이씨덜을 빼믄 그들밖에 남지 않으이꺄. 그건 백절교에서두 인정허는 사실일시다."

"백절교 백절교 하는데 대체 그건 뭐야?"

"나림 사람덜을 여기선 그렇게두 불러여. 픽."

"그럼 그들은 종교 집단인가?"

"아마 그럴지두 모르져. 집단 내 규율이 대단했던 것을 보만……"

"자, 이제 잔말 말고 나리로 가자!"

"이제야 거길 간단 말이이꺄? 못 가여 거긴, 픽."

작자는 한심하다는 듯이 나를 바라보았다. 점점 더 작자는 불손해 졌다.

"왜?"

"갈 수 있었으만 왜 진작 가지 않았겠시꺄? 나리란 덴 없시다."

"없다니? 그럼 길상면 나리라고 한 데는 어디야? 이포전이 태어나고 자랐다는 그 나리 말야. 넌 마, 보고서에 그렇게 썼잖아?"

"그건 행정구역상의 명칭이 아니이다. 그냥 픽, 정족산 일대를 나리라구두 불렀구 나림이라구두 헌 모양이야여."

"이거야 원. 그럼 가자, 그 향토사학잔가 뭔가 하는 사람한테로."

정말 내가 한심해진 건지도 모른다고 생각했다. 왜 그제야 나리를 찾겠다는 생각을 했던 걸까.

"픽, 법원엘 먼저 들르잖구여?"

작자의 말에 버럭 화를 냈다.

"잔말 말고 앞장 서! 난 그쪽이 더 중요해!"

난 그쪽이 더 중요해. 그때 이미, 이포전을 날 낳은 사람으로 여기고 있었는지도 모른다. 두번째 그 섬에 들렀다 상경하던 날, 나는 생각보다 쉽게 내 출생의 비밀을 밝혀낼 수 있을 것 같은 예감에 휩싸이지 않았던가. 예감으로 비롯된 흥분과 설렘은 쉽게 가시지 않았다. 부주고개 노파가 터무니없을 만큼 확신에 찬 어조로 내뱉던 말. 꼭 닮았어! 그 말은 근거가 어찌되었건 통대의 보고보다 훨씬 신뢰를 주었다. 충격적 신뢰를. 나를 쳐다보는, 웃는 듯한, 어찌 보면 모질게 노려보는 듯한, 경멸하는 것 같기도 한 그녀의 섬뜩한 시선은 그 어떤 객관적인 증빙이나 논리적인 설명 따위조차 무색케 하는, 강력하고도 이상한 믿음을 불러일으켰다. 육감이라는 건 얼마나 정확하게 사람의 의식을 단번에 휘어잡는 것이던가. 그래서였을 것이다. 나는 은근히, 나의 어머니가 '누구'인가를 아는 일보다 '어떤' 사람인가가 더 궁금해지기 시작했던 것. 화냥것들 어쩌구 하며 알 수 없는 적의를 내보이던 노파의 말을 들을 때는 그래서 비통스러운 기분을 감출 수 없었으며, 이포전이 열혈 민족청년으로 미화된 통대의 보고를 받았을 때는 밑도 끝도 없이 다행이라는 생각이 들었던 것이다. 며칠 전까지만 해도 노조 임원들과 티격태격 입씨름을 하며 노동자들의 간악함에 치를 떨던 내가, 사주(그것도 아버지가 아니던가)의 비행에 맞서 싸웠다는 동화 고무 여성 근로자의 쟁의에 우호의 감정을 품었던 까닭은 무엇이었을까. 애정. 난 그것을 그렇게 말하고 싶었다. 현재로선 막연할 수밖에 없으나 이 섬 땅에서 어느 한 시기를 분명히 살았을 그 대상을 향한 뜨겁고 슬픈 애모의 정이라고. 나의 출생과 성장이 조작된 것 같다는 서글픈 소외감을 이물감처럼 느꼈을 때, 한 기업의 부사장의 위치가 허깨비처럼 여겨지기 시작했다. 내게 어울리는 삶은 다른 데 있을 것만 같다는 생각이 조여오면서, 내 머릿속에는 배척받았던 '나림'의 은거지가 어둡게 떠올랐고, 그곳에서 그악스럽게 울어대는 벌거벗은 나를 발견하게 되었던 것이다.

갑비고차라는 이상한 호(號)를 가진 향토사학자 김송배씨는 나림의 무리를 이렇게 말했다. 그들은 고려 왕조의 강도(江都) 시대 40년 동안 항몽전의 선두에서 삼별초를 따르던 무리들로, 원종의 굴욕적인 개경 환도에 반대하여 김상면 사람 태견의 명수 배중손이 난리를 일으키자 그 난리에 적극 가담했던 전주 이씨의 씨족들이었다고. 왕족인 승화후온을 왕으로 추대하여 관부를 설치하고 관리를 임명하였을 때, 상서좌승(尙書左丞) 이신손(李信孫)을 비롯해 전주 이씨는 이 관부의 요직을 차지할 수 있었다고. 말하자면 개경의 정부와 대립하는 항몽 정부라고 할 수 있겠는데, 이 정부가 개경과 먼 곳에다 항구적인 항몽 근거지를 마련하기 위해 서해안을 따라 남하하려는 계획을 세우고 배를 징발하고 있을 때, 대장군 유존혁 등 몇몇 좌, 우, 신의별초 대장들은 정족산 삼랑성에 진을 치고 여몽 연합토벌대의 도강을 막으며 항몽 정부의 남진 계획을 도왔다고. 그러나 항구적인 항몽 근거지라는 것은 도망의 명분에 지나지 않는 것이었다고. 워낙 사태가 급박하게 돌아가고 있었으므로, 공사의 재물과 가족들을 실은 배 천여 척이 피몽을 떠났다고는 하나 강도의 백성을 모조리 실을 수는 없었다고. 배중손에 가담했다 따라가지 못한 잔류 무리는 역적 추토사 김방경과 몽고 장수 두련가가 이끄는 연합군의 추격을 받고 미처 피하지 못해 염하에 몸을 던지거나 모처의 은거지로 몸을 숨겨 목숨을 보전코자 했다고. 기록(『혈구지』, 이백보, 조선 고종조; 『高麗抗蒙戰に 關する 研究』, 小田省吾, 靑海學叢 3; 『高麗抗爭文獻考』, 1935; 『江華通史』, 강화문화원편; 『강도지』 등)에 의하면 그들은 몽고군에 굴복하지 않았으며, 몽고와 부자지국(父子之國)의 예를 다하기로 한 치욕의 관계를 받아들인 조정과 문신에 대해 소규모지만 반란을 꾀하는 것을 그치지 않았다고. 대를 이어 40여 년 공들여 쌓아놓은 대몽 방어용 진지들을 제 손으로 부수는 고려 병사들에 대해, 삼랑성 여기저기에 은거지를 갖고 있던 잔별초(殘別抄)들은 유격전 실력을 발휘하여 기습과 약탈을 감행했었다고. 그러자 몽고 장수 두련가가 군사 2천 명을 데리고 들어와 강화성 안의 민가 및 곡물, 재물 등을 불태워버렸다고. 항몽 정부에 가장 적극적이고 대규모로 가담했던 전주 이씨들은 난리가 평정되어가자 후환이 두려워 속속 잔별초의 은거지를 찾아 마을을 떠났는데, 세월이 흐르면서 그곳 나림의 무리를 통상 이씨들로 부르게 되었다고. 그들은 정족산을 은거지로 끈질기게 명맥을 유지하면서 호란과 왜란, 근대의 양요들에까지 무력 가담함으로써 그 백절불굴의 기상을 이었다고. 그들이 전주 이씨라는 사실은 나림 사람들 스스로 그렇게 말하고 있을 뿐만 아니라 고려조의 이실재라는 사람이 지은 『고려잡사高麗雜事』나 조선조 말의 서학자(西學者) 이태도의 『가람유설嘉濫類說』에도 나림 사람들의 본향은 불은면 대덕골 즉 지금의 이씨 집성촌이라고 적혀 있다고. 그들이 불은면 이씨들의 일족이라는 사실은 전주 이씨 시랑중파 장락원계의 성보를 보면 무엇보다 뚜렷해진다고. 장락원계의 성보 제7권을 보면 불은면 집성촌의 선조들이 고려 원종 때 집단 행방불명된 것으로 나와 있다고. 성보에는 다만 졸(卒)이라고 적혀 있어 지금의 후손들은 당시의 선조들이 여몽 연합군에 저항하다 숨진 것으로 극구 말하고 있지만, 다른 사망자들처럼, 그리고 장락원계 성보의 기록 관례대로 사망일자와 유택의 표시가 없는 것으로 봐서 자연사나 사고사 등의 사망은 아닌 성싶다고. 그들이 삼랑성 등의 은거지로 숨어들어 개경 정부에 저항을 계속했다는 사실을 인정하지 않는 집단은 오로지 불은면 집성촌 사람들뿐이라고.

나는 그에게 물었다.

—강화성을 허물던 고려 병사들을 기습하고 약탈했던 그들이 그후에 어떻게 정부군과 함께 호란과 왜란 등의 대외항쟁에 가담할 수 있었겠는가.

△호란과 왜란은 이미 그들 세대가 아니었다. 호란, 왜란, 양요 때는 이씨의 조선조가 아니었던가.

—그래도 그들은 어쨌든 반정부적이어야 했다. 적어도 그들은 그렇게 추측되어야 한다. 왜냐하면 그들은 줄곧 조정의 토벌 대상이었다고 하니까. 집성촌에서는 물론 일반에서도 그들을 배척했고 나라에

서도 타도하려 했다지 않은가. 그런 무리가 어떻게 왜구가 침입해온 다고 정부군과 한마음이 돼서 싸울 수 있었겠는가.

△방법이 문제인 것이다. 싸울 수는 있다. 조정에서는 권력의 정통 성과 국가의 자주성을 수호한다는 이유로, 그리고 나림의 무리는 이른바 민중의 생존권을 위해서라는 이유로 말이다. 이것은 요즘의 정권과, 그 정권에 반대하는 운동권 학생들이 대미, 혹은 대일 외교문제 에 가끔씩 일치된 입장을 보이는 것과도 유사한 경우가 아니겠는가.

ㅡ민중의 생존권이라니. 그들이 민중의 생존권을 지킬 이유가 있었는가. 지킬 이유가 있었고 지키려 했다면 왜 민중으로부터 배척을 당했는가.

△이유를 찾으려면 없을 것도 없다. 그들은 자주성 없는 정부가 외세에 끌려다니다 못해 오랑캐 군대와 힘을 합쳐 자기네 백성을 탄압 하는 세태를 견딜 수 없어 산으로 든 무리의 후손인 만큼 백성에 대한 남다른 애정이 있었을 것이다. 애민, 대의명분 같은 것 말이다. 대체 로 그런 집단에는 그런 거창한 대의명분 같은 것이 있어야 집단이 유 지되는 법 아니겠는가. 그리고 민중들로부터 배척을 당했다는 문제 는 신중히 생각할 필요가 있겠다. 조정에서 여론을 유도했을 수도 있었겠으니 말이다. 조선조 광해군 때 있었다는 백절교 무리의 난리, 즉 녹도(綠徒)의 난이라고 일컬어지는, 청사에는 전하지 않는 난과 그 난의 평정 과정을 보면, 권력은 자신의 부도덕성과 외침으로 인한 민 심 동요를 수습할 요량으로 백절교의 폐해를 지나치게 조장·확대시 키고 필요 이상의 잔혹한 토벌을 감행했겠다는 추측을 가능케 하니 말이다.

―나림의 폐해라는 것들은 구체적으로 어떠어떠한 것들이었나.

△요즘 식으로 말하면 국법 질서에 대한 도전, 풍습의 교란 등이었는데, 국법 질서에 대한 도전은 국가 변란을 꾀하여 역성혁명을 목적하는 것으로, 풍습의 교란은 남녀노소 없이 난교를 벌이는 패륜으로 간주되고 있다. 정부 전복을 꾀한다는 이유만으로는 잔혹한 토벌의 명분이 부족했을지도 모른다. 그래서 양속을 해쳐 민가의 자제들조차 난음을 좋게 하며 여염집 처자를 납치해 폭행하고 잔인하게 죽인다는, 민심이 납득할 만한 이유가 분명히 있어야 했겠다.

―그런 소문들이 정말 조작되었다고 보는가.

△무엇이든 확실하게 말할 수 있는 것은 아무것도 없다. 기록과 구전 등을 토대로 유추할 뿐이다. 녹도에 대한 잔혹한 토벌은 광해군 때만 있었던 것이 아니다. 그 이전에도 있었고 이후에도 있었다. 이전의 큰 사건으로서는 1561년 명종 16년 신유년의 것이었고, 이후의 큰 사건은 1862년 철종 13년 임술년의 것을 꼽을 수 있겠다. 이태도의 『가람유설』에는 절송조의 녹노 토벌이 단순한 민란의 진입으로 기록되어 있는 것에 비해, 오다 쇼고(小田省吾)의 책의 난당편(亂黨篇)에는 진압군을 민간에서도 차출했다는 것과 함께 포도청의 일방적인 살육이었고 체포였고 구금이었다고 격한 어조로 자세히 기술하고 있다. 나에게 그 책이 있으므로 지금 보여줄 수도 있다. 그 일본인 학자는 녹도에 대한 과잉진압이 당시 종친과 외척 간 정치적인 갈등에서 비롯된 것이며 그해의 진주, 익산, 개령, 함평, 제주, 함흥, 광주 등지의 민란 촉발의 직접적인 원인을 제공했다고 쓰고 있다. 광해군 때나 명종 때나 철종 때의 그러한 사태들이 모두 정치적 난국에 발생했다는

공통점이 있다. 녹도들의 폐해도 물론 어느 정도 원인이 됐겠으나 보다 근본적인 원인은 정치적인 것에 있지 않았겠느냐 유추할 뿐이다. 여론의 조작이라는 시각도 거기서 나온 것이 아니겠는가.

―그들을 백절교라고 하는 이유는? 종교 집단이란 말인가.

△거기에 대해서는 아는 바가 없다. 그러나 소규모의 한 집단이 수세기에 걸쳐 존속할 수 있었다면 명색 종교거나 적어도 종교적인 내용과 형식을 갖지 않으면 어려웠을 거라는 게 나의 생각이다.

―요즘도 녹도가 출몰하는가.

△안 한다.

―언제부터 출몰이 끊겼는가.

△해방 후, 그러니까 전쟁 이후론 나림 사람들이 보이지 않았다.

―그전에는 자주 볼 수 있었는가. 민간에 자유롭게 왕래했는가.

△물론이다. 그들은 원래 정족산에 두문불출 은거하며 오랫동안 자급자족했었다. 그러나 을사조약 전후부터 산 밑에 내려와 일반인들과 함께 품을 팔기도 하면서 잘 어울렸다. 자급자족이 점점 어려워졌던 탓일 것이다. 그랬기 때문에 헌병대가 그들을 반일운동꾼이나 공산분자로 오인하기도 했을 것이다. 그들에 대한 탄압은 실로 길고도 긴 것이었다.

―혹시 이포전을 아는가? 해방 바로 전해에 이곳에 있던 동화고무회사에 직공으로 있으면서 노사쟁의를 주도했던.

△물론 안다. 그가 바로 나림의 무리 중 하나라고 알려진 인물이었다.

―그나 그들 무리의 최근 행적을 아는 바가 있는가.

△없다. 그들 무리는 1950년 전쟁 때 정족산 화재로 모두 몰살당한 걸로 안다. 학살이었다는 주장도 있다.

—학살이라면 어느 쪽에 의해서라는 건가.

△북쪽 군대라고 알고 있다.

22

다음날 나는 통대 그 작자를 오래도록 두들겨주었다. 작자를 두들기면서 이제 너를 때리는 것도 마지막이라고 그에게 말했던가. 작자는 내게 거짓말을 했던 것이다. 어처구니없는 거짓말을.

난 그를 두 시간, 아니 충분히 세 시간은 될 법하게 두들겨주었다. 그가 긴 시간 동안 도망도 가지 않고 내 매를 고스란히 맞고 있었다는 게 지금으로선 도무지 이해가 되지 않는다. 그리고 그 많은 매를 다 맞은 그가 어디 한 곳 상처를 입지 않았다는 사실도 지금에서야 새삼스러운 일로 떠오른다. 그는 그저 눈물을 철철 흘리면서 서럽게 울고만 있었던 것.

이상한 일이었다. 나는 있는 힘을 다해 샌드백을 치듯 마음놓고 그를 때렸으니까. 내 근육은 경쾌하게 부풀어올랐고 온몸에서 쏟아져내리는 땀은 나의 기분을 적당히 덥혀줘 쉬지 않고 주먹을 내뻗게 했다. 부푼 근육과, 활짝 열린 땀구멍에서 흘러내리는 땀방울에 턱없이 고무된 나는, 어떤 알 수 없는 사명감 같은 것에 불타기도 하고 문득문득 뜬금없이 비장해지기도 하면서 힘이 새록새록 돋기 시작했다. 내가 나의 근육을 신뢰했던 적은 그때가 처음이 아니었나 싶다. 노을이 서쪽 하늘 한 귀퉁이를 엷은 치잣빛으로 물들이기 시작할 때 이미 난 작자를 때리는 이유를 까맣게 잊어먹은 채 그저 때리고만 있었으며, 어두워져 그의 얼굴조차 알아보지 못할 정도가 되어서는 난 차라리 큰 경기를 앞둔, 신념에 찬 복싱선수처럼 그를 패는 데만 열심이었다.

그렇게 오랫동안, 그렇게 바쁘게 주먹을 내뻗었는데 그는 어찌하여 끄떡없이 눈물만 흘리고 있었던가. 내가 다른 사물을 그로 착각하고 열심히 주먹질을 한 것은 아닐까.

작자는 온전한 정신이 아니었다. 이포전이 임신을 하지 않았다는 근거로 그는 수원지방법원 강화지청의 재판기록을 나에게 제시했고 법원까지 나를 끌고 가 확인까지 시키지 않았던가. 그런데 막상 그가 말한 판결문이니 신문기록이니 하는 것을 어렵게 찾아 펼쳤을 때, 거기에는 작자가 말한 것하고 정반대의 내용이 적혀 있었던 것이다. 처음부터 작자를 의심한 것은 아니었다. 오히려 내 눈을 의심했으며, 문화원과 문화원장을 손 뒤집듯 바꾸었던 그 도깨비의 장난이려니 여겼던 게 먼저였다. 이포전의 피고인 신문조서에는 다음과 같이 적혀 있었다.

　　　被告人訊問調書
　　　　　被告人　李布傳

　　右者에 關한 騷擾 被告事件에 대하여 昭和 19年 8月 26日 江華憲兵隊에서 檢事事務取扱 朝鮮總督部 警部 未富, 朝鮮總督部 裁判所

書記 石井 連帶下에 檢事事務取扱이 被告人에게 訊問한 事項은 다음과 같다.

문: 氏名 年齡 族稱 職業 住所 本籍 및 出生地는.

답: 氏名은 李布傳, 年齡은 20年, 族稱은 兩班, 職業은 東和고무 生産職工, 住所는 江華郡 吉祥面 奈里, 本籍은 同右, 出生地는 同右.

문: 爵位 勳章 記章이 있거나 年金恩給을 받거나 또는 公務員職에 있던 일이 있느냐.

답: 없다.

문: 이제까지 刑罰을 받은 일이 없느냐.

답: 없다.

문: 被告의 本貫은 어딘가.

답: 내 本은 全州 李氏다.

문: 被告는 敎育을 받은 적이 있는가.

답: 그렇다. 나는 10年 前에 한수리와 이문셈을 배웠으며 지금은 고공위를 배우고 있다.

문: 한수리와 이문셈과 고공위 등은 무엇을 일컫는가.

답: 말로써 뜻이 傳達될 성질의 것이 아니므로 말로써 對答할 수 없다.

문: 被告의 財産 程度는.

답: 전혀 없으되, 이 朝鮮 땅 全部가 내 땅이라면 내 땅이지 않겠는가. 日帝는 물러가라.

문: 그대의 宗敎는.

답: 그런 거 없다.

문: 騷擾를 일으키려 했으며 어떤 目的으로 그런 일을 저질렀는가.

답: 나는 東和고무 勞動組合 副委員長으로서, 나의 행동은 전혀 違法한 것이 아니다. 나의 활동은, 악법이긴 하나 지킬 수밖에 없는 現行 勞動關係法의 範圍 안에서 適法하게 이루어진 것이다. 오히려 脫法을 일삼고 人倫을 저버린 악독한 짓을 일삼아온 것은 나를 고소한 일본의 앞잡이 자본가 田萬鎬와 그 주위의 政商輩 같은 무리들이다. 그들은 勤勞者들에게 奴隸的인 服從만을 강요했으며, 잔업 특근 지시를 조금이라도 違反하는 사람은 부당하게 해고하는 등 작업장 근로자들의 生存權을 제 맘대로 유린했다. 그러나 우리가 일어선 것은 잔업이나 특근 등의 육체적 근로에서 오는 피로와 고통을 호소하고 덜어보고자 한 것은 아니었다. 알다시피 이태 전에 있었던 쟁의도 임금이나 근로조건을 개선해보자는 배짱 편한 勞使協議는 아니었고, 더이상 참을 수 없는 구타 등의 暴行을 根絶하고자 한 것이었다. 지난해 9月 12日에는 여성 동료 이보신이 등짝에 곤봉을 맞고 실신했으며 이를 말리던 화도면 사람 朴德大는 取締役 安宗赫이 보낸 직원들에게 걷어차여 갈비뼈가 부러지는 등의 중상을 입기도 했었다. 官과 警察과 憲兵隊의 비호로 뻔뻔스럽고 가증스러운 인간 말종의 작태를 끊임없이 되풀이하고 있는 田萬鎬는 작년부터는 여성 직원들까지 恐喝과 腕力으로, 혹은 甘言과 詐欺的 手法으로 겁탈하여 성폭행의 피해자를 무수히 발생시켰다. 나는 이러한 사실을 暴露하여 사주 田萬鎬의 파렴치를 대내외에 알리고 우리의 人間的 權利를 爭取하기 위해 동지를 규합하려한바, 지난 4月 2日 이국선의 집에서 박덕대, 정언년 등 노조 임원을 소집한 사실이 있다. 이 소집에서 우리는 그동안 전만호에게 당한 피해자들의 自進申告

를 받는 한편, 우리의 쟁의가 근로조건의 개선에도 유리한 쪽으로 작용할 수 있도록 만반의 준비를 갖추어나가기로 했다.

5月 17日 第2次 전체파업에 돌입한 날, 전만호의 개 안종혁 取締의 지휘로 들이닥친 남자 직원들에 의해 나를 비롯한 여자 임원들이 납치되어 냄새나는 阿膠倉庫에 3日間 被禁, 갖은 수모를 당하던 중 4日째 되던 날 풀어주며 나를 별도로 사장실로 拘引했다. 그날 下午 8時 20分경 나는 그에 의해 더없이 치욕스러운 폭행을 당하고 끝까지 싸울 것을 결심, 이튿날부터 사장실을 점거하고 기물을 일부 파손하는 등의 격렬한 농성을 주도하였다.

7月 20日. 들이닥친 憲兵隊에 의해 强制解散 連行되는 과정에서도 직원들은 불필요한 폭행을 수없이 당했으며, 나는 지금도 왼쪽 다리를 제대로 쓸 수 없어 가료를 요하는 상태이다.

나의 이러한 행동들이 大正 6年 制令 第7號나 保安法에 위반되는 것이라면 어쩔 수가 없다. 窮極的으로 朝鮮獨立을 煽動할 目的이었대도 어쩔 수가 없다. 어차피 그것은 조선 백성을 위한 조선의 법이 아니며 따라서 조선인인 내가 그걸 지킬 필요는 없는 것일 테니까. 지금은 나라가 제국주의 일본에 먹혀 주권이 없으므로 그 법을 지켜야 한다고 강요한다면 난 차라리 죄를 범하고 投獄당하여 선조들께 부끄럽지 않은 쪽을 택하겠다. 이 요식절차는 이만 집어치우고 나를 가두려면 가두라. 어차피 사실과는 다른 공소장이 될 테니까.

문: 네가 所持했던 곤봉이 이것이냐.

　　(이때 憲兵은 이미 押收한 곤봉을 提示함)

답: 그렇다.

(이에 본건 證據物로 押收하고 다음과 같이 調書를 作成함)

문: 너는 右와 같이 勞動者들을 煽動하여 동화고무의 노사쟁의를 暴力的으로 主導함으로써 궁극적으로 조선의 독립을 목적하였는데 너와 협의한 자는 누구누구인가.

답: 나는 전술한 4月 2日 이국선의 집에서 박덕대, 정언년, 오호자 등 노조 임원들과 사주 田萬鎬의 暴力에 對抗하기로 협의하고, 現行 法律이 정한대로 爭鬪해나가기로 했다. 거듭 말하거니와 우리가 한 행동들은 전혀 불법적인 것이 아니며, 우리가 기물을 파손하는 등 다소 과격해진 것은 어디까지나 전만호의 사주를 받은 안종혁 이하 反動的인 남자 공원들이 우리 여자 임원들을 강제로 유인·감금하는 등의 원인을 제공하였기 때문이다.

문: 하점면의 소작쟁의를 적극 주도했던 김기복과 강명태도 그대들과 연관이 있는 것으로 아는데.

답: 右者를 나는 모를 뿐 아니라 右者가 어떤 일을 했는지도 모른다.

문: 동화고무 사주를 상대로 극렬한 쟁의를 일으켜 사장실을 점거하는 등 생산을 전면 마비시켜 지극한 社會的 不安을 야기시켰는데 헌병대가 해산시키지 않았으면 어떻게 하려고 하였는가.

답: 우리에게 目的이 있었다면 社主의 暴行事實을 대내외에 告發하여 즉각 중단·시정케 하는 것이 전부였으며, 우리가 다소의 기물을 파손하는 등의 잘못을 저지른 것은 군중이 흥분하여 움직이는 데에 있어 불가피한 것이었다고 생각된다. 그러나 어디까지나 군중을 흥분케 한 것은 사주 쪽이었다. 그리고 우리의 쟁의 목적이 궁극적으로 조선의 독립이라고 한다면 굳이 부인할 필요는 없다고 본다.

문: 그대들이 주장하는 폭행 피해자는 누구누구인가.

답: 그들은 이국선, 오호자, 남정자, 이옥임, 홍남운, 김정분, 정언년, 그리고 나 등이다.

문: 그대는 그로 인하여 임신까지 하였다고 주장한다는데 사실인가.

답: 틀림없는 사실이다.

문: 參考人의 자격을 가진 醫師에게 그 사실을 확인토록 依賴할 용의가 있는가.

답: 물론이다.

문: 쟁의를 외부에서 사주했다는데, 그대들은 呂運亨의 지하단체인 建國同盟에 가입되어 있는가.

답: 그런 사실 없다. 나의 가족이 나의 피해 소식을 듣고 몰려와 抗議를 한 사실은 있다.

문: 朝鮮共産黨 中部 地下組織責과 관련이 있다는데 사실인가.

답: 전혀 무관하다.

문: 쟁의 현장에 회사 외부의 인물이 곤봉을 들고 쟁의를 폭력적으로 유도한 사람이 있었는데 그럼 그들은 누구인가.

답: 나는 3日 동안 아교창고에 갇혀 있었기 때문에 그러한 사실을 모르며 내가 감금에서 풀려났을 때는 그런 사람이 없었다. 나는 右 사실과 같이 지휘하는 역할을 했기 때문에 기타 소소한 소문과 사실에 대해서는 모르며 전술한 바와 같이 조금도 틀림이 없다.

昭和 19年 8月 26日

江華支廳

書記 石 井

檢事代

警部　未富

　　이포전의 피고인 신문기록을 다 읽고 났을 때 나는 작자를 바라보며 고개를 갸웃거리는 것 정도의 반응을 보였을 뿐이었다. 뭐가 잘못됐군. 속으로 그렇게 되뇌었으나 그 잘못이 작자에게 있다는 생각은 얼른 할 수 없었다. 내가 작자를 의심하기 시작한 것은 이국선이니 오호자니 하는 여섯 명의, 이른바 증인들의 증인 신문기록들과 감정인 신문조서 따위를 읽어나가면서였다. 이포전 피고사건에 관한 증인들의 증인 신문조서는 이포전의 피고인 진술 내용의 진위 여부를 가려낼 목적으로 이루어진 것으로서, 질의응답의 방법과 내용이 대동소이했다. 내가 눈여겨본 것은 유일하게 주소가 기록돼 있는 오호자의 증인 신문조서와 의사 임무기의 감정인 신문조서였다.

　　證人訊問調書

　　　　證人　吳好子

　　被告人 李布傳 외 數名 爭議事件에 關하여 昭和 19年 8月 30日.

　　　職業은 東和고무 生産職工

　　　住所는 京畿道 江華郡 和道面 美花里

　　문: 證人은 4月 26日부터 시작된 동화고무 勞動爭議에 동료 李布傳과 함께 참여한 적이 있는가.

　　답: 그렇다.

문: 이포전에 대한 사주 田萬鎬의 暴行事實에 대해 아는 대로 말하라.

답: 나는 2次 罷業 開始日인 5月 17日 이포전 외 6명과 함께 아교 창고에 監禁되어 안종혁과 기타 棍棒을 든 남자 직원들로부터 毆打와 蔑視를 당하는 등의 심한 폭행을 당하고 3일 만에 풀려났다. 그러나 어찌된 영문인지 이포전은 함께 풀려나지 못했다. 나중에 이포전으로부터 그가 사주에게 겁탈을 당했다는 말을 들었다. 그의 말이 사실일 것이다. 이포전은 우리에게 거짓말을 한 적이 없다.

문: 이포전은 이 지역에서 淫亂하기로 소문난 特定集團의 일원으로 알고 있는데 맞는가.

답: 예부터 그런 소문이 있었기는 하나 소문에 지나지 않는 것이다. 그는 전혀 음란하지 않으며 동료들 사이에서는 오히려 그를 정신적인 지주로 여기고 있을 정도다.

문: 이포전이 사주의 아이를 가졌다는 사실에 대해서는 어떻게 생각하는가.

답: 사실일 것이다. 이포전의 결백함과 솔직함, 그리고 전민호의 비인간성과 파렴치는 이포전의 진술이 사실로 밝혀지는 중요한 열쇠일 것이다.

昭和 19年 8月 30日

水原地方法院 江華支廳

裁判所 書記　石 井

鑑定人 訊問調書

鑑定人　林茂基

職業　公醫

注所　京畿道 金浦郡 河星面

문: 그대는 妊娠을 鑑定할 수 있는가.

답: 예, 나는 新弘醫學專門學校를 卒業하고 지금 金浦警察署의 公醫職을 하고 있어 妊娠 鑑定을 할 수 있습니다.

문: 사건 담당 검찰측으로부터 의뢰받은 감정 건의 결과는 어떠한가.

답: 이포전의 임신은 확실한 사실이며 경과시간은 56일 정도입니다.

이상

(鑑定人은 診療記綠과 診療結果에 대한 診斷書를 書面으로 추가 제출할 뜻을 말함)

江華支廳檢事分局

裁判所 書記　石井

그것들을 읽고 내가 달려간 곳이 어디였던가. 오호자가 살고 있다는 화도면 미화리가 아니었다. 그곳을 먼저 찾아갔어야 함에도 불구하고 웬일로 문화원으로 달려갔다. 숨가쁘게 달려가서는 큰 소리로 물었다.

"통대. 통대를 아시지요?"

그들은 나를 빤히 쳐다보기만 하고 누구 하나 대답하지 않았다. 내가 돌발적인 일을 벌일지도 모른다고 생각했던 모양이었다. 그들은 내가 어느 날 문득 나타나서 이사를 가느냐고 묻던, 그리고 화장실에

서 미친 듯이 고함을 지르던 정신이상자라는 것을 기억하고 있음에
틀림없었다.

"왜 있잖습니까. 대갈통이 크다고 해서 통대라는 별명이 붙었다
는······"

그들이 나를 경계하고 있다는 사실을 나는 전혀 눈치채지 못한 척
했다. 진지해야 한다고 생각했다.

"통대여?"

누군가 내 물음에 반응을 보였다.

"예, 바로 통댑니다."

나는 작자의 이름을 그때껏 모르고 있었다는 것에 겁이 났다.

"그 또라인 왜 찾으이꺄?"

반응을 보이기 시작한 사람은 통대를 또라이라고 했다.

"그, 그냥."

"걔 완전 또라이예여. 미친놈이라구여."

23

통대를 또라이라고 말한 문화원의 불량기 있어 보이는 젊은 남자
는, 마치 통대에게 커다란 불이익을 당했던 기억을 잊지 못하는 사람
처럼 작자를 욕하기 시작했다. 작자는 이 지역 사람들이 다 아는 또라
이라고. 그에게 걸려들면 멀쩡한 사람도 이상해지기 십상이라고. 한
때 머리 좋은 아이로 소문이 났던 것은 사실이나 작년부터 내놓은

아이가 되었다고. 드문 수재여서 서울에 있는 좋은 대학에 척 붙더니 저 모양이 돼서 돌아왔다고. 퍽 유명했던 운동군이었던 모양이라고. 경찰에도 수없이 끌려들어갔었고 학교에서도 수차례 쫓겨났었던 모양이라고. 점차 운동권이 파벌로 분극화되고 소수정예화되면서 대중으로부터 고립되어가기 시작하던 것을 안타깝게 여겼던지 작자는 어느 날 대중이 모인 앞 건물 옥상에서 뛰어내렸다고. 병원에서 반년 가까이 누워 지내다가 나오기는 했는데 완전히 다른 사람이 되어 나왔다고. 호박처럼 크던 대갈통이 참외처럼 작아진 것을 보고 사람들은 작자의 귀신이 돌아온 것을 보기라도 한 것처럼 기겁을 했다고. 작자의 또라이짓은 남들과는 달라서 쉽게 눈치채지 못할 수도 있다고. 당신도 거기에 말려든 모양인데 참 안됐다고. 작자는 모든 걸 민족민중주의적 시각으로 바라본다고. 즉 작자는 매사를 반외세 반독재 개념으로 해석한다고. 그게 그를 또라이라고 할 수 있는 하나의 증상이라고. 문화원에서 펴낸 지역통사를 날이면 날마다 들고 와서, 순 식민사관이며 왕조사관이며 사대사관이며 반민중적 반민족적 사관으로 개어 바른 엉터리 역사라고 울며불며 난리를 쳤다고. 동학란을 평정하려는 정부군에 자진 입대한 멍청한 강화 인민들을 오히려 장하게 묘사했다며 당장 지역사 편찬위원장은 자폭하라는 등 '지랄'을 하는가 하면, 삼별초를 무슨 반외세 민족투쟁의 선조 귀신이나 되는 듯, 그리고 작자가 그들의 직계 후손이나 되는 듯 끔찍하게 떠받들며, 강화통사는 그들 위주로 다시 씌어져야 한다고 생난리를 쳤다고. 삼별초가 역도가 아닌데 시종일관 역도처럼 기술되어 있고, 병인양요나 신미양요 등의 대외항쟁이 세계정세에 어두운 대원군 개인의 판단 미숙으로 엄청난 도내(島內) 양민의 희생만을 치르게 한 의미 없는 전투였다는 식의 기술 부분은 마땅히 삭제되거나 새롭게 보충되지 않으면 안 된다며 지겹게 떠들어댔다고. 그래서 문화원이 이사까지 하게 된 것이라고. 그가 또라이라는 또하나의 증거는 어떤 것이 자리를 바꾸면 전혀 기억하지 못한다는 점이라고. 그가 매일 천국만화방에 가는 것도 그래서 그런 것이라고. 그 만화방이 옛날 천국도서관 자리였는데 그는 아직도 그곳을 자기가 입시 공부하던 천국도서관으로 착각하고 있다고.

그러고서였을 것이다. 나는 당장 천국만화방에 있는 작자를(숨은 쥐를 끌어내듯) 끌어내어 땅바닥에 패대기를 쳤다. 그때가 저녁놀이 막 지려던 때였을 것이다. 난 작자를 죽일 기세로 오래 치거나 세게 때리지는 않았었나보다. 내 매를 맞고 난 작자는 엉엉 울며 잘못했다고 빌었을 뿐, 몸에 상처를 입거나 멍이 들지는 않았으니까. 작자는 내게 맞은 것을 부당해하거나 억울해하지도 않았다. 작자는 언젠간 치러야 할 것을 치렀다고 생각하는 것 같았다.

난 그를 믿을 수 없었다. 작자를 다시 찾아야 할지 말아야 할지 당시로서는 가리사니가 서지 않았다. 내용이 틀리기는 했지만 어쨌거나 작자는 내게 중요한 단서를 제공하는 루트였던 것은 사실이었다. 그러나 당분간 그와 함께 일하는 것을 보류하기로 했다. 난 그때부터 혼자여야 했다.

통대의 정신이 온전하지 못하다는 사실을 알고 난 다음부터였던가. 무엇에겐가 홀린 것 같은 기분은 자꾸 더해갔다. 혼자가 되었기 때문이었을까. 어차피 나 혼자 해결해야 할 일이었음에도 나는 점점 외로움을 참지 못할 것 같은 예감에 시달리지 않을 수 없었다. 외로움을 참지 못한다면 어떻게 될 것이겠는가. 모르겠다. 조만간 포기할지도 모른다. 일의 무의미를 곧 깨닫고 말지도 모르겠다. 아니, 싫다. 어머니? 이제 와서 그를 찾는다는 게 얼마나 부질없는 일인가.

　팩스를 받고 기분이 나빠지기 시작하면서 그런 일 따위엔 뛰어들지 않겠다고 다짐했었잖은가. 가족에게는 출장이라는 핑계를 대고, 형님에게는 여자 문제 해결이라는 거짓말을 하고 떠나긴 했지만, 난 어머니의 정체와 내 탄생의 비밀이 밝혀지지 않기를 바랐는지도 모른다. 아무 일도 않고 가만히 앉아 있으면 이후에 나에게 닥쳐올 자책을 감당할 수 없을 것 같아 그저 흉내만 내려고 떠난 것이 아니었을까. 그래서 그 일에 온전히 집착하거나 몰두할 수 없었던 것은 아닐까. 통대를 필요 이상으로 두들기고, 후련한 기분까지 맛볼 수 있었던 것은, 그 일에 스스로 뛰어들긴 했지만 사실은 당장이라도 그 일에서 다시 뛰쳐나가고 싶다는 바람을 드러낸 것인지도 모른다. 모든 것을 묻어버리고 서울로 돌아가고 싶었다. 어머니나 탄생의 비밀을 추적하고픈 것만큼이나 유혹적이었다.

24

　화도면 미화리. 그곳엘 먼저 갔었는지 아니면 소요궁이란 데를 먼저 들렀었는지 지금 그 순서를 기억할 수는 없다. 내가 화도면 미화리의, 오호자가 살았던 집을 찾던 날은 온통 푸르스름한 기억(난 이렇게밖에 표현할 줄 모른다)으로 얼버무려져 있으니까. 오호자의 묵새긴 생가가 떠오를 때도 기억은 바닷물에 잠긴 것처럼 푸르스름하고, 소요궁 녹두와의 두번째 정사에 대한 기억도 온통 푸르스름하니까. 푸른 필터를 통해 보여지는 것처럼.

푸르스름함은 색깔이라기보단 일종의 기운이 아니었을까. 소요궁의 녹두라는 여인과 한낮에 한방에 머무르면서 느꼈던 모종의 기운 같은 것 말이다. 화도면 미화리를 찾던 날도 그 푸른 기운이 나를 추동시켰던 것 같다. 그곳을 택시로 가야 했으나, 그 기운은 오랜 시간을 기다려야 탈 수 있는 군내버스를 타도록 했다. 그때 탔던 군내버스도 온통 푸른 페인트칠을 한 것으로 떠오른다. 뿐인가. 가는 도중에 잠시 들렀던 간이식당. 지금 생각하면 불결하기 짝이 없던 그 식당에서 나는 전혀 그 불결함을 느끼지 못한 채 천연스럽게 육개장인가를 맛있게 먹었는데, 그 육개장 국물도 바닷빛이었다. 불결하기로 말한다면 오호자의 집은 훨씬 더했다. 그러나 푸른빛. 그것은 내가 제정신으로 느껴야 할 불결함이라든가 혐오감, 그리고 불편함까지 모르게 했다. 악물 투여나, 대마초 같은 연기 흡입이 아닌, 색깔로써 사람을 환각상태에 이르게 하는 방법이 있다면 아마도 거기엔 푸른색이 사용되지 않을까. 내가 그날 보았던 푸른색 말이다.

그날 나는 푸른색에 잠겨 흘러다니는 꼴이었다. 작은 플랑크톤이 푸른 대해의 물결을 거스를 수 없는 것처럼. 불가항력이었으나 그때는 불가항력이었는지 어땠는지조차 알 수 없었다.

이젠 어디서도 찾아볼 수 없는 초가집 한 채가 야트막한 동산 아래 딱정벌레처럼 웅크리고 있었다. 오호자라는 사람이 그 집에 살고 있을 리는 만무했다. 그곳에는 오호자를 고모님이라고 부르는 중년의 자식 없는 부부가 살고 있을 뿐이었다. 자신들의 고모를 찾는 정체불명의 남자에게 그들은 아무런 경계의 눈빛도 보이지 않았다. 낯선 자의 방문에 별다른 반응을 보이지 않자 오히려 내 쪽에서 불안해지기 시작했다. 난 나의 신분(을 경찰이라고 했는지 학자라고 했는지 아니면 단순히 가족을 찾으려는 사람일 뿐이라고 했는지 잘 모르겠다)을 밝히고 오호자에 관해 질문하기 시작했다. 그러나 그들과 이야기를 주고받으면서 줄곧 갑갑증을 느껴야 했다. 그들은 푸른색의 두꺼운 유리벽 저쪽에 있는 것 같았다. 내 질문에 꼬박꼬박 대답하고 있었지만 난 그들의 대답을 어느 것 하나 제대로 들을 수 없었다. 갑작스럽게 청력이 감퇴된 것 같아 몇 차례 진저리를 쳐보았으나 소용없었다. 그 집에 도착한 이후로 나는 그들과 단절되어 있었다. 도착한 날 저녁 그들에게서 들었던 것은 무엇이었던가. 오호자는 이미 40여 년 전에 인천 앞바다의 영종도라는 섬으로 시집을 갔으며 재작년에 암으로 세상을 떠났다는 것뿐이었다. 오호자라는 사람이 시집을 가기 전에 동화고무라는 고무공장의 직공으로 일한 적이 있다는데 사실인가, 동화고무 사주로부터 모종의 피해를 입어 1944년에 있었던 쟁의 때 주동이 됐었다는데 알고 있는가, 알고 있다면 그때 얘기와 그 주변의 동료들에 대해서도 대답할 수 있겠는가. 내가 그 오두막의 사내와 사내의 아내에게 질문한 내용은 대략 그런 것이었다. 그들은 열심히 대답했으나 안타깝게도 나는 그들의 말을 정확하게 알아들을 수 없었다. 그들의 뻐끔거리는 입만 보일 뿐 소리는 들리지 않았으니까. 오호자라는 자가 인천 앞바다의 영종도라는 섬으로 출가해서 재작년에 암으로 사망했다는 것도 그들의 입 모양과 수화로 유추해낸 내용이었을 것이다. 그들과 정상적인 대화를 할 수 있었던 것은 이튿날, 날이 다 밝은 다음부터였다. 그러나 정상적인 대화를 통해서도 전날 알았던 것 이상의 내용은 알아낼 수 없었다. 오히려 나보다도 자신들의 고모에 관해 아는 바가 없었다. 그들의 기억이란 고작 오호자가 도리깨질을 남다르게 잘했다는 것과, 남자들 못지않게 무논의 김을 잘 맸더라는 것뿐이었다. 그들에게 오호자는 평범한 고모일 뿐이었다. 내가 알고 있는 바를 그들에게 이야기할 것인가 말 것인가를 두고 나는 잠시 번민해야 했으나 '필요에 따라'라는 단서를 달아 일단 말을 유보하기로 했다. 다만 그 집 사내와 그러저러한 이야기를 나누는 가운데 나는 나림의 무리에 관한 전혀 의외의 정보를 얻었다.

그가 말한 나림의 무리에 관해 쓰기 전에, 전날 저녁 그 집에서 하룻밤을 묵으면서 겪었던 바를 쓸 필요를 느낀다. 그날 밤의 이상스러운 경험과 이튿날 사내가 말한 나림 얘기 사이에 어떤 연관이 있는지 모르겠다. 허나 이미 나는 이 글을 쓰면서 인과관계의 부담을 느끼지 않기로 작정한 이상(그 여름에 있었던 일들을 순서대로 기억하는 일조차 지금 내겐 불가능하지 않던가) 연관성 여부를 고심할 필요까지는 없겠다. 아니, 이렇게 쓰는 것이 더 정확할지 모른다. 연관성 유무의 판단은 유보하기로 하고, 추후의 총체적인 정황 판단을 대비한 근거로서 기록해두자고 말하는 것이. 근거로서 작용할지 어떨지는 모르지만.

그 집에서 묵으리라고는 생각지 못했다. 전혀 계획에 없던 일이었다. 그러나 그날 저녁, 어둠이 서서히 마을을 지우고 묵새긴 초가를 덮어오자 세상과의 단절감이 느껴지기 시작했다. 거듭 말하거니와 당시로서는 그게 단절감인지 무언지를 알지 못했다. 지금 생각건대 그렇다는 말이다. 단절감. 고적감? 여하튼 나는 멀고 작은 절해고도에 떨어진 것 같은 기분에 자연스럽게 휩싸이면서 그 집에서 하룻저녁 머무를 것을 예감하고 있었다. 자고 가라는 주인의 권유가 있었는지 기억나지 않는다. 주인은 아무 말도 하지 않은 것 같다. 아니다. 주인이나 나나 내가 그곳에서 하룻밤 묵는 일에 관해 굳이 말할 필요를 느끼지 못하고 있었는지 모른다. 칠흑 같은 어둠을 헤치고 내가 어디론가 돌아가야 한다는 생각은 애초에 지워져 있었으니까. 그곳에서 느꼈던 단절감이란 공간적인 것만은 아니었던 듯싶다. 온몸의 감각을 통해 느꼈던 어둠이란 시간까지 훌쩍 뛰어넘은, 말하자면 태초의 어둠 같았다. 그래서였는지 그 집의 더럽고 냄새나는 사랑방이 하나도 불편하지 않았다.

꿉꿉한 습기가 살갗에 달라붙는 사랑방에 누워 나는 무슨 생각을 했던가. 푸른색? 그랬던 것 같다. 그날의 푸른색은 나를 두렵게 했다. 뼈가 얼얼하도록 불안했다. 잡힐 듯 잡힐 듯 잡히지 않던 것들. 기억 같기도 했고 무작정 떠오르는 생각 같기도 했던 것. 누군가의 얼굴빛 같기도, 유학 시절 어느 날 무심코 올려다보았던 하늘빛 같기도 했던 그것. 리리코의 정과 함께 묵었던 호텔 객실의 방향제 같던 그것. 그리고, 맞다. 소요궁의 녹두라는 여인의 살갗에서 배어나던 빛깔들. 통대를 두들기던 날 저녁의 어둠. 내 감각과 의지를 흩뜨려놓던 기운들.

푸른색이 아니라 갈맷빛이나 청폿빛이 아닐까 생각했다. 그리고 그것들은 내가 팩스를 받던 그날부터 내 주위에 서서히 스며들기 시

130

작했다는 것과, 처음엔 전혀 감지할 수 없을 정도의 미량이었으나 시간이 갈수록 짙어지고, 급기야는 그 푸른빛, 아니 밝은 암록색(이런 색깔이 있을까) 환영에 쫓기게 되었으며, 두려움과 불안감까지 겹치게 된 것이라고 생각했다. 그날 밤의 이상한 경험도 그 밝은 암록의 기운이 나를 깨움으로써 시작된, 심술궂은 장난이 아니었을까. 아니면 음모.

처음엔 물방울 소리인 줄만 알았다. 초가집 곁을 흐르는 물소리인 줄만 알았다. 그러나 소리는 곧장 악기가 내는 소리로 바뀌었다. 하프가 내는 음과 매우 비슷하다고 생각한 것은, 푸른 물안개가 어둠을 밝히고 있는 뒤곁에 다다랐을 때였다. 꿈이구나. 그렇게 뇌면서 조금 웃었던 것 같다. 꿈이 아니고서는 그러한 장면이 어찌 눈앞에 연출될 수 있었겠는가. 푸른 물안개는 가늘고 긴 섬유질 다발들이었다. 섬유질 가닥가닥들은 제각기 형광물질을 내뿜으며 나무 사이로 부는 바람에 천천히 나부끼고 있었다. 미세한 섬유질들이 바람을 따라 흐르다가 나뭇잎이나 풀잎에 부딪치면 작은 폭발현상을 일으키며 하프 현 퉁기는 소리를 냈다. 수백 수천 가닥의 맑은 명주실들이 흐르다가 부딪치는 곳곳마다 영롱한 빛깔의 스파크가 일어났고, 불꽃이 사그라든 나뭇잎과 풀잎은 올리브유를 바른 것처럼 번들거리기 시작했다. 그 장면들을 꿈이라고 생각했던 것은 푸른 물안개 속에 웅크리고 있는 나신의 여인들을 보았기 때문이었다. 넷이었던가, 아니면 셋? 그들이 셋이었는지 넷이었는지조차 구별할 수 없을 정도로 내 기억이 형편없어진 까닭은, 아마도 당시의 장면이 워낙 비현실적이고 몽환적이었기 때문이었으리라. 즉 꿈같았기 때문이었으리라.

그녀들이 딛고 있는 풀숲 아래로 냇물이 흐르고 있었던가. 자신 있게 말할 수 없기는 마찬가지다. 다만 그녀들의 포즈가 야밤에 남정네들의 눈을 피해 냇물 목욕을 하는 것과 매우 비슷했기 때문에 그녀들 발 아래로 한줄기 냇물이 흘렀던 걸로 기억될 뿐이다. 그녀들을 숨어서 훔쳐보았냐 하면 그게 아니었다. 난 그녀들 앞에 아무 부끄럼 없이 (나도 그들과 하나도 다르지 않았다. 나는 이미 옷을 모두 벗어 참나무 가지에 걸쳐놓고 있었으니까) 다가갔고, 그런 나를 그녀들은 무관심하게 바라보았다. 그곳에 남자가 나 혼자만은 아니었던 것 같다. 오호자의 조카라는 남자와, 처음 보는 듯한 내 나이 또래 남자가 더 있었던 것 같다. 그밖에 더 있었는지 모른다. 그날 밤 나의 시력은 이상할 만큼 좋지 않아서 여자든 남자든 사람의 수효를 정확히 헤아릴 수 없었다.

그녀들 앞으로 다가간 나는 그녀들의 흰 어깨와 둥근 가슴과 활짝 열린 성기를 어렵지 않게 볼 수 있었다. 내가 가까이 다가가 물끄러미 내려다보아도 당황하기는커녕 아무 곳도 가리려 하지 않았다. 나도 마찬가지였다. 배 밑으로 보이는 성기가 내가 보기에도 팔이나 발가락과 하나도 다르지 않았다. 그녀들의 성기도 이마나 팔꿈치와 전혀 다르지 않았다. 발정기를 지난 짐승들처럼 서로의 알몸과 성기를 보고도 무감정했다. 우리가 그곳에 모여들게 된 이유는 무엇이었을까. 그 점이 도무지 납득되지 않지만, 나름대로 추리해본 바에 의하면, 그곳에 우리가 모여들었던 까닭은 정적(靜寂)을 느끼기 위해서가 아니었나 싶다. 우주에 혼돈이 도래하기 이전의, 태초의 정적. 아니면 심연, 선정(禪定). 거창해서 오히려 부적절해 보이지만 그렇게밖에 말할 수 없는 그런 지경 말이다. 나신을 보고도 아무런 동요를 느끼지 않는, 거듭거듭 소급된 초세기적 초사회문화적 지점이랄까.

아무런 동요를 느끼지 않았다는 말은 적절치 않을지도 모른다. 느끼긴 느꼈으되 서기 1990년 8월이라는 시점에서 평범한 남자가 느낄 수 있는 그런 감정은 아니었다고 해야 좀더 정확한 말이 될 것 같다. 그날 알몸을 드러냈던 사람 중에 녹두라는 여인이 있었다는 사실을 지금에서야 쓰는 건 순전히 내 형편없는 기억력과 글쓰기의 미숙함 탓이다. 앞에서 나는 미화리에 들른 것이 먼저인지 소요궁의 녹두를 만난 것이 먼저인지 기억할 수 없다고 썼던가. 그렇다. 미화리행과 녹두를 만난 것은 동시의 일이었던 것이다. 녹두를 두번째 만난 것은 소요궁이라는 술집에서가 아니라 미화리 오호자의 조카 집 뒤뜰에서였다. 녹두를 소요궁에서 만난 것으로만 알고 있었으므로 혼란은 당연하다. 녹두와 두번째 만난 것은 미화리에서였다. 그날 낯선 밤에 여인들과 함께 시간을 보내면서 줄곧 느꼈던 감정들이란 바로 그 녹두라는 여인과의 첫 만남에서 느꼈던 것들과 다를 게 없었다. 즉 리리고정과 함께 있음으로써 맛볼 수 있었던 전혀 색다른 행복감 그것이었다. 초세기적 초사회문화적 지점의 느낌이란.

다음날 새벽, 잠이 깬 뒤에도 지난밤의 일들을 의심할 바 없는 꿈으로 여기고 있었다. 그러나 온몸이 얼음물에 내동댕이쳐지는 듯한 기분 나쁜 전율을 맛보는 데는 그리 오랜 시간이 걸리지 않았다. 전날 밤처럼 알몸이었던 것이다. 허겁지겁 옷을 찾았다. 그러나 방안 어디에도 옷은 보이지 않았다. 지난밤 꿈의 연장이 아닐까 싶어, 새벽빛에 모습을 드러내기 시작한 사물들을 주의깊게 관찰하기 시작했다. 천장, 그 아래의 대들보, 검버섯 피어오른 창문의 창호지, 벽 한구석의 쇠고삐, 끈 달린 알 큰 주판, 억새꽃으로 만든 방비…… 그것들이 내 눈에 들어오는 느낌이랄지 내가 그것들을 바라보는 서슬이 아무래도 꿈은 아닌 성싶었다. 나는 조심스럽게 방문을 열고 뒤꼍으로 향했다. 지난밤 푸른 안개에 휩싸여 번들거리던 참나무 가지에 옷가지를 벗어 걸어놓았던 기억. 그것이 결코 꿈속의 한 장면이 아니었다는 건 너무도 쉽게 증명되었다. 뒤꼍에는 전날 밤 보았던 참나무가 서 있었을 뿐 아니라, 참나무 가지에 걸어놓았던 옷이 그대로 걸려 있었던 것이다. 나는 부랴부랴 옷을 챙겨입고 급히 사랑방으로 뛰어들었다. 나를 본 사람은 다행히 아무도 없는 것 같았다. 그러나 사랑방으로 안전하게 뛰어들었다는 생각에 미치자 다시 한번 지독한 전율이 나를 혼절시켰다. 그날 정오가 거의 다 되어서야 잠에서 깨어날 수 있었다.

25

잠에서 깨어났을 때, 나는 비로소 내 눈에 끼었던 푸른 안막이 걷힌 걸 깨달았다. 지난밤의 기억은 여전히 선명했지만 그것은 더이상 나를 혼절의 늪으로 떠밀지 않았다. 실컷 몸살을 앓고 난 뒤의 개운함도 있었다. 나는 그들에게 다시 물었다. 오호자에 대해, 오호자가 남겼을지도 모를 동화고무 노사쟁의의 뒷얘기에 관해, 오호자 주변의 인물 중에 이포전이란 사람이 있었다는 얘기를 들은 적이 있는가에 대해.

그러나 전날의 갑갑한 대화와 다를 게 없었다. 그들의 말이 왕왕거리는 큰 소리로 내 귀청에 와 닿았지만 질문과는 동떨어진 대답이었다. 고모가 땅 한 뙈기 없는 가난뱅이한테 시집을 가서 죽도록 고생을 하며 몇천 평 개간지를 장만해놓고 죽었는데, 그곳에 비행장이 생긴다고 해서 요즘은 그 땅 한 평에 기백만 원이 간다고. 그러자 행여 사촌들이 그 땅을 생심 낼까 하여 작년부터 고종들이 무척 쌀쌀맞게 나오더라고. 명절날 들르는 것도 눈치가 보여 이번 추석 때부터는 40여 년 해오던 발걸음을 아주 끊을 작정이라고.

그들의 대답에 비하면 나의 질문은 너무 비현실적인 것이었다. 그럼 나림에 관해 아는 바는 있는가라고 물었을 때에야 사내는 비로소 질문에 걸맞은 대답을 시작했었던가. 오호자에 관한 질문보다 나림에 관한 물음이 훨씬 비현실적이었지만 사내는 예상외로 현실감 있게 대답하기 시작했다. 이 섬의 모든 사람들은 나림을 어떻게든 알고 있구나 생각하니 새삼 그들 무리가 엄청난 존재감으로 압도해왔다.

그런데 그의 진술은 뜻밖의 것이었다. 그에게서 어떤 대답이 나올지 미리 짐작하지 않았으므로 뜻밖의 것은 아니었다 할지라도 그의 말은 전혀 다른 것이었다. 부주고개 뽀로수 할머이나 통대나 향토사학자라는 김송배씨의 진술과 다른 내용이었으니까.

사내는 나림의 무리를 왕족이라고 했다. 강화는 예부터 잘 알려진 유배지가 아니냐는 것. 강화에 유배된 왕족의 후손들이 정치에 혐오를 느낀 나머지 스스로 삼랑성에 암거하며 세상의 오욕과 인연을 멀리했다는 것이었다. 고려조의 왕규부터 창왕에 이르기까지, 그리고 조선조의 안평대군에서 회평군에 이르기까지, 강화도는 조정의 감시가 쉽게 닿을 수 있고 언제라도 자객을 보내 살해할 수 있는 천혜의 유배지로 인정됐다는 것. 그러니까 강화에 유배된 왕족들이 역시 천혜의 요새인 정족산으로 은신하게 된 것은, 물론 정치에 대한 혐오 때문이기도 했겠으나 우선은 육신을 보전하기 위한, 감시로부터의 생명을 건 탈출이었다는 것이다. 기록으로 보자면 강화로 유배된 여조(麗朝)의 많은 왕손들 가운데 대부분이 사사·살해되거나 혹은 자살, 병사한 것으로 나타나 있는데, 사실과 기록은 많은 부분이 다를 것이라고 사내는 말했다. 유배지에서의 왕족들의 삶이란 감옥살이 같은 것은 아니었을 뿐만 아니라, 어명을 빙자한 파당의 정략적인 시해 음모를 곧이곧대로 따라 시행하지 않으려는 줏대 있는 관리의 은밀한 보살핌으로 생명을 보전한 종친들도 상당수 있었을 것이라고 했다. 어쨌든 나림의 무리가 전주 이씨라고 스스로 주장하는 것만 보아도 그들은 조선조 중·후기의, 파쟁으로 인해 가차없이 희생될 뻔한 왕족의 후손이 아니겠느냐는 게 오씨의 주장이었다. 그들이 근세에 이르기까지 봉건적인 권력에 반대 입장을 견지한 것으로 인하여 끊임없이 토벌의 대상이 되어왔던 사실도 그들이 왕족의 후손이라고 짐작할 수 있는 하나의 근거가 될 것이라고 말했다. 그들의 정치권력에 대한 혐오는 대단한 것이어서 조정의 비리와 학정이 계속될 때에는 과감하게 모습을 나타내어 적극적으로 조정의 부도덕성을 대외에 폭로하기도 했고(그들은 왕족이었으므로 매우 효과적으로 궁궐 내부의 사정을 폭로할 수 있었다 한다), 나아가서는 인간에게 내재한 권력 지향의 본능을 소거하는 일종의 수양법까지 자체적으로 개발하여 체계적으로 학습하기도 했다는 것이다. 그들은 부처를 부정하고 공자를 부정하고 삼강오륜을 부정하여 세인들로부터 난교의 무리로 배척받았던 점도 사실이라는 것. 세인들은 상상도 못할 자유가 그들에게는 있었던 모양이라고 오씨는 힘주어 말했다. 왜냐하면 그들은 불교나 공자학을 사람의 자유를 억압하고 권력의 뜻대로 통제하려는 조정의 정치 도구로 여겼기 때문이라는 것이었다. 하여튼 그들은 온갖 기관과 집단으로부터 공격의 대상이 되어야 했던 것이라고. 관청은 물론이요 사찰, 향교, 종친회 들로부터. 그리고 불행하게도 일반한테까지. 그들의 독특한 집단생활이 사람들에게 무질서하게 보여, 조정한테는 좋은 빌미가 되어주었다는 것. 조정에서는 정치적인 위기가 닥칠 때마다 나림의 무리를 토벌한답시고 일반 백성들까지 피바람의 공포에 몰아넣음으로써 위기로부터 벗어나려고 했던 적이 여러 번 있는데, 그중에서도 철종 때 임술년의 사태는 차마 눈뜨고 볼 수 없었던 끔찍한 살육이었다는 것이다. 그 사태로 나림의 무리가 얼마나 토벌되었는가는 그리 중요한 문제가 아니었던 것 같다고 오씨는 말했다. 토벌된 나림의 무리는 소수에 불과했고 대부분은 일반 백성들이었다는 게 전해내려오는 말이라니까. 그때 산 채로 체포되어 투옥되었던 사람 수만 해도 700여 명. 그들은 나중에 이양선이 이 땅에 내침했을 때, 싸워 이기면 방면하겠다는 조건으로 초지진과 광성보전투에 투입됐었다는 것. 물론 이러한 이야기는 역사책 그 어느 한 귀퉁이에도 나오지 않는다고 했다. 그러나 사내는 꾸며낸 이야기가 아니라는 것을 확인시키기 위해 온 미화리 사람들을 다 동원할 수 있다고 자신 있게 말했다. 그것은 역사책에 전혀 나오지 않는 얘기가 아니라며 김송배씨가 말한 오다 쇼고의 책(난 그 책의 난당편을 읽어보았어야 했다)을 내가 거론했더니 그는 부쩍 나를 신뢰하는 눈빛으로 바라보았다. 나보다 더 잘 아시는 모양이니까 내가 달리 할말은 없지만······하고 그는 하던 말을 계속했다. 이양선의 내침에 대항해 싸우다 죽은 (거의 다 죽었단다) 사람들이 몇몇 사서에는 우국충정으로 장렬하게 옥쇄한 젊은이들로 기록되어 있지만 그건 사실이 아니라고.

그의 말은 뒷부분에 가서 향토사학자 김송배씨의 말과 일치하기도 했다. 나림의 무리가 정치적인 이유로 무자비한 토벌을 당했다는 부분이었다. 그러나 따지고 보면 일치하는 점이라고 보기 어려웠다. 나림 무리의 성분을 보는 두 사람의 시각이 전혀 일치하지 않았으므로 그후에 있었다던 대토벌의 성격도 저절로 달라지지 않으면 안 되었던 것. 말하자면 두 사람은 광해군 때나 명종조, 그리고 철종조에 있었다는 커다란 피바람에 관해 서로 다른 원인을 생각했던 것이고, 따라서 피바람의 직접적인 희생자였던 나림 무리의 성분과 정체에 대한 견해가 달라진 게 아닌가 여겨졌다는 것이다.

26

참으로 이상한 섬이었다. 암만 생각해도 나는 치밀한 음모에 갇혔던 것이라고밖에 달리 생각할 수 없다. 그 섬 전체가 내게 거대한 음모를 작동시키고 있었던 걸까. 그 여름 나는 최면에 걸린 사람처럼, 그 음모가 마련해놓은 도상(圖上)을 따라 충실하게 움직인 체스가 아니었던가 싶다. 만난 지 겨우 반년 남짓된 그 섬사람들이 10년이 훨씬 넘은 사람들의 기억보다 더 멀고 희미하다니. 그때의 일을 기억하여 기록하는 이 작업을 그래서 나조차도 신뢰하기 어렵다. 그러나 내가 이 일을 끝까지 밀고 나가지 않으면 안 되는 이유는 있을 것이다. 되풀이되는 얘기지만, 나는 나조차 신뢰할 수 없는 혼미한 기억들을 이성의 힘을 최대한 빌려 정리된 기록으로 남기고 싶은 거니까. 그러지 않고서는 내 의식이 흩어지고 수습되지 않은 상태로 남게 되어 아무 일도 할 수 없을 테니까. 그래서 나는 처음부터 이 기록이 그 여름 내 체험 사실과 반드시 일치하지 않아도 크게 의미 없는 일은 아니라고 생각해왔는지도 모른다. 그러나, 그러나 이 글을 써가면서 문득문득 그 여름 음모의 그림자들을 떠올리며 놀라고 당황하는 건 어쩔 수 없는 일이라고 생각한다. 내가 만난 사람들은 하나같이 정상인처럼 보이지 않았으며, 하필 그런 사람들만 만나게 되었을까 따져보면 영락없이 음모의 냄새를 맡게 되더란 것이다. 그런 사람들만 만나도록 내 의지가 어떤 비가시적인 모략에 조종당한 것이 아니었을까 하는.

기분 나쁠 정도로 얼굴이 번들거리는 배불뚝이 사내를 만난 일만 해도 그렇다. 자꾸 바비큐해놓은 것 같은 얼굴이 떠올라 그 사내의 기억만큼은 지워버리고 싶지만, 그 또한 나에게 중요한 얘기를 전해준 사람이어서 그럴 수는 없다. 그의 얘기가 중요했다는 것은 그의 얘기에 남다른 신빙성이 있어서가 아니었다. 몇몇 사람의 이야기와 전혀 다른 나림 이야기를 함으로써, 나림의 정체가 내게서 훨씬 멀어지고 복잡해지고 희미해졌다는 뜻이다. 본격적으로 혼돈의 늪으로 빠져드는 계기로서의 중요함? 나는 그를 만나고 난 후로 훨씬 주의력이 떨어지기 시작했고 어머니를 찾는 일에 자꾸 자신이 없어졌으니까. 일종의 사료라고 할 수 있는 그들의 진술이 누적될수록 어찌하여 어머니를 찾을 확률은 오히려 낮아지고, 내가 다가가고자 하는 실체에서 나는 점점 떠밀려나는 것일까. 사료라는 것은 많이 모일수록 역사적 사실에 접근하는 것이 아니던가. 그런데 그 여름의 경우는 정반대였다. 듣는 이야기가 많을수록, 보는 사료가 늘어날수록 물리적인 축적의 의미만을 지닐 뿐, 결론을 위한 분석자료로서의 역할을 못하더란 것이다. 오죽하면 지금도 그들의 이야기가 쓰레기처럼 여겨질까. 나림(이것은 어머니의 상징이 아니던가)에 관한 그들의 상반된 주장은 내가 어머니에게 다다르는 것을 방해했다. 여러 자료를 수집하고 분석하고 종합해서 피라미드의 정점에 다다르는 것. 20여 년 동안 해왔던 방법으로 나는 어머니를, 적어도 어머니의 근방까지만이라도 짚어갈 수 있다고 생각했었다. 그러나 그런 나를 맘껏 비웃었다. 기분 나쁘게 말이다. 오히려 나는 피라미드의 정점에서 저변 쪽으로 점점 기어내려오며 망매(茫昧)의 와중에 휩쓸려버렸으니까. 나의 유추와 분석이 모자랐을 수도 있겠다. 그러나 거대하고 치밀한 음모가 나의 의식을 조종했기 때문이라고 말할 수도 있다.

미화리 오호자 생가에서 나온 나는 딱히 가야 할 데가 없었다. 이포 전과 나림을 아는 사람들을 다시 찾아다니며 꼼꼼하게 확인 대조하는 작업이 필요했을지 모른다. 그러나 나는 바람을 쐬고 싶었다. 그때 문득 바람을 쐬고 싶었던 충동마저 혐의를 둘 필요가 있다. 바람을 쐬러 바닷가에 나가서 바비큐(이름은 전혀 기억나지 않는다)를 만났으니까.

바닷가라는 느낌은 없었다. 육지와 섬 사이의 좁은 염하는 강이나 마찬가지였다. 간만의 차이로 양쪽 하변(河邊)에 펄이 형성되어 있어 그것이 바다의 일부라는 추측을 가능케 할 뿐이었다. 나는 프랑스와 미국과 일본 함대에 초토화되었다던 초지진 성벽에 앉아 있었다. 성이라고는 하나 200평 남짓한 타원형의 좀 큰 초소처럼 보였다. 성이 아니었다. 말 그대로 진(鎭)이었다. 웬만한 벙커의 규모에 지나지 않는 곳에서 국제전을 세 차례씩이나 치렀다는 게 도무지 실감이 나지 않았다.

비릿한 바닷내음을 맡으며 나는 이런저런 잡다한 생각에 잠겨 있었다. 왜 이양선들은 하나같이 석모도나 교동도를 경유하는 넓고 수심 깊은 해로를 마다하고 굳이 좁고 물살 빠른 이 염하를 통과하려고 했던 것일까. 한양에 닿는 지름길이라는 이점을 택한다는 이유로서는 조선 병사들의 저항이 너무도 뻔하게 예상되는 곳이 아니던가. 그리고 진과 진 사이의 경계가 허술했을 텐데 어째서 외국 병정들은 그 사이로 은밀히 상륙하지 않고 조선군의 진을 정면으로 공격했던 것일까. 진 바깥의 전투까지 모두 진의 전투로 기록되어 전하기 때문에 내가 그리 알고 있을 뿐인가. 그들은 일부러 조선군과 충돌하려고 했던 것인지도 모른다. 사회적인 불안을 야기하여 조정의 관심을 끌어내려고 했던 것인지도. 무력시위의 필요성 때문에 정면공격을 하지 않을 수 없었을지도 모른다.

초지진에서 바라다보는 삼랑성은 뚜렷이 뫼 산(山) 자 모양을 하고 있었다. 초지진을 함락시키고 삼랑성을 향해 우르르 몰려가는 프랑스 병정들의 모습이 언뜻 스쳤다. 돌벽 여기저기의 화약 흔적과 진 주위의 노송에 아직도 선명하게 남아 있는 커다란 미제 포탄 자국들을 바라보았다. 주물로 만든 정밀치 못한 조선군의 포신과 포구를 보면서 공연한 분노를 느꼈다. 당시의 기록들에 나타난 양국 사상자의 숫자 비교만 보더라도 그것이 얼마나 일방적인 싸움, 아니 살육이었는가가 자명해지지 않던가.

나는 알상투를 튼, 비정예의 백성수비대가 여기저기 휴지처럼 구겨져 죽어 있는 환상을 보았다. 나라를 지키기 위해 목숨을 바친 것이 아니라, 이른바 녹도의 난에서 체포된 사형수들로서, 오히려 목숨을 건져볼까 도박에 뛰어들었던 무리들. 이포전. 어머니일지도 모른다고 생각되는 그녀의 선조들이 이곳에서 외국 병정들의 총탄에 맞아 쓰러졌단 말인가. 그들은 대체 어떤 무리들이었기에 그런 모진 운명이 되었다는 말인가. 그런 상념에 빠져 있을 때 그 바비큐가 나타났다.

그는 터무니없는 호의를 보이며 내게 접근했다. 구면인 사람을 대하는 것처럼. 그는 그곳 지방문화재관리국 관리원의 한 사람이라고 자신의 이름을 밝혔는데 난 그의 이름을 듣자마자 까먹었다. 그를 바비큐라고 말하는 것은 적절치 못할지도 모른다. 바비큐라면 어딘가 먹음직스러운, 아무래도 사람에게 이로울 것 같은 인상을 줄 수도 있으니까. 그러나 난 그의 번들거리는 얼굴과 뚱뚱한 몸피를 그렇게밖에 달리 말할 수 없다.

그는 끊임없이 암시장의 호객꾼 같은 분위기를 풍겼다. 느물느물하고 기분 나쁘고 집요하고. 내가 그의 말을 듣고 혼란에 빠져드는 것도 기분이 나빴다. 그는 자신이 그곳을 지키는 이유를 나에게 말하고 싶어했다.

"난 말일시다. 이곳을 지킬 이유가 있단 말일시다."

이유 없이 사는 사람도 있던가. 나는 그의 말투와 눈빛과 제스처 하나하나가 다 맘에 안 들었다.

"이곳은 말일시다. 내 조상님네들이 잠든 곳이다 이거란 말이이다."

그의 두번째 말에 솔깃해지지 않을 수 없었다. 조상이라니.

"그럼 당신은 녹도의 후예겠군."

찌르듯이 질문을 하자 그는 찔린 듯 나를 쏘아보았다.

"아니, 형씨가 어떻게 녹도를……"

그의 놀람에 은근히 기분이 좋아진 나는 새로운 기대에 부풀었다.

"나도 본적지가 이곳이오. 알 만큼은 다 알고 있소."

나는 모든 걸 다 알고 있는 사람 같은 표정을 지었다. 그는 잠시 난감한 얼굴을 해 보였다. 그 순간만큼은 그에게서 느물느물한 기운이 사라졌다. 그러나 곧 처음의 기색으로 되돌아오며 너스레를 떨었다. 천성이 그런 사람 같았다.

"아신다니 뭐 자세히 말할 필요는 없갔구. 난 내 조상들의 명예 회복을 위해 싸울 거이다. 곧 회복이 될 거라구여."

"명예 회복이 되려면 명예가 훼손된 집단의 훼손 이전의 명예로움에 관해 얘기할 수 있어야 한다고 생각합니다만."

"무슨 말이이까?"

그는 크고 두툼한 두 팔을 들어 무슨 말인지 모르겠다는 시늉을 해 보였다. 우습게도 서양인들이 하는 몸짓이었다. 그 희극적인 모습 너머로 횟집이 보였다. 유적지라 할 만한 곳엔 영락없이 들어섰게 마련인 횟집. KBS〈맛자랑 멋자랑〉에 나왔었다는 자랑 간판이 본래의 상호보다 더 크고 요란했다.

"말하자면 녹도가 과연 명예를 인정받을 수 있을 정도의 집단이었냐 이겁니다."

"무슨 소리를 허는 거이까?"

그는 대뜸 흥분했다. 나는 더 신이 났다. 염치없어 보이는 사람의 흥분한 모습은 언제 보아도 즐거운 일이었으니까. 난 일부러 말했다.

"녹도들은 늘 정부를 반대했고 난교를 일삼았으며 풍속을 어지럽히는 데 앞장섰던 난당들이 아니었습니까. 오죽했으면 토벌을 했겠습니까?"

조상의 명예를 회복시키겠다는 사람 앞에서였다. 조상들의 명예를 의심하는 자를 보고 바비큐는 푸수수 웃음을 웃었다. 그러곤 아주 자신 있는 표정으로, 비장하다고까지 할 만한 낯빛으로 말하기 시작했다.

"잘못 알고 있는 것 같으신데, 백절은 난당이니 난교니 하는 것하고는 천만 거리가 멀다 이거이다. 백절들께서는 당연히 해야 헐 일을 헌 것일 뿐이란 말이이다. 시퍼런 최씨 무신정권 아래서 말이지여, 누구 하나 끽소리 못 허구 쥐어살던 차에 조상님네덜의 봉기는 얼마나, 그 무, 무엇이냐 정의롭구 통쾌했던 것이었갔느냐 그 말일시다. 제멋대로 왕을 강화루 옮기갔다구 하구 말 안 듣는 중신을 참형에 처허구 헌 최가놈들이야말루 난당이 아니었갔시꺄. 그때는 나라가 백성의 것두 왕의 것두 아니었시여. 최가덜 것이었다구여."

그의 말이 금세 그칠 것 같지 않아, 나는 향토사학자 김송배씨와 통대의 얘기를 염두에 두고 물었다.

"듣자 하니 녹도가 고려조 때부터 있었다는 얘긴데 그럼 삼별초였거나 항몽 정부의 일원이었다는 말입니까?"

그는 몸서리를 치다시피 하며 내 말을 잘랐다.

"삼별초여? 천만에여. 최가들한테 반기를 든 사람덜이 어떻게 삼별초에 들었갔시꺄? 삼별초가 뭐이꺄. 최가 무신정권의 사병 아니었시꺄. 권력 유지를 위해 반대파덜을 윽박지르구 죽이구 모략이나 일삼았던 것덜. 군대라는 것이 기껏 강화도 천도를 반대하는 중신들이나 죽이구, 몽고에 대항해서 싸울 생각은커녕 백성덜 세금으루 맨든 칼루 제 나라 신하나 베던 것덜. 그것덜이 개경 환도를 죽어라 반대한 이유가 무엇이었갔시꺄. 몽고에 부자간의 예를 갖춰 고개를 숙이구 개경으로 들어가만 최가덜이 무슨 수로다 힘을 쓸 수 있었갔시꺄? 자고로 무신덜이란 적대국과 대치하구 있을 때 비로소 맘껏 행세를 할 수 있는 것 아니이꺄. 이른바 강도 시대라고 일컬어지던 40여 년의 세월은 계엄 겉은 비상시국이었구 따라서 무신덜의 천국이었져. 강도에서 그들이 해놓은 짓들을 보시겨. 병화가 다시 오지 말기를 바란다는 핑계로 화엄신도량이라나 뭐라나를 진국적으로 일으켰구, 그 난리통에 팔관회니 뭐니 개경에서 허든 짓거리덜을 고대로 흉내내며 흥청망청헌 거 아니이꺄. 백성덜은 도탄에 들었는데 정치는 고사허구 불교에만 열을 올렸다 이거일시다. 선원면 신니동에는 막대헌 사람덜을 동원해 가궐을 짓구 대불정오성도량이라나 뭐라나 이름만 그럴듯헌 잔치를 연일 베풀었다는 것두 내 모르는 바 아닐시다. 뿐이이꺄. 봉은사니 묘지사니 첨성단이니 돌아가며 사시사철 재를 올리면섬 놀자판만 벌였으니 그게 다 최가놈덜의 오만허기 짝 없는 권력시위가 아니었냐 그 말씀일시다. 견자산 북쪽 민가에 불이 나서 80여 호가 타구

100명이 넘게 불에 타죽었는데두 말예여. 게다가 식인충이라구 불리는 우독충이 생겨 사람이 막 죽어 나가자 빠지는데 말이다. 해마다 병란으로 해골이 곳곳에 구르고 식량이 없어 아사자가 늘어나는데 피몽 정부에서 한다는 짓들이 그 모양이었으니 백성들의 원성이 오죽했갔시꺄?"

"아하, 민란이 일어날 수밖에 없었겠군요. 그때부터 녹도가 생긴 겁니까? 삼별초는 아니라니……"

그의 말에 맞장구를 치려고 했다. 그러나 그는 나의 맞장구를 못마땅하게 여겼다.

"자꾸 녹도라구 허지 마시겨. 백절. 백절일시다. 백절들을 일과성의 민란 차원에서 이해하면 안 되이다. 아시갔시꺄. 학정에 못 이겨 그냥 한번 우르르 일어나고 말았던 난리가 아니었던 말일시다. 적어두 몇 세기를 두구 줄기차게 불의와 부패와 압제에 조직적으로 대항해 싸웠구 봉건적 사회질서와 외세에 대하여도 일관된 입장을 견지해 내려왔더란 말이다. 백절들의 활동은 물론 강도 시대에 본격적으로 시작된 것이지만 처음 시작은 그보다 조금 앞섰고 최근까지 계속되었시다."

"그럼 당신도 이씨 성을 가지었소?"

점점 그에게 흥미를 갖지 않을 수 없었다. 그가 말을 무척 잘하는 사람이라는 걸 나는 시간이 좀 지나서야 깨달았다. 조상들의 명예를 회복시키겠다는 말이 허투가 아니란 것도 알았다.

"물론 나두 이가져. 이통의 손이니까. 나의 24대조 할아버지가 되는 그분은 고종 19년 임진년에 반도(叛徒)의 수괴라는 죄명으로 처형을 당했대여. 여기저기 역사책에 적혀 있기두 헌 분인데 역사책에는 어사대 관노 출신의 천하에 없는 역도로만 나오더라 이 말일시다. 경기 일대의 도둑들과 개성 안의 노예들, 그리구 사찰의 중들과 함께 반란을 일으켰다는 거져. 몽고가 쳐들어오구, 장마가 져 폭우가 쏟아지구, 왕이 강화로 천도하는 혼란을 틈타 역모를 일으켰다는 것이져. 그분이 난을 일으키자 강화 일대가 물 끓듯 했구, 강화유수를 축출할 만큼 큰 세력이었다는데 설마 한두 사람의 호응으로 그 정도가 됐갔시까? 적어두 수백의 무리는 되었을 텐데 그 많은 무리덜이 한 사람의 불순헌 꼬임에 넘어갔다구는 볼 수 없다 이거져."

"그러니까 이통이라는 분이 봉기한 것은 나라와 백성은 돌보지 않고 권력 싸움에만 눈이 먼 무신정권과, 무능한 조정 문신들에게 각성을 촉구하고 도탄에 빠진 백성들을 구제하여 몽고의 침입으로부터 고려를 지키자는 뜻이 있었던 것이겠군요. 그래서 백성들의 호응이 있었구."

나의 두번째 맞장구에는 그도 만족해하는 것 같았다.

"그렇져. 그러한 충정이 오히려 반도로 단죄되었다는 건 당시로서는 어쩔 수 없는 일이었다구 허자 이거이다. 허지만 지금에 와서는 바로잡혀야 헌다는 걸시다. 임진년의 일뿐만 아니라 그후 수세대에 걸쳐 끈질기게 계속해온 불의와 부패와 압제에 대한 백절의 항거도 제대로 평가를 받아야 한다 이거일시다. 도덕성이 결여된 조정한테 난도로 규정되어 도륙당헌 일도 억울헌데 후손들에게마저 역도로 오해받는다면 조상님네들은 영영 구천에서 맴돌지 않갔시꺄."

"근대의 이양선들과의 싸움에 투입되었던 사람들 중에 일부가 그럼 당신의 조상들이었다는 겁니까? 난당으로 체포되어 사형수가 되었다가 조건부로 전투에 투입되었다던."

"그렇져. 철종조에 있던 대학살 참극의 부상자와 투옥자 대부분이 그 전투에 내몰린 겁니다. 이곳 초지진과 저기 광성보 용진포대 같은 데⋯⋯"

"대체 철종조의 그 녹도의 난—다들 그렇게 말합디다—이 어땠다던가요."

"글쎄 뭐 나두 집안 어른덜헌테 들어 알고 있는 것뿐이지만 도대체 실감이 잘 나지 않어. 오래된 전설 겉으기만 해서가 아니라 하두 끔찍해서 외려 상상이 되지 않더란 말이다. 내 생각으루는 당시의 무기가 전근대적인 것이어서 살육이 더 끔찍허게 보였던 것이 아닐까 허는 생각일시다. 조정에서는 단번의 토벌로 다시는 그러한 봉기가 없도록 허려구 단단히 족치자고 했겠으니 오죽했겠시꺄. 온 성 안에 진동허는 피비린내가 석달 열흘이 넘게 가시지 않았구, 수백 구의 즐비헌 시체는 치우지를 못허게 해서 길섶에서 그냥 썩었다지 뭐이꺄. 그 끔찍한 걸 백성들헌테 일부러 보게 해서 반란의 결과가 어떤 것인지 경계허고자 했던 것일 테져. 허지만 그건 짧은 생각이었지여. 주검을 본 백성들은 죽음에 전염된 것처럼 죽음을 무릅쓰고 관군의 학살에 저항했던 것일시다. 창에 뱃구레를 찔려 죽은 자기 내자와 아이의 시체를 지게에 싣고 피를 뚝뚝 흘리며 봉기를 호소허던 사람덜이 한둘이 아니었다는구만여. 아녀자와 어린아이까지 무차별하게 죽여버린 것만 보더라도 임술년 난리는 일부러 그런 난리를 조장하기 위해 관군이 지나칠 정도로 포악하게 토벌헐랴고 했다는 것일시다. 당시의 정치적인 상황이 어떻게 돌아가고 있었는지는 잘 모르지만, 어쨌든 조정으로서는 요즘 말허는 공권력이 어떤 것인가를 보여주려고 작정을 했던 모양입니다. 본때를 보여주려구 말이져. 예부터 지금까지 정치 지도부가 도덕적으로 타락하면 공연히 화를 내지 않던가여. 챙피허니까 성질내는 것허구 똑같져. 도망치는 사람을 끝까지 따라가 등뒤에다 창을 꽂았구 무수헌 아녀자를 겁탈허고서는 죽여버리기도 했다니까. 생각해보시겨. 그게 요즘 겉은 총이었다믄 단방에 죽어 자빠졌갔지만 창으루 찔러놨으니 금방 죽지두 않구 오랫동안 사경을 헤매다 죽었잖았갔시꺄. 그러니 그 참경을 보던 사람덜 맘이 어떠했갔느냐 말일시다. 말을 타구 달리면섬 도망치는 사람덜을 칼로 치만 머리가 수숫대 날아가듯 허공을 돌아 떨어지군 했다는데 그 광경을 한번 상상해보시겨. 상상이 되까? 실감이 나느냐구여? 오죽했으만 임술년의 비에는 붉은 기운이 섞여 있어 그해 수확한 벼가 온통 송기에 물든 것처럼 홍자색을 띠었었다는 말까지 전해오갔시꺄. 왜 그런 끔찍한 사건이 역사엔 흔적도 없이 묻혀버리게 됐는지 참 요상스럽지 않으이꺄. 허지만, 허지만 말이다. 결코 그대로 묻혀 있지는 않을 거다 이 말이이다. 지금까지는 여사여사한 이유로 그것이 묻혀 있을 수밖에 없었다면은, 지금부터는 그것이 하나하나 폭로되어야 헐 차례다 이거이다. 억압된 것은 언젠가는 반드시 드러나게 마련 아니이꺄. 드러나지 않드라두 끝까지 없어지는 것은 아니다 이 말씀이이다. 없어지지 않는 이상 그것은 어떤 식으로라두 살아 있는 사람에게 확실한 영향으로 작용하는 거이구여. 안 그러이꺄?"

그는 묻혀 있던 사실들을 드러내려고 종친들과 함께 자료를 모으는 작업에 열중하고 있다고 했다.

그가 말하던 얘기의 내용과 그가 짓던 표정들은, 지금 생각해보아도 전혀 어울리지 않는다. 바비큐 같던 인상을 떠올리기만 한다면 그는 나에게 먹는 것에 관해 말하지 않았던가 착각할 지경이다. 초지진 옆에 있던 횟집의 활어들에 대해서 말이다. 그러나 그는 분명 녹도와 그들의 봉기를 말하고 있었던 것이다.

그런데 나는 그의 얘기 뒷부분에 가서 마침내 헷갈리기 시작했다. 물론 그의 얘기가 시작되던 처음부터 혼란이 없지 않았던 것은 아니다. 지금까지 나림의 무리에 관해 나에게 말해주었던 몇몇 사람들과는 또다른 얘기를 했으니까. 녹도가 이통이라는 어사대 관노 출신 반군의 후예라는. 그러나 내가 혼미의 늪에 거의 절망적으로 빠져들기 시작한 건 나중이었다.

"그럼 형씨도 나림에 살았소?"

그가 녹도의 후예라는 사실을 알고 진작에 묻고 싶었던 질문이었다. 정말 녹도의 후예라면 그는 분명 나림 출신일 테고, 나림 출신이면 이포전을 모를 리 없을 테니까.

"천만에여."

그는 장난처럼 대답했다. 개새끼. 녹도의 후예라면서 왜 그곳에서 살지 않았어, 엉? 느닷없이 그렇게 다그쳤던 것 같다. 극도로 흥분해서.

그에게 어떻게나 심하게 대들었던지 그도 나에게 쌍소리를 했다. 이 작자 이거 순 쌈꾼이구만. 돈 작자 아냐 이거? 재수없어.

이런 말이 오가기 바로 직전에 그와 나 사이에는 몇 마디의 대화가 더 있었던 것도 같다. 그렇지 않고서야 어떻게 그런 비약이 가능했겠는가. 지금 그 부분에 대해선 아무런 기억이 없다. 기억이 지워져 있다. 다만, 그때 내가 느닷없이 흥분했던 까닭이, 만나는 사람마다 하는 얘기가 다 다르고, 그래서 점점 복잡해지고, 예상을 빗나가고, 그 여름 내가 해야 할 일이 자꾸 어렵게 되거나 도로가 될지도 모른다는 위기감 때문이 아니었을까 생각할 뿐이다.

"그때 술집에서 나한테 쌈을 걸어올 때 이미 알아봤어. 정신 빠진 작자라는 걸 말야. 흥, 뭐? 부사장이라구? 아예 사장이나 회장이라구 허지 부사장은 뭣에 얼어죽을 부사장이야. 골고루 꼴값을 허는구만."

그가 더 흥분했다. 초면이 아닌 것처럼 말했다. 술집에서 싸움을 걸었다는 건 뭘까. 그러나 난 아랑곳하지 않고 그에게 대들었던 것 같다.

그때 그와 오랫동안 거친 말을 주고받으면서 알게 되었던 걸까. 아니면 나중에 그를 다시 찾았을 때 들은 사실이었을까. 그와 그의 가족들(이통의 후예들)이 나림이 아니라 부주고개라고 불리는 두문동에서 산다고 말한 게 지금 내 기억에 남아 있다. 그곳에서 누대를 살아오면서, 그가 말한 대로 불의와 부패와 타락에 항거해왔다는 것이었다. 봉기의 시발점은 늘 두문동이었고, 그래서 두문동은 거름을 주지 않아도 곡식이 잘 자라는 곳으로 이름이 나 있다는 거였다. 가옥이 탄재와 사람 죽은 시신을 빨아들인 땅이 기름지지 않을 수 없다는 게 그의 말이었다.

27

범민족대회가 무산되고 평민당과 민주당과 재야가 보라매공원에 모여 야권을 통합하겠노라고 열을 올리고 있을 때였던 것 같다. 그렇지 않아도 하늘이 뜨거워 바깥걸음조차 하기 힘든 판국인데 세상은 세상대로 그에 못잖은 열을 끼얹고 있었다. 나는 머리를 익혀버릴 것 같은 그 여름 무더위 속에서 정신을 차리지 못하고 있었다. 그 섬의 어둡고 음산한 분위기. 만나는 사람마다 달랐던 진술. 추적해갈수록 더욱 혼미해지던 기억. 사라지지 않고 끊임없이 내 주위를 맴돌던 기분 나쁜 음모의 냄새. 와해된 나의 집중력.

이 기록이 흔들리고 있음을 나는 안다. 그 섬으로 떠나면서, 객관적인 결과를 기대하기 위해 내가 유지하려 애썼던 나와 그 일과의 거리는, 그 섬에 도착한 다음날부터 이미 무너지기 시작했는지도 모른다. 지금까지 내가 나 자신에 대해 가졌던 인간 전봉구의 40여 년 자부심으로 그 여름이 버텨지지 않다니. 그 일과 비판적 거리를 유지한다는 것이 내 능력 밖의 일처럼 여겨지기 시작하면서, 그 일에 무기력하게 휩쓸려든 것이었다. 그 섬에 머무르면서 거의 매일 밤 망망대해에서 허우적대는 꿈을 꾸다 식은땀을 뿌리며 깨어나곤 했다.

그러니 그 여름을, 내가 겪었던 그대로 기록할 수 없는 건지도 모른다. 시작부터 그럴 낌새를 어렴풋이 알아차리고 있었던 것도 같다. 그래서 글쟁이가 아니라는 것을 은근히 말해두고 싶었고, 이런 장문의 글은 평생 처음이자 마지막이 될 것이라는 걸 나 자신에게 미리 암시했던 것인지도 모른다. 다행인 것은 이 글이 어떤 보고서도 아니요,

그동안의 내 행적을 거짓 없이 적바림하는 진술서도 아니고, 누구에게 읽혀 그 여름 나의 상황과 심경을 이해시키려는 글도 아니며, 물론 작품 따위는 천만 아니라는 점이다. 다행이란 말은, 내가 자주자주 자신 없음을 깨달으면서, 그리고 기록의 불안정성에 시달리면서도 이 글을 계속 써나갈 수 있겠다는 뜻이다. 난 이미 이 글이 인과관계와 (대체 그 여름에 무슨 인과관계가 있었단 말인가) 기억의 순서, 글쓰기의 효과나, 글 자체의 유기성을 위해 필요한 요건, 뭐 그런 것과는 거리가 다분히 있다는 것을 알고 있다. 다만 이 글이 끝나기를 바랄 뿐이다. 이 글을 쓰는 이유, 그 여름을 정리하고자 하는 내 욕구의 실상이 무엇인지 알게 될 때까지, 할 수 있는 한 이 글을 쓰게 되기를.

내가 만났던 사람이 모두 몇 명이었던가. 뽀로수 할머이, 통대, 이씨 집성촌의 이성희씨, 향토사학자 김송배씨, 오호자의 조카 오씨, 자칭 녹도의 후예라는 초지진 관리인 이씨, 문화원의 젊은 직원, 녹두, 그리고 나중(순서의 선후를 기억 못하지만 아직 그의 얘기를 쓰지 않았으므로)에 만난 자칭 종교연구가라던 최무수……

지금부터는 그들을 분망하게 찾아다녔던 얘기를 해야 할 것 같다. 그러나 귀신에 홀린 듯 정신없이 몰아쳐다니던 나 자신을 세부적으로 기억하기는 싫다. 그 여름을 빠져나오면서 5킬로그램이라는 체중을 잃어버려야 했으니까. 그 여름을 생각할 때마다, 내 살과 피를 그 섬 여기저기에다 뿌리고 다니는 처절한 환영에 사로잡히곤 한다.

지겹도록 거듭 말하거니와, 그 여름에 관한 나의 기억은 시원치 않은 것이기 때문에, 내가 경험한 바를 순서대로 정확하게 기록할 수 없다. 하므로, 기록하기 편리한 대로 기억을 재구성할 필요를 절실하게 느낀다. 그 섬에 들어서자마자 나와 그 일 사이에 요구되었던 거리는 와해되었다 하더라도, 그 일을 회상하고 있는 지금의 나에겐 어쨌든 내 나름의 방식과 원칙이 필요하므로.

생각 같아서는, 만났던 사람들을 모두 한자리에 모아놓고 나림과 녹도의 난에 대해 대토론회라도 벌여봤으면 했다. 물론 생각뿐이었다. 그래서 어쩔 수 없이 내가 분망하게 뛰어다니지 않을 수 없었던 것. 만났던 사람들을 다시 찾아다니며 내가 중요하게 관심을 두었던 점은 그들이 내세우는 근거였다. 처음에 그들이 근거를 대려고 했을 때 나는 근거의 중요성을 그리 심각하게 받아들이지 않았다. 그들의 순박성을 믿었기 때문이 아니라, 나림을 말하는 그들의 표정이 한결같이 자신만만해 보였기 때문이었다. 그러나 어쨌든, 근거 확인에 대한 나의 불성실한 태도가 잘못되었다는 점을 나중에서야 깨닫게 된 것이다. 무엇을(무엇이라니? 나는 내 생명의 기원인 어머니를 찾아나선 게 아니었던가) 찾기 위해 자취를 추적해나가는 사람이 어찌 그 자취의 근거를 소홀히 할 수 있다는 말인가. 나림 추적은 곧 어머니 찾기라는 엄연한 사실을 혼동하지 말았어야 하지 않는가.

28

나는 다시 통대를 찾았다. 그를 만나서 확인해야 할 것은 아버지가 매판자본가며 호색한이라는 근거, 외침으로부터 민족이 환란을 겪을 때마다 이포전의 조상들이 인원을 배출해 출전케 하였다는 근거, 그

154

들의 시초가 항몽 삼별초라는 것과 그들의 선조가 임진·정묘왜란·
병자·정유호란에 맞서 싸웠다는 사실 및 병인·신미양요와 항일운동
및 해방 후 민족해방운동을 위해 앞장섰다는 사실의 근거 들이었다.

작자가 사람들로부터 정신이상자 취급을 당하고는 있었지만 그 나
름의 자료는 얻을 수 있겠다고 생각했다. 그의 얘기를 듣기로 했다. 그
리고 다른 사람들의 진술 내용과 상충되는 부분에 관해 묻기로 했다.
덴 몸으로 불속을 쏘다니는 것 같던, 멀미나는 그 여름의 더위를 되새
기고 싶지 않아 질문과 대답 과정의 모든 정황을 생략하기로 한다.

─동화고무 사주였던 전만호가 호색한이었다는 근거는 무엇인가.

△근거고 뭐고 할 것도 없다. 이포전을 비롯해서 당시 전만호에게
성적인 피해를 당한 사람들의 명단을 당신도 확인한 바 있지 않은가.
부주고개 뽀로수 할머이의 진술도 무시해서는 안 된다. 그녀는 우리
가 만날 수 있는 유일한 동화고무 생산직공이다. 지금은 많이 퇴락했
지만 이 지방에서 가장 오래된 소요궁의 지배인이나 나이든 분들의
이야기를 조금만 부지런하게 들으러 다니면 그 사실은 어렵지 않게
드러날 것이다.

─전만호가 매판자본가라는 근거는?

△전만호가 일인들의 자본을 끌어들여 사업을 확장해서 이윤을 해
외로 유출시켰는지의 여부는 확인되지 않은 사실이다. 그러나 전만호
가 식민지 권력을 이용해 임금을 착취하고 노동자의 권리를 억압하
여 부를 축적한 뒤 친일에 앞장서 왜국 자본이 국내에 진출하는 데 많
은 기여를 한 것은 사실이므로 매판자본의 범주에 속한다고 볼 수 있

지 않겠는가. 당시 그의 친일행각은 서울 청색출판사의『일제 침략에 앞장섰던 조선인』이라는 책자에 소상하게 기록되어 있고(97~99쪽), 그 책자만큼 적나라하지는 않지만 이 지방 독립운동사 편찬 자료실에도 그의 행적을 미루어 짐작할 수 있을 정도의 기록은 얼마든지 있다. 독립운동사 편찬 자료실은 관청리 45번지이다. 그뿐인가. 전만호가 악덕 친일기업주라는 사실을 뒷받침해주는 자료는 얼마든지 있다. 조가운의『한국 자본주의 성립사』, 조선총독부 경무국의『최근에 있어 조선 치안상황』, 최효근의『일제의 경제 침탈사』, 石元二郎의『朝鮮勞動者の 近代的 窮乏』, 조선총독부의『조선 기업 조사보고서』, 大阪每日新聞社 東京日日新聞社의『半島裏面史』등이다. 그것들도 물론 자료실에 가면 언제라도 열람할 수 있다.

　─나림의 무리가 항몽 삼별초였다는 근거는?

　△전주 이씨 시랑중파 장락원계의 성보. 그리고 이실재의『고려잡사』, 이태도의『가람유설』등이며, 우리가 주위에서 쉽게 볼 수 있는 여러 종류의『한국사』이다.

　─그들은 항몽군이면서, 동시에 몽고와 화친한 조정에 대해서도 반군이었다. 그런데 나중에 어떻게 그 적대적 관계일 수밖에 없는 관군과 합세하여 임진왜란 및 거듭되는 호란에 나가 싸울 수 있었겠는가.

　△향토사학자 김송배씨의 견해와 많이 다르지 않다. 외적 침입시 그들은 전술적인 차원에서 관군과 얼마든지 연합할 수 있었을 것이다. 그들은 무엇보다, 외침이 있을 때마다 반드시 표적이 되는 삼랑성을 지켜야 했다. 삼랑성 주위에 있었던 그들의 암굴을 보호할 필요가 있었기에 말이다. 그리고 그들은 봉건적인 조정과 외세, 즉 내외의 신

분적 모순과 민족적 모순의 이중적 질곡 구조에 갇혀 신음하는 민중들의 생존권을 보호한다는 명분도 있었을 것이다. 병인·신미양요와 항일운동, 그리고 해방 후 민족해방전선에 뛰어든 것도 같은 맥락에서 이해가 될 것이다. 물론 그들이 자신들의 정체를 드러내놓고 관군과 합세했다는 기록은 어디에도 없다.

─그렇다면 한국전쟁 당시 그들은 왜 북쪽 군대한테 학살당했는가?

△난 그렇게 알고 있지 않으며 그렇게 말한 사실도 없다.

─삼별초는 최씨 무신정권의 사병에 불과했으며, 개경 환도를 반대하여 강화도에 항몽 정부를 세워 끝까지 항쟁했던 것도 민족주의의 발로가 아니라, 자신들의 입지가 불안하거나 무화될 위기를 맞아 일으킨 단순 반란에 지나지 않는다는 견해가 있는데.

△그것은 당시 몽고와의 관계나 전체적인 정국의 흐름을 잘못 판단한 채, 삼별초의 극히 부분적인 역할만 침소봉대하여 자신의 논리에 꿰어맞추려는, 다분히 불순하고 위험한 발상이리고 생각한다. 길상면 사람 배중손과 교동면 사람 김통정에 대해 조금이라도 아는 사람이라면 그런 말은 감히 입 밖에 낼 수 없을 것이다.

─그들의 삶이 무척 문란했었다는 건 부정할 수 없을 것이다. 내가 만난 누구도 그 문제에 관해서만큼은 쉽게 부인하지 못했다. 지금 말대로 내외의 중첩된 모순으로 억압받는 민중들의 생존권을 위해 싸운다는 그럴듯한 대의명분을 가진 집단이 그들이라면, 그들의 문란한 생활은 어떻게 설명될 수 있겠는가?

△역시 김송배씨의 말에 동감하는 바다. 우린 아직 그들의 문란함

에 관해 결정적인 근거를 찾아내지 못하고 있을 뿐 아니라, 그들을 토벌한답시고 일반인에 대한 정부의 무고하고 지나친 살육이 있었다는 점에 언제나 혐의를 두고 있다. 마침 정치권이 극도의 불안상태에 있을 때 대규모 토벌 작전이 감행되었다는 점도 주목하고 있다. 그들에게 따라붙는 추악한 소문은 아직 그들의 정체가 명확하게 드러나지 않은 데서 더욱 무성해지는 것일 터이며, 그들의 실체가 베일을 벗고 드러날 때 소문의 진위도 함께 밝혀질 것으로 믿는다.

　─밝혀질 거라 믿는가.

　△물론이다. 언젠가는 모습을 다시 드러낼 것이다. 수세기에 걸쳐 출몰을 거듭해온 그들이 쉽게 사라지지는 않을 것이다. 이 땅에 또 한 번의 중대한 위기가 닥치면 그들은 반드시 그 불가사의한 모습을 하늘 아래 나타낼 것이다. 난 그것을 볼 수 있을 것이며 그때는 모든 것이 밝혀지리라 믿는다. 소문으로만 들어 알고 있는 많은 사람이 그들의 도래를 기다리고 있으니까.

　더 잊어먹기 전에 난 여기에 작자가 제시한 근거의 일단을 그대로 적어놓아야겠다. 다만 나림에 대한 통대의 주장은 향토사학자 김송배씨의 것과 많이 다르지 않으므로 나중에 김송배씨한테서 채집한 『고려잡사』와 『가람유설』의 일부도 아울러 기록해놓아야겠다.

　(……) 전만호(田萬鎬)는 총독부 관비유학생으로 동경제대 임학실과(林學實科)를 마친다. 애지현(愛知縣)에서 사방공사를 실습하고 귀국, 강화도에 동화고무라는 주식회사를 세운다. 황도선양 회장, 총력연

맹 평의원, 임전보국단 평의원이던 전만호는 육해군기 2대 외에도 육군 2만 원, 해군 4만 원의 국방비 헌납으로 1939년 2월 천황에게서 감수포장(紺綬褒章)을 받았고, 동 8월에도 육군에 4만 원을 헌납한다. 이러한 행적에 대해서 당국은 그를 애국신사라 하였고, 일반은 그를 매국신사라 빈축하였다. 특히 그는 자신이 대표이사로 있는 동화고무의 노동쟁의를 일본 헌병의 무력을 빌려 무자비하게 진압한다. 그러한 과정에서 성폭행 피해자가 발생하고 쟁의는 극단으로 치달아 쟁의에 태극기까지 등장하는 독립만세운동으로 확대되어 피해자가 늘어난다.

이세(伊勢)신궁에 참배하여 국방기 100대 헌납을 서약한 그는 강연 행각도 벌여 1군 1대 헌납을 선동한다. 지나에 파견할 조선인 의용군을 모집했고, 화북장병 위문을 가기도 하였다. 소위 가미다나(神棚)라 해서 일본 개국신인 천조대신(天照大神)의 영부(靈符)를 집집마다 모시게 한 것이 있는데, 악독 친일파 문명기의 광제회(廣濟會)에 참여하여 가미다나 선내(鮮內) 배포에 앞장서기도 한다. (……)

　　　　　　　　　　　—강희재, 『일제 침략에 앞장섰던 조선인』 97·99쪽,

　　　　　　　　　　　　　　　　　　청색출판사, 1983년, 서울.

(기타 독립운동사 편찬 자료실의 자료에 나타난 『동화고무 연간 매출액표』와 『식산은행의 자금 지원현황』, 그리고 『호남·관서지방에 있어서 동화고무 제품의 시장점유율』 『노동쟁의의 원인별 누년 비교표』 등은 생략한다.)

(……) 高麗高宗代有蒙古國來侵蒙兵乘潮軸轤含尾鼓譟而進城中

江都人拒爭以血淚又敗死者千餘其中全州李氏侍郞中派孫村民都頭可以奮戰蒙兵乘勝薄城於是蒙軍出岬串左岸垂山而陣與之戰村民或起赤手或投身自決於鹽河之海後孫今圖生於明秀山下大德里(고려 고종조에 몽고국의 내침이 있었다. 몽병은 조류를 타고 전함의 꼬리를 물어 북을 치며 시끄럽게 전진했고, 성중의 강도 사람들은 그들에 대항해 피를 흘리며 싸웠으나 패하여 죽은 사람이 천여 명에 달했다. 그 중에서도 전주 이씨 시랑중파 집성촌 사람들의 분전이 돋보였는데, 몽병은 기세를 타고 성에 들이닥쳤고 갑곶 좌측 언덕에 올라 산을 등지고 진을 쳐 싸우니 그들은 몽고 병사와 맨주먹으로 싸우거나 혹은 바다에 몸을 던져 스스로 자결을 하거나 했다. 아직도 그들의 후손이 명수산 아래 대덕골이란 데에 살고 있다.) (……)

—이실재, 『고려잡사』 전3권 중 권1

(……) 又大德村中有三峰曰仙峰浮峰龍峰李門於峰麓結茅而住安泰和平百穀豊穰矣平時致敬家祖亂時應派請兵是爲國之佳風麗朝蒙古來襲時村民牲犧無數蒙兵侵軼都城虔劉老少若禽獸實天下元惡遂麗大敗蒙兵占島乃避火掠其處隱遁要塞改不出乎其所高宗爲此佳然稱隱居忠絶閭巷人稱曰忠絶爲鼎足山神此故大德村李姓數炙不及於昔(또한 대덕골에는 세 봉우리가 있었는데 이름하여 선봉, 부봉, 용봉이라 했다. 이씨 성을 가진 사람들이 그 봉우리 밑에 초가를 짓고 살았으되 화평하고 태안했으며 백곡으로 풍요로웠다. 그들에게는 평시에는 가문의 풍속을 중히 여기고 난시에는 나라를 위해 사람을 뽑아 내보내는 어여쁜 풍습이 있었다. 고려 고종조의 몽고군 내습 때도 이

마을 사람들의 희생이 특히 많았다. 몽병은 도성을 쳐서 노소를 가리지 않고 마치 짐승처럼 죽였으니 참으로 천하의 원흉이다. 마침내 고려군이 크게 패하여 성을 빼앗기게 되자 이 마을 사람들은 약탈과 방화를 피해 고을을 버리고 요새로 들어가 은거하며 나타나지 아니하였다. 고종은 그들의 뜻을 가상히 여겨 그들을 은거충절이라 하고 일반은 그들을 정족산신이 되었다고 했다. 이런 이유로 지금은 대덕골에 이씨 성을 가진 사람의 수효가 예 같지 못하다.) (……)

—이태도, 『가람유설』

29

이들 자료를 찾아 눈으로 직접 확인하면서, 내가 애초에 우려했던 바—기록에 대한 불신 혹은 의문—가 여지없이 나를 다시 흔들고 있다는 걸 알았다. 아비지의 기록을 읽으면서 기록에 나타난 행적들이 과연 아버지의 이력과 활동 시기와 일치하는가를 조목조목 따져보고 싶었고, 책의 저자를 만나 기록에 동원된 자료들을 확인하고 싶었다(그러나 그 일을 하지 않았다. 어머니를 찾겠노라면서 빠져들던 것과 똑같은 방식으로 아버지의 늪에 또 한번 빠져드는 꼴이겠으니까). 그리고 한학자들이 지은 책들은(이태도는 서학자이지만 기록은 한문이었다) 무책임하리만큼 피상적인 것이어서 과연 기록으로서의 가치가 있는 것인지 의문스러울 정도였다. 이렇게 말하고 나니까 내가 왜 저들이 제시하는 근거를 확인하는 일에 불성실했던가를 알 것 같다. 소홀히 한 것이 아니라 일부러 회피했던 것이 아닐까. 종합은커녕 분석조차 제대로 되지 않는 생경한 자료들이, 넓어지기만 하는 강의 하구로 빠르게 흘러내려가는 상황을 감당 못할지도 모른다는 두려움 때문이 아니었을까. 자신 없음 때문이 아니었을까. 난 그 여름 내내, 피라미드의 정점을 향해 한 발 한 발 올라간다기보다는, 정점에서 저변을 향해 빠른 속도로 미끄러져내리는 기분이었으니까.

저들이 내미는 근거는 이질적이고 상충되는 것 투성이었다. 통대와 김송배씨의 주장은 어느 정도 일치하는 것처럼 보이지만 그렇지도 않았다. 김송배씨는 녹도를 정치적 위기를 타파하려는 조정의 무력시위에 억울하게 희생된 무리로 보는 반면, 통대는 불합리하고 모순된 사회구조를 적극적으로 개선 혹은 개혁하려는 의식 있는 무리로 보고 있었으니까. 물론 미화리 오씨는 통대나 김송배씨의 주장과는 전혀 딴판이었다. 난 그가 어떻게 그런 주장을 할 수 있을까 궁금하지 않을 수 없었다. 그러나 그 또한 그럴 만한 근거를 가지고 있었다.

―나림의 무리가 유배된 왕족의 후손이라는 근거를 나에게 제시할 수 있겠는가.

△물론 있다. 미화리 사람들의 입을 다 동원할 수 있으며, 그것이 부족하다면 나의 14대조 할아버지의 일기를 꺼내올 수도 있다.

―그건 나중에 보기로 하고 몇 가지 질문하겠다. 당쟁으로 유배된 왕손이라면 복위될 기회도 얼마든지 있었으리라고 본다. 정치란 언제나 반전되기 쉬운 성질을 지니지 않던가. 그런데 어째서 그들은 오랜 세월 동안 지독한 박해를 견디며 하산하지 않았는가.

△이미 권력이라는 것에 신물이 난 사람들이었다. 그들이 스스로 정체를 드러냈다면 얼마든지 궁궐로 복귀할 수도 있었을 것이다. 그들이 유배된 왕족이었다는 사실은 나의 14대조 할아버지의 일기가 문중에서 발견되면서부터 알려지게 되었다. 그들은 자신들의 정체를 철저히 숨기고 있었던 것이다. 자신들을 옹립하려는 계파의 간청을 받아 다시 궁궐로 돌아가려는 생각을 그때 이미 버렸던 것이다. 그들은 어떤 계파한테 희생된 것이 아니라 권력 자체에 피해를 당했다고 생각했기 때문에, 그들의 불귀(不歸)는 권력과의 영원한 이별을 뜻하는 것이었다. 그들이 모습을 드러내 궐기했던 것도 권력의 남용으로 민생이 도탄에 빠질 위기에 닥쳤을 때였다. 봉기는 그래서 여타한 민란처럼 반발이나 난리의 차원이 아니었고 권력에 대한 경계요 응징이요 지속적인 항거였다.

—그들이 문란한 생활을 했다는 것은 전적으로 조정의 여론 조작 탓인가.

△전에도 말했지만 그들은 불(佛)과 유(儒)를 부정해서 난교의 무리로 배척받았다. 불과 유를 부정했던 것은, 그 신념체계가 인간의 자유를 억압하고 통제하는 조정과 하등 다를 것 없는 구조를 지닌다는 이유 때문이었던 것 같다. 이건 순전히 내 생각이지만, 그들은 성(性)에 부여한 수많은 금기와 규제도 마찬가지의 관점—즉 인간 통제의 측면—에서 이해했을 것이다. 그들이 세인들은 상상도 못할 자유를 누렸겠다는 추측은 바로 이러한 점에 근거를 두는 것이다. 첨언하자면, 그들이 세인들보다 쉽게 금기를 깰 수 있었던 데는 가난과 궁핍이 한몫했을 것으로 본다. 지나친 소외와 궁핍엔 금기가 무용해지지 않던

가. 금기가 사라지면 향연이 오는 것으로 나는 알고 있다. 향연이 혼음의 한 방식으로 진전되었으리라는 추측을 배제할 수 없다.

— 유배지가 각각 달랐을 텐데 그들은 한자리에 모일 수 있었다는 말인가.

△강화에 유배되었던 왕족 모두가 한곳에 모였다는 얘기가 아니다. 교동이나 삼산면에 유배된 종친들까지는 합세하지 못했을 것이다. 할아버지의 기록에 의하면 광해군 15년, 광해군과 세자 지가 처음으로 나림이라는 곳에 들었다고 되어 있다. 할아버지는 영조조에 은전군을 압송해 살해하라는 명을 받고 강화 땅에 처음 발을 디뎠으나, 은전군을 정족산에 숨기고 자신은 칼을 버린 뒤 초야에 묻혔다고 한다. 나림에 들지는 않았지만 할아버지도 권력의 비정함을 혐오했던 것이다.

— 그들을 항몽 삼별초의 후예로 보는 견해도 있는 것 같은데.

△모르는 소리다. 그들의 근거지가 정족산 주변이었다는 것과, 외환이 있을 적마다 적극적으로 나가 싸웠다는 게 그 이유인 듯한데, 녹도는 적극적이지도 민족주의적이지도 않았다. 전에도 말했듯이 그들은 봉건적인 권력지배체제에 항거해 싸우거나 조정의 비리와 학정에 봉기의 깃발을 들었다가 체포된 자들로서, 생명을 저당잡히고 어쩔 수 없이 나가 싸우다 죽은 사형수들이다. 삼별초는 배중손이가 이끌 당시 이미 모두 남도로 떠났고, 섬 안에 남아 있던 얼마 안 되는 잔별초들은 모조리 소탕당했다. 무신정권이 무너지자, 무신정권의 친위대였던 자신들의 입지가 불안해져 난리를 일으킨 것에 불과했던 그들의 대몽항쟁은 이미 출발부터 한계를 지니고 있었으며, 몇 세기에 걸쳐

간단없는 저항을 하기에는 이념적인 토대가 빈약했다.

―그들 나름의 수양법이 있다고 했는데 어떤 것이었나.

△잘 알지 못한다. 그들 나름의 수양법에다 이름을 붙였던 모양인데 알 수 없다. 다만 그 방법 중의 하나가 문자를 쓰지 않는다는 것이다. 그들은 말도 많이 하지 않는 편이라고 했다. 웬만한 것은 이심전심으로 통했던 모양이다. 그러니까 수양일 법도 하지 않겠는가. 사람은 말을 하지 않고도 뜻을 전달할 수 있었는데, 훨씬 더 정확하고 빠르게 전달할 수 있었는데, 오히려 말이나 문자가 생겨 뜻을 흐리게 하고 복잡하게 했다는 것이다. 말이나 문자는 의사소통의 기능도 하지만 통제와 강제의 기능이 먼저라고 믿었던 그들로서는 말과 글을 사악한 것으로 여겼을는지도 모른다. 말과 글이 승해짐으로써 본래의 교통은 점점 혼탁해지고, 인간은 본래의 신성(神性)을 잃고 문자를 도구로 하여 지배하고 지배당하는 욕망만 갖게 되었다는 것이다. 그래서 그들은 세상에 한 줄의 기록도 남기지 않아 더욱 정체가 묘연해졌고 소문만 무성하게 남은 건지도 모르겠다. 말과 문자를 끊고 끊고 백 번을 다시 끊으면 비로소 원래의 교통을 되찾아 신성을 회복할 수 있다고 믿었기 때문에 세간의 사람들이 백절교(百絶交)라고 불렀는지도 모른다.

―그런 이야기도 조부의 일기에 있는가. 그리고 백절교란 백절교(敎)가 아니었던가.

△이 이야기는 이 미화리에 그냥 전해져내려오는 말이다. 할아버지의 기록에는 없다. 그리고 백절교(交)인지 백절교(敎)인지는 확실히 알 수가 없다. 일제 시대나 해방 직후의 기록들에도 交와 敎가 혼재하고 있으니까. 그 얘기는 관청리의 최무수에게 묻는 것이 좋겠다.

―최무수란 뭐하는 사람인가.

△자칭 종교연구가다.

―녹도가 고려조 어사대의 관노 이통의 후예이며, 그들의 은거지가 정족산 나림이 아닌 두문동이라는 말도 있는데.

△나림의 녹도가 두문동으로 잠시 은거지를 옮겼었다는 것은 어느 정도 근거 있는 말이다. 역사적으로 두문동 사람들이 가장 많은 피해를 당했다는 기록이 있으며 지금까지도 그곳 사람들의 반골정신은 알아주니까. 고려가 이태조에 의해 무너지자 고려 신하 중에 많은 사람들이 서울을 떠나 그곳 두문동에 들었다고 한다. 마치 개풍군 광덕산의 두문동에 신규(申珪), 신혼(申琿), 조의생(曹義生) 등 72명의 고려 유생들이 들었던 것처럼. 이름도 똑같다. 그곳 강화읍 남산면 초입이 예전에는 구신골(舊臣洞) 혹은 원신동(元臣洞)이라고 불렸으며 아직도 부주고개(원래는 不朝峴)라고 말하는 사람들이 있는 까닭은 바로 그 때문이다. 늘 토벌의 표적이 되었던 녹도의 무리가, 조선 왕조를 거부하여 두문동에 든 고려 유신의 후손들과 연대했으리라는 추측은 그리 어려운 일이 아닌 것 같다. 그리하여 일정 기간 봉기의 본부를 두문동에 두었을 수도 있겠고 그곳에서 오랫동안 머무를 수도 있었겠잖은가. 다만 그들이 이통의 후예라는 말은 쉽게 납득되지 않는다. 그곳 사람들의 말에 따르면, 이미 오래전에 이통의 후예들이 마련해놓은, 저항의 근거지에 고려의 유신들이 신명을 보전할까 흘러든 것이라고 하지만 말이다.

미화리 오씨가 내민 그의 14대조 할아버지의 일기를 보고 나는 놀랐다. 그 기록이 당연히 한문일 거라고만 여기고 있었으니까. 일기는 한글이었다. 영조 때라면 18세기 중엽, 한글이 충분히 일반화되고도 남을 시기였다. 그러나 그렇다고 하더라도 어명을 수행할 정도의 관직에 있던 사람이 자신의 생각을 한글로 적다니.

나는 「일기」라고 적힌 글들을 읽어나가기 시작했다. 그러다가 이상한 점을 발견했다. 아무래도 글씨의 모양이나 종이의 지질이 예스럽지 않았던 것이다. 꼬집어 무어라고 설명할 수는 없지만, 눈에 와 닿는 전체적인 느낌은 그 기록이 지나온 세월만큼 고색적이지 못하다는 것이었다. 나의 의혹을 눈치챘던지 오씨는 나에게 말했다. 내가 보고 있는 것은 보전을 위한, 원본과 하나도 다름없이 옮겨놓은 필사본이라고. 난 물었다. 원본은 그럼 어디에 있느냐고. 그러자 그의 대답이 엉뚱했다. 어느 해인가 홍수 때 유실됐다는 거였다. 그의 대답은, 원본이 유실될 것을 미리 알고 베껴놓았다는 식으로 들렸다. 난 그 기록을 띄엄띄엄 읽어나갔다. 원본과 하나도 다름없이 옮겨놓았다는 말을 믿을 수 없었다. 영조 시대의 철자법이 그처럼 근대적이지는 않았을 테니까.

그러나 난 여기에 그 기록의 일부를 적기로 한다. 내가 왜 이런저런 자질구레한 기록들까지 다 적어두어야 하는지를 솔직히 말하자면, 그 일, 즉 그 여름에서 빠져나오는 방편으로 삼기 위해서일 것이다. 녹도의 정체를 밝혀 생모에게 접근하려 했던 계획을 중도에서 포기하지 않으면 안 되었던 핑계를 그런 식으로 둘러대기 위해서인지도 모른다. 이러이러했으므로, 이 지경이었으니 포기하지 않을 수 있었겠소, 직접 눈으로 확인하쇼, 하고 남에게 말하듯 나는 자질구레한 기록들을 내세워 회피의 빌미로 삼으려는 건지도 모른다. 그러나, 그러나 나는 말할 수 있다. 처음부터 도피책으로 그것들을 그러모은 것이 아니라는 사실을. 그 섬을 탈출하기 위해 고의적으로 자료를 선별해 적고 있는 것이 아니라는 사실을 말이다. 난 그 여름 그 섬 안에서 지랄스러운 더위와 싸우며 어머니의 정체(까지는 욕심을 부릴 수 없었다. 흔적, 혹은 어머니가 어떠어떠한 사람이었을 거라는 믿을 만한 단서나 실마리 정도면 충분했다)를 밝히기 위해 그녀가 속했었다는 나림의 실체를 먼저 알아보려 했던 것뿐이고, 그 과정에서 드러난 기록들을 거짓 없이 적고 있을 따름이다. 다만 어머니에 관한 제대로 된 단서 하나 찾지 못하고 돌아와 이 글을 중언부언 쓰다보니, 몸만 축내고 그 여름을 허비한 미욱함을 그런 식으로 변명하는 꼴이 되어버렸다는 것이다. 사실 저들이 제시한 근거들은 생모에게 접근하는 내 발길을 요지요지에서 완강하게 가로막았으며, 혼란에 빠뜨렸으며, 결국 길을 잃게 만들었으며, 나를 서울로 되돌려보냈던 것이다. 나의 변명이 엄살이 아니라는 것을 나 자신에게 암시하기 위해서라도, 그 여름의 허망한 추적을 위로받기 위해서라도, 나는 저들이 제시했던 기록들을 더듬을 필요가 있겠다는 말이다. 다음은 「일기」의 일부이다.

임오년 동지 초사흘

탕평책도 소용없고 정감록도 하릴없다. 노론은 소론 치고 소론은 노론 치니 남셔는 쏘 무슴말고 나어리고 연약ᄒᆞ야 셰상몰라 귀양가는 어즈러븐 죵친들이 불상키만 불상ᄒᆞ다. 새북 승정원의 실직ᄒᆞᆫ 암명밧고 하성애 드드르니 져근듯 날이 져므누나 밤새들 구슬픈대 내 쳐지가 엇더ᄒᆞ고 강도의 엇던 산중의 광해군 풀온 긔별 향쳥으로 이미 듣고 어명을 어기믄 텬명ᄋᆞᆯ 어기는 법 쳐지가 엇지 고약지 아니ᄒᆞᆯ 손가 슈하들 거느리면 수의로 일될듯도 십건 ᄆᆞᄂᆞᆫ 향리향역을 ᄡᅳ라ᄒᆞ니 그들로 엇지 텬명을 어기자ᄒᆞᆯ 거인고 향청좌수 별감ᄒᆞᆫ 태 움지길바 업노라 통지ᄒᆞ되 걱정은 사직이요 시파벽파 붕당파셰 거치른 회오리라 무과 새삼 원망스럽도다 칼로는 인명을 베는즉 왕통가지 틸거인대 육조붕당 슈하박개 아니되믈 왜 진즉 몰랏엇나 산림애 주거무칠 결심이면 군이 텬수를 누리실가 밤새ᄯᅡ라 날을 ᄉᆡ와 아츰에 이르르면 숨긴 칼 바회 우헤 모질게 내던질가 갈길은 아즉 먼데 내일이 두렵고나.

갑신년 구월 중양

구르믄 비 섯거 어둡게 나리는대 정족산 삼봉은 백운애 덥혓도다. 셔운이 무어신고 긔아니 셔운일가 섣달 열이드레 청ᄆᆡ에 드신군은 져 ᄇᆞ름 져구름애 ᄡᅧ토록 시리실가 무심ᄒᆞᆫ 세월은 믈흐르듯ᄒᆞᄂᆞᆫ고야 믈ᄀᆞᄐᆞᆫ 얼굴이 편ᄒᆞ실적 몃 날인고 내쳐다라 봉공해도 텬은 다 못갑고 백이랑을 조픠 심거 조석 슈발 다ᄒᆞᆯ 손 미급이라 셩군애는 ᄒᆞ마도 미급이라 무어미 칼지고 모옥애 당도ᄒᆞᆯ제 인군 반겨 세소ᄅᆞᆯ ᄲᅥ 됴신을 마즈셧다 쵸옥 알픠 벽계수 망연코 바라볼새 장군셩은 무어냐 조요히 무르셧다. 그윽ᄒᆞᆫ 그 음셩 귓전애 쟁쟁ᄒᆞᆫ대 운세에 드른 인군 셰속을 버렷ᄂᆞᆫ듯 나라속 일마다 텬색을 변케ᄒᆞ고 쳑신은 도적되야 재명을 ᄲᅢ아스니 사백년 사직은 화차애 실렷도다 백셩눈믈 갈낡에 무더이셔 ᄆᆡ마다 거믄 남긔 통곡을 흐트누나 ᄆᆞ음애 ᄆᆡ친 시름 텹텹이 ᄲᅡ여 짓ᄂᆞ니 한숨이오 디ᄂᆞ니 눈믈이라.

계미년 칠월 삭망

삼랑성 나린 번개 텬지 문허지는 소리 하늘에 불근금 만마가 우짓는 듯 녹슈믈기러 오동아래 부을때는 정족산 노금 푸러 하연애 넘다히 쇼식도 니젓건만 광풍이 뫼부리를 흔드니 니즌시름 되생긴다 광해군 세자지 드럿단 말만 밋고 텬암산학애 어즌님 바린것가 그래도 댱공이 쾌청ㅎ야 뭇새가 지지괼젠 내 무음도 편ㅎ야 송간셰로애 낫잠 쉬오더니 동지 츤 서리 삭풍 올제나 팔월십오야 광풍 거두부는 날엔 삭신이 고단해도 모첨아래 뒤채인다. 기나긴 밤의 좀은 엇디 자시는고 정족산 적막 산즁에 유배왕손 푸럿다는 일백삼십년 이약을 일부러 진정이길 기원ㅎ며 이셔이다 행여 그들 자손이셔 마마를 아라보고 도생과 사비를 구티ㅎ야 져근덧 어즌 군셰서도 후사이셔 인간의 지락을 어드면 조으련만.

30

난 바비큐에게 단도직입적으로 물었다.

─녹도가, 아, 실례. 백절이 삼별초의 후예라는 말도 있고 조선 왕족의 후손이라는 말도 있는데.

△말들은 다 그럴듯하다. 자신들의 조상을 어떡해서든 훌륭한 인물군으로 만들려니 그럴듯하지 않으면 안 되지 않겠는가. 그럴듯하다는 건, 기존의 역사를 끌어들여 자신들의 가족사에 신뢰나 타당성을 부여하려는 의도가 개입되었다는 말이겠다.

—어떻게 그렇게 단정적으로 말할 수 있는가.

△왕족의 후손이라고 말하는 자들이 제시하는 근거란 도무지 믿음이 가지 않는 필사본 나부랭이가 아니던가. 자신의 조상이 과거 궁궐에서 일하던 높은 관직의 인물이었다는 것—즉 양반 중에서도 벼슬한 양반이었다는 것—을 후손에게 대대로 알리기 위하여 그런 엉뚱한, 그러나 소박하기 이를 데 없는 기록을 일부러 만들어낸 것이다. 이왕이면 자신들이 왕손이라고 말하고 싶었겠지만, 그런 기록을 애초에 적어나갈 때 그들에게는 이미 오씨라는 성이 멍에처럼 지워져 있었을 테니까 어쩔 수 없었겠지 않은가.

—오씨뿐 아니라 미화리 사람들 대부분이 녹도, 아니 백절이 왕족의 후손이라는 말을 믿는 것 같았는데.

△그럴 수밖에 없다. 잘 몰랐겠지만 미화리는 오씨 집성촌이니까. 그들에겐 서책의 내용이 대대로 교육되었던 것이다. 우리나라 대부분의 가족사는 왜곡된 역사교육의 본보기이다. 성씨마다 시절 따라 높은 벼슬 안 한 가문이 있던가. 삼천리 방방곡곡 무덤 앞에 세워진 비문의 관직을 다 합치면 우리의 역사는 5천 년이 아니라 5만 년이 되어도 모자랄 것이다. 이래서 우리 민족이 잘 안 된다는 것이다. 가족사에서 끝나면 모르되 나라의 역사까지 그런 식으로 되니 말이다. 왕조가 바뀌고 공화국이 바뀌면 우선 역사부터 뜯어고치지 않았는가. 그게 뜯어고친다고 해서 고쳐지는 것인가. 그런데 요상한 것은 세월이 지나면 고쳐지더란 말이다. 그러니까 안 된다는 것이다. 후세 사람들은 도무지 사관을 가질 수 없더라 이 말이다. 민족정기? 그게 어디서 나오는 것인데 그걸 자꾸 가지라는 것인지 모르겠다. 우리가 믿을 것

은 역사뿐이지 않은가. 그러나 역사처럼 무심한 게 또 있겠는가. 그 것처럼 못 믿을 게 또 있겠는가. 그것은 이미, 불구가 되어 있는 것이 다. 영화와 영달을 위해 배신과 변절을 밥먹듯 거듭하면서, 나중에 역 사가 자신을 평가하리라 뻔뻔하게 말하던 작자들이 얼마나 많았던가. 그러나 역사는 저들을 심판했는가. 우리는 오랜 세월 역사만을 믿고 참아왔지만, 저들은 그러한 역사의 각질 속으로 비열한 도피를 계속 했던 것이다. 저들의 상습적인 도피로 마침내 역사는 회생 불능의 상 태가 되고 마는 것이다. 내가 조상님네들의 명예를 회복해야겠다는 결심은 그래서 의미 있는 것이며, 신중을 요하는 것이며, 모든 열정을 다 바쳐야 하는 것이다. 남들은 나를 미친놈 취급하지만 적어도 나는 나의 일이 민족의 정기를 바로 세우는 데 보탬이 되리라는 확신을 가 지고 있다. 만신창이가 된 역사를 온전히 세우기에는 나의 능력이 터 무니없겠지만 부러진 손마디 하나는 바로잡을 수 있지 않겠는가.

그래서 나는 조상이 어사대의 노비였다는 사실을 부끄럽게 여기지 않으며, 그들의 반란이 비도덕적이었대도 상관없다. 나의 조상들이 역사 속에 '사실'대로만 기록되기를 원할 뿐이다. 조상의 명예를 회복 시키겠다고 하는 것은 조상을 밑도 끝도 없이 미화하려는 것이 아니 다. 아름다웠으면 아름다웠던 대로, 포악했으면 포악했던 '사실 그대 로' 기록됨으로써, 역사가 그 본분인 준거의 역할로 복원된다면 내 조 상의 명예는 회복된 것이라고 믿겠다는 말이다.

(난 그의 말을 들으면서 '사실'이라는 말에 거듭거듭 아득함을 느 꼈다. 찾고 있는 어머니만큼이나 아득했다. 그는 혹시 그 아득하기만 한 '사실' 속으로, 많은 변절자들이 그랬듯이, 도피하려는 것은 아닐

까 생각했다.)

　―『고려잡사』와『가람유설』은 집안 사람의 글 같지가 않던데.

　△집안 사람이 아닌 것처럼 보일 뿐이다. 그러나 그 책이 왜 유독이 지방 향토사학자에게만 소장되어 있는지 한번쯤 의심해볼 필요가 있지 않겠는가. 좋은 사료로서의 가치를 지니기 위해서는, 숫자는 많지 않더라도 우선은 광범위한 지역에 분포되어 있어야 하고, 사람들이 그것을 참고한 사례를 찾을 수 있어야 하지 않겠는가. 내 생각으로는 이씨 집성촌에서 그들 문사에게 청탁했지 싶다. 청탁 동기는 오씨 집성촌의 「일기」 제작 동기와 같다고 볼 수 있겠다. 한 부족이 신화를 만들어내듯이 그들은 가문의 신화를 만들어낸 것이 아니겠는가. 처음엔 분명 그것을 집성촌에서 소장했을 것이다. 그러나 '정족산 녹도'에 대한 명예스럽지 못한 소문이 나돌고, 토벌의 대상이 되면서 오씨 집성촌 사람들은 '녹도'와의 관계를 부인하지 않으면 안 되었을 것이고, 자신들이 보존하던 책자가 향토사학자에게 자연스럽게 흘러들도록 방치하거나 조장했을 수도 있겠다. 아직까지는 '녹도'와의 관계를 부인하고 있으나 곧 그들은 향토사학자에게서 그 책자들을 회수할 것으로 보인다. 그들이 말하는 녹도는 더이상 이 섬 안에 존재하지 않으며, 따라서 소문과 토벌 의지도 없어지게 되었으므로, 그들은 그들 나름의 방식대로 조상의 명예를 회복하기 위해 애쓰지 않겠는가.

　―그것이 정말 유일본인가.

　△그렇다. 믿어지지 않는가. 책을 쓴 문사들이 하나같이 전주 이씨 성을 가지고 있다는 사실도 몰랐는가.

　(그때의 내 처지로는 그것이 유일본인지 아닌지 확인한다는 게 불

가능한 일처럼 여겨졌다. 기껏 할 수 있었던 것이 김송배씨를 다시 찾아 묻는 일이었는데 어쨌든 그에게 나중에 확인한 바에 의하면 그것은 유일본이 아니었다.)

—그건 그렇고, 백절의 생활이 문란했었다는 소문은 어떻게 생각하는가. 전에는 말도 안 되는 소문이라고 일축해버렸지만 오늘은 간접적으로나마 백절의 '명예스럽지 못한 소문'을 얘기했다. 부패와 문란에 반기를 든 사람들이 어떻게 스스로 문란해질 수 있었겠는가.

△난 말도 안 되는 얘기라고 일축해버린 사실이 없다. 다만 내게 문제가 되는 것은 나림의 무리라 불리는 녹도와 백절이 과연 동일한 집단이었느냐는 점이다. 지금까지 일반에서는 녹도와 백절을 동일한 집단으로 보고 있고, 동일하지 않은 집단이라는 근거는 어느 곳에서도 보이지 않고 있으므로 나도 자신 있게 말할 수는 없는 부분이다. 그러나 난 그 두 집단이 동일하지 않다는 전제하에 나의 작업을 추진해나가고 있다. 폭력적이고 문란하여 세인의 지탄을 받아 토벌 대상이 되었던 녹도와, 적극적인 무력 비판세력이어서 토벌 대상이 되었던 백절은 전혀 다른 무리인데, 토벌 때마다 함께 대상에 오름으로써 당대인이나 후세 사람들에게 동일한 집단으로 비쳐진 것이 아니냐는.

형씨가 전에 나에게 나림에서 살았느냐고 물었을 때 내가 아니오라고 대답했다. 부주고개에 산다고 대답했을 것이다. 나는 백절의 후예라는 소리를, 부주고개에서 누대를 살아오는 친족들에게 귀가 아프게 들으며 자랐고, 백절의 후예라는 사료도 가지고 있다. 그것만 보더라도 정족산 나림 은거지에 살았다던 녹도와 부주고개의 백절은 같은 집단이 아니라는 추측이 가능해지지 않는가. 나는 녹도와 백절의 명백한 차이를 구명해내는 것을 명예 회복의 우선 목표로 삼았다. 선친들은 나에게 조상들의 훌륭한 싸움을 자랑스럽게 말했으면서도 녹도와 백절을 한 무리로 보는 세인들 때문에 밖으로는 함구하지 않으면 안 되었던 것이다. 이런 얘기를 하려고 했는데 형씨는 그날 웬일로 갑자기 개새끼라고 소리지르며 나에게 달려들었다. 기억나는가.

대화가 다시 이상하게 치달을 것 같았다. 난 그의 말을 열심히 듣는 척했지만, 그리고 그도 전보다 심각한 척 얘기를 했지만 쉬 신뢰가 가지 않았다. 뺀질뺀질 거짓말만 쳐서 아이들의 군것을 눙쳐먹으며 자란 것 같은 믿음성 없는 인상 때문이기도 했겠다. 그러나 그의 얘기를 들으면서 이미 난 그의 말이 그가 말하는 '사실'에서 멀어져 있다는 것을 어렵지 않게 알 수 있었다. 그는 『고려잡사』나 『가람유설』을 전주 이씨들이 만든 신화의 일종이라고 함부로 여겼으나 그건 억지였던 것이다. 나중에 그것이 유일본이 아니라는 사실이 밝혀지기도 했지만, 바비큐는 그 기록들을 한 번도 거들떠보지 않고 말했던 것이다(아니면 내가 그 책을 자세히 읽지 못했을 거라고 제멋대로 단정지었든지). '사실'을 밝히려는 사람의 태도가 아니었다. 『가람유설』이나 『고려잡사』는 불은면 이씨 집성촌에 대한 얘기만으로 내용이 이루어진 것이 아니었다. 이씨 집성촌에 대한 얘기는 강화부구설편(江華府口說篇)—『가람유설』에는 그냥 강화편(江華篇)—에 잠깐 비치는 얘기에 지나지 않을 뿐이었다. 그의 말대로 이씨들이 일부러 그 기록을 제작했다면 왜 자신들의 뜻을 십분 적어내지 못하고 조상들의 거룩한 항쟁을 떠도는 소문 정도로만 간단히 처리해버리고 말았겠는가. 불은면 전주 이씨와는 전혀 상관없는 지리산 천왕봉의 전설과, 구례읍 고씨 할머니의 효부가 자기 허벅지 살점을 떼어 시모를 살려내는 황당한 얘기는 왜 필요 이상으로 장황하게 써놓았겠는가 말이다.

바비큐는 열성적으로, 신열에 들떠 떠들어댔지만 난 그의 말을 듣지 않았다. 사실을 사실대로 알려는 노력은 게을리한 채 사실을 밝혀내겠다고만 외쳐댔다. 의욕만 앞서고, 방법이 없거나 방법을 무시하는 사람이었다. 딱할 정도로 건방져 보여 아구통을 한 방 야멸치게 돌리고 싶었으나 그가 가지고 있다는 백절의 규약을 보아야겠어서 꾹꾹 참았다.

그가 내민 종이뭉치는 여럿이었다. 그것들 중에는 『선암사고璿菴私稿』라는 일종의 자서전 성격의 책자도 있었으나 워낙 낡고 지저분해서 다른 종이뭉치들과 잘 구별되지 않을 정도였다. 다른 종이뭉치들이란 대부분 일제 치하에 발행되었던 동아일보와 매일신보를 오려 모은 것이었고, 자신의 조부에게 내려왔었다는 천도교 중앙본부의 거사 지시 암호문도 있었다. 암호문에는 조부의 것이라는 이름 석 자가 적혀 있었고, '正 水月執義春 布德 七十三年 四月 五日 春庵'이라고만 씌어 있어, 그 내용이 조상의 훼손된 명예를 회복시키는 데 얼마만한 역할을 해줄지 나로서는 의문이었다. 그가 오려 모은 신문기사도 그랬다. 그것은 부주고개를 비롯한 섬 일원에서 일어났던 소요(만세운동)를, "강화읍에서도 기간에 비언류어가 전파되야 자못 불온한 형세가 잇슴으로 당국의 경계가 극히 엄중하던바 거사일에 맛참내 슈백 명의 군중이 장날을 리용하야 각기 손에 태극기를 들고" 식으로 보도한, 극히 피상적이고 포괄적인 내용이었다. 그것들은 '사실'을 뒷받침

176

하기엔 부족한 점이 너무 많았다. 안진경의 해서체로 꼼꼼하게 적힌 『선암사고』는 상태가 제대로 보전되었더라도 별로 읽을 만한 욕심을 불러일으키지 못했다. 찢어지고 해진 종이를 한나절 걸려 복원을 시도했지만 눈에 띌 만한 내용은 없었다. 병인년 9월에 사인(唆仁)의 셋째가 태어났는데 사흘 동안 울음을 울지 않아 동쪽 하늘에 대고 천룡을 소리쳐 불렀더니 아이가 입을 열어 자기 이름은 강복이라 하더라, 라는 설화투의 허황된 내용들이 가끔씩 눈에 띄었고, 당시의 장시세와, 칡넝쿨로 굴건 만들어 쓰는 법 등, 자서전에는 어울리지 않는 기록들도 보였다. 나는 작자가 자서전이라 해서 그런 줄로만 알았다. 그러나 내용은 일반 잡서에 지나지 않았다.

조금이나마 그의 말을 뒷받침해주었던 것은 부주고개 사람들의 계모임 규약이었다. 규약은 그가 소지한 종이뭉치에 함께 섞여 있지 않았다. 그는 그 문건을 내게 보이려고 지역 역사박물관으로 나를 데려갔다. 신미양요 때 광성진에서 전사한 어재연(魚在淵)의 모조 장수기(將帥旗)가 커다랗게 걸려 있는 박물관 2층에 그 규약이 있었던 것이다. 국판 정도의 크기로 얇게 묶여진 책자는 병자호란 당시 조선 군졸의 모조 복장 곁에 진열되어 있었다. 청동기 시대의 돌칼부터 근세 의병의 조총에 이르기까지 거의가 모조품이어서, 모조품들과 함께 진열된 부주고개 사람들의 옛 규약도 실물이 아닌 것만 같았다. 두꺼운 유리벽에 이마를 대고 나는 모조된 시간―과거의 일부를 들여다보았다.

恭 奉 契

乙丑 二月 十二日 立案

庚申 四月 二十四日 改定

條 目

一. 本契以李公通之後孫爲設諸祖位恭奉

　　及圖親睦相互相助李門之荒家救恤

　　積金又用於義起時以爭資金

一. 契名以布祭是齋

一. 殖本金每員下壹圓五拾錢式各自殖利是齋

一. 契會日字以每年暮月十五日完定是齋

一. 利子金六拾錢右契日各自携來

一. 契主以當任於宗孫一弟

一. 若不參連二年自消去契籍

一. 必要時契主職權下年二回乃至三回契會召集可

一. 本契案蓋二年一回式改定是齋

―백절은 문자를 쓰거나 남기지 않는다던데.

　박물관을 나오면서 그에게 물었다. 그가 무슨 소리냐고 되물었다. 나는 미화리 오씨에게 들은 대로 대답했다.

　△말도 안 되는 소리다. 백절은 그런 뜻이 아니다. 상식이 있는 사람은 백절을 백 사람의 절인(絶人)이라고 알고 있다. 철종조 임술년 난리 때 부주고개의 1백 절인이 한날한시 한 장소에서 과잉 토벌에

178

항의해 자결을 했다. 백절의 묘가 여기서 채 5리도 되지 않는 곳에 있는데 무슨 소리를 하는 건지 모르겠다.

31

자칭 종교연구가라는 최무수를 만나기 전에 나는 통대를 한번 더 만나 그의 뺨을 한 대 더 호되게 후려갈겼고, 부주고개의 뽀로수 할머이를 만나 부주고개의 백절 얘기를 들으려다가 그녀에게 술만 퍼먹이고 말았다. 노파는 술에 취해 살모사 배때기처럼 빨개진 몸을 발랑 젖히고 자빠져 사지를 허우적거렸는데 영락없는 붉은 딱정벌레였다. 시간이 갈수록 나에겐 그들이 벌레처럼 보였다. 벽에 붙은 모기를 죽이듯, 그들을 손톱으로 눌러 죽여버리고 싶다는 욕구가 내 속에서 새록새록 자라나는 걸 느꼈다. 내 뒤에서 끝없는 음모를 꾸미는 게 그 벌레들 같았으므로.

허벅지가 가늘어서 천박하게 보이는 여자들과 스탠드바에서 난하게 춤을 추던 바비큐를 세번째 만났을 때는 그가 더욱 바비큐처럼 보였다는 것만 기억에 남는다. 미화리 오씨 집에 다시 들렀을 때도 나는 춥춥한 사랑방에 누워 전에 겪었던 환상이 다시 찾아와주기를 밤새 기다리던 기억만 있다. 투명한 밀랍, 혹은 옥돌을 깎아놓은 것 같은 여인들의 살갗과, 터럭 없이 꽃처럼 활짝 열려 있던 그녀들의 성기를 떠올리며.

내가 최무수를 찾아갈 때쯤 해서는, 그 여름 내가 만나야 할 마지막 사람일 거라는 예감이 들었다. 예감이 들었다기보다는 그 여름 내가 만나야 할 마지막 사람이 되기를 간절히 바랐는지도 모른다. 그렇게 작정을 했는지도 모른다. 소요궁에 찾아가 없어진 녹두를 내놓으라며 지배인과 벌였던 먹살잡이, 그리고 문화원의 불량기 있어 보이는 젊은 남자 직원과 문화원 건물 계단에서 함께 굴렀던 싸움들은 나를 많이 지치게 했을 것이다. 더위가 한풀 꺾이면서, 그 더위와 혼몽으로부터 빠져나와야겠다는 생각이 나를 지배하기 시작했다.

최무수는 말코였다. 고개를 숙여도 콧구멍이 드러나 보이는, 참으로 요상스럽고 기분 나쁜 코를 가지고 있었다. 그 코를 갓난 강아지 새끼를 만지듯 연신 쓰다듬으며 "귀신의 무리야!"라고 단정하듯 말했다. 그의 말투는 아닌 게 아니라 귀신에 씐 사람 같았다. 내가 질문할 기회도 주지 않고 기분 나쁜 목소리를 종작없이 뱉어댔다. 그는 종교연구가가 아니라 정체 모를 신병(神病)을 앓고 있는 사람처럼 보였다. 그는 점쟁이였다. 처음에 그의 눈은 경계심으로 가득차 푸르게 빛났다. 그러다가 이내, 어떤 난사(亂辭)로 방문객을 요리할 것인가를 모색하는 점쟁이 특유의 교활한 눈빛이 되었다. 난 질문의 대가를 정찰요금으로 지불해야 했다. 차라리 그게 나았다. 그는 복채를 받은 이상 내 질문에 대답할 의무를 지게 된 것이었다. 그의 대답이 시원찮다거나 모자라 보이면 더 명확한 대답을 떳떳하게 요구할 수 있었다. 불분명한 대답이 복채의 추가 지불을 요구하는 것이라 해도 상관없었다. 난 그의 말을 돈으로 살 수 있었으니까.

그런데 첫마디에 실망했던 것은 그가 녹도를 다짜고짜 귀신의 무리로 단정했기 때문이었다. 그런 자기를 불신하기 시작했다는 낌새를 알아차렸던지 그는 점쟁이답지 않게 말했다.

"나림이라는 말만 해두 그래. 그거 저 유명한 『삼국유사』 기이편 제일항 김유신편에 나오는 말이야. 거기에 보면 〈乃與具入 郎等便現神形曰 我等奈林穴禮骨火等三所護國之神 今敵國之人誘郎引之 郎不知而進途 我欲留郎而至此矣 言訖而隱, 즉 이에 그들과 함께 들어가니 여인들은 문득 신으로 변하여 말하는데 '우리들은 나림, 혈례, 골화 등 세 곳에 살고 있는 호국신이다. 지금 적국 사람들이 郎을 유인해가는데도 郎은 알지도 못하고 따라가므로, 우리는 郎을 말리려고 여기까지 온 것이었소.' 말을 마치고 자취를 감추었다〉라구 나와 있어. 나림이란 다시 말해서 귀신들이 사는 곳이란 뜻이지, 알겠어? 그리구 귀신은 미인을 좋아한다잖아. 수로부인이 해변을 걷다가 물귀신한테 잡혀들어간 것두 수로부인이 미인이었기 때문이었어. 녹도인지 돈부인지 하는 것들도 세간의 이쁜 처녀들을 쥐도 새도 모르게 잡아가기 일쑤였다잖아. 그래서 군졸들이 창 들고 내려와 피바다를 만들어놓고 그랬던 거 아냐. 그것들 잡겠다구. 근데 그게 잡힐 턱이 있나. 신출귀몰하는 귀신이었으니 말야. 그것들이 왜 삼랑성에 살겠어. 다 이유가 있는 거라구. 삼랑성은 삼신성이야. 삼신할미가 쌓은 성이라구. 환인 환웅 단군 이렇게 셋이 삼신이 아니냔 말이지. 삼랑성을 단군 아들 삼형제가 쌓았다는 말이 있는데 천만의 말씀. 삼랑성은 삼신이 자기들이 오래오래 그곳에서 살려고 쌓은 거야. 녹도라구 하는 무리들이 다름아닌 삼신이지. 귀신의 무리야 그들은……"

난 그의 말을 들으면서, 그의 무릎 앞에 놓인 작은 개다리소반을 발로 차버리고 싶은 충동을 억눌렀다. 통대와 바비큐에게서 느꼈던 구타의 충동이 여전히 그에게서도 일었다. 교활한 눈빛, 들을수록 진저리쳐지는, 성을 구별할 수 없는 목소리, 미라처럼 마른 얼굴과 손가락, 기분 나쁜 말코…… 게다가 녹도의 정체를 저들과 또 다르게 말했다. 허황된 말로 나를 음모의 나락으로 밀어넣으려는 것 같았다. 그앞에 놓인 개다리소반을 힘껏 차 천장으로 날려 찜찜한 기분을 일시에 깨부수고 싶었다. 그러나 난 그의 말에 빠져들고 있었다. 허황됐지만 그의 말을 무시할 수 없었다.

그가 한 말을 순서대로 옮길 생각은 없다. 거듭하는 말이지만 난 그여름의 기억을 순서를 지키며 옮길 수가 없다. 기억이 순서대로 들어와박힌 것도 아닐뿐더러, 그럴 필요를 느끼지 못하기 때문이다. 정리란진술이나 보고와는 다른 것이 아니던가. 난 그 여름을 지금 '정리'하고있는 것이다. 필요와 의도와 주관을 가지고. 사가(史家)들이 그러는 것처럼 말이다.

그는 위의 따옴표 속의 말을 하는 데도 여러 다른 잡소리를 끼워넣었고 주의가 산만했으며 발음도 내가 여기에 적는 것처럼 정확하지않았다. 내 앞에서 최면을 걸듯 혼을 빼듯 중구난방으로 이 말 저 말을 주워섬겼다. 흠치흠치태을천상원군흠리치야도래흠리흠리사바아라고 주문 같은 것을 말 중간중간에 수없이 끼워넣기도 했다(내가 지금까지 그걸 다 외고 있을 정도다). 이런 말도 했다. 단군에게 제사 지내는 마니산은 백두산, 한라산과 더불어 삼신산(三神山)으로 일러온다고. 거리상으로 마니산은 남의 한라산과 북의 백두산의 정중앙에에누리 없이 위치한다고. 1969년 7월, 미 우주국 NASA 본부에서 발사한 아폴로 11호가 달에 가서 찍은 지구 사진 정가운데에 네모진 도장 모양과 주변이 꼬불꼬불한 지렁이 모양이 잡혔는데 과학자들이 탐사한 결과 꼬불꼬불한 건 중국의 만리장성이고 네모반듯한 것은 마니산의 첨성단이었다고.

이처럼 그가 한 말은 내가 지금 적는 내용보다 훨씬 많았다. 그러나 버릴 건 버리고 취할 건 취해야 하지 않겠는가. 최무수의 말은 취할 것보다 버릴 것이 많았던 경우다.

나림의 무리가 고려 삼별초의 후예라는 말도 있고 조선 왕족이라는 말도 있고 고려조의 어사대 관노인 이통의 후손이라는 말도 있는데 당신은 그들이 귀신의 무리라고 한다. 누구의 말을 믿어야 할지 모르겠다고 하소연을 하자, 그는 내 눈을 뚫어져라 바라보더니 대뜸 "에미를 찾는구만!" 하고, 역시 단정적으로 말했다. 내 질문의 몇 수 앞을 내다보는 그에게 놀랐지만 난 반사적으로 놀란 기색을 보이지 않으려고 했다. 그는 언짢은 눈빛을 거두며 말했다.

"그뿐인가, 그들이 혼혈 몽고인 집단이라는 말도 있고 선원보각(璿源寶閣 : 왕가의 족보와 왕조실록을 보관했던 사고(史庫)로 지금의 전등사 뒤쪽에 있었으며, 왕가 혈통의 비밀을 유지하기 위해 그곳에서 근무했던 관리들을 퇴직 후에 특정장소에 격리 수용했다는 설이 있음) 퇴직관리의 무리라는 말도 있어. 근자에는 삼랑성 유격대로 더 잘 알려져 있지. 야산댄가 빨치산인가 하는 것 말야. 그들이 삼별초의 후예라는 말도 맞고 유배된 조선 왕족이란 말도 맞고 이통의 후손이라는 말도 맞고 선원보각 퇴직관리라는 말도 맞아."

어째서 그러냐고 물었다. 그는 바로바로 대답하지 않고 뜸을 들였다. 아주 게으른 동작으로 88라이트 담배를 꺼내 피우면서 기분 나쁜 눈초리로 나를 찬찬히 바라보았다. 나의 조급하고 당황하는 표정을 하나도 놓치지 않겠다는 듯, 그의 동작은 느렸지만 눈동자는 뱀처럼 빠르게 돌아갔다. 다행스러웠던 것은 통대나 바비큐에게 보였던 나의 즉물적인 대응이 그 앞에서는 나타나지 않았다는 것이다. 그래서 그의 앞에 놓인 개다리소반은 내가 그 집을 빠져나올 때까지 원래의 위치에 온전하게 놓여 있었다.

녹도는 그 모든 것—삼별초의 후예, 이통의 후손, 혼혈 몽고인, 조선 왕족, 선원보각 관리, 삼랑성 야산대, 기타 등등—이라고 그는 말했다. 나의 어머니도 그 모든 것의 후손이라고 말했다. 나도 머지않아 그 모든 것의 후손임을 자처하게 될 것이라고 그는 말했다. 그의 말은 어려웠다. 그가 한 말의 의미를 내가 여기에 옮길 수 있을지 자신이 없다.

말하는 투로 보아서 그는 한얼교도인 것 같았다. 입에서는 '인류 사상 첫 진리자 단군 바른님'이라는 말이 자주 튀어나왔고 석가와 공자와 그리스도와 마호메트가 빈번하게 발음되었다. 상대가 이해하든 말든 특정 종교의 교리 용어를 써서 나를 당황하게 했다.

무당이 공수를 주듯 일방적으로 내게 말했다. 두어 시간 쏟아진 말의 홍수 속에서 내가 건져낼 말이 어떤 것일지 가리사니가 서지 않았다. 왜 녹도를 '그 모든 것'의 후예라고 말했던가. 그 문제를 정리해보자.

그는 우선 녹도를 인간의 집단으로 보지 않았다. 귀신의 무리라고 했듯이 그는 나림의 무리를 혼이나 영, 혹은 신의 섭리 영역으로 보았다. 녹도는 특정한 역사적 사건을 배경으로 발생한 실재적인 인간 집단이 아니라, 마니산과 삼랑성에 서린 삼신의 기운이 역사(歷史)를 통해 역사(役事)했던 형태가 바로 녹도라고 했다(이게 무슨 말인가).

"그들은 각기 다른 시대에 다른 역사적인 이유와 동기로 다른 곳에서 다른 집단을 이루고 살았지만, 그들이 한 일은 같은 것이고, 당한 피해도 같은 것이고, 분노나 원망 또한 동질의 것이었다 이거야. 시대와 역사는 달랐지만 삶과 죽음의 방식은 다르지 않았다는 것이지. 겉으로 보기에 그들은 각자 나름의 구체적이고 절박한 이유와 동기를 가지고 그 포원(抱寃)을 풀어내려 난리를 일으켰지만, 결국 그들은 삼신의 능력대로 움직인 것에 지나지 않았다는 거야. 거대한 집단 속에서의 불만, 그 부패한 집단으로부터의 이탈, 반란의 도모, 토벌과 희생, 포원의 발생, 포원의 승계, 반란의 반복 및 지속이라는 사슬에 공통적으로 걸려든 것이지. 그들이 거대한 집단 속에서 불만을 느끼고 그곳에서 이탈을 꿈꿀 때부터 이미 삼신의 지배를 받기 시작한 것이므로 삼신이 마련해놓은 운명의 사슬에서 자유로울 수 없었던 거야."

말하자면 그들의 내부에 삼신의 기운이 깃들면서 그들은 인간이 아닌 귀신의 형질로 변모되었다는 것이고, 그들의 봉기와 반란 활동도 순전히 삼신의 의지였다는 말이었다(이게 또 무슨 소린지).

"그렇다면 자신들의 의지와 상관없이 삼신에 의해 희생의 너울이 씌워졌다는 말인데, 삼신은 고작 그런 억울한 인간의 피를 먹고사는 귀신인가?"

나는 조금 상기돼서 그에게 물었다.

"세상에 피를 먹지 않고 사는 귀신이 있으면 말해보라."

그가 웃으면서 대답했던가.

"희생양이나 제물이란 말이겠는데 왜, 무엇의 평안을 위해 그들은 제물이 되어야 했는가?"

그는 88라이트 담배 한 개비를 천천히 빼어 물고 나서 말했다.

"신의 안녕을 위해. 신의 권위를 위해. 단군왕검 이래 정족산 삼신의 무궁한 위력을 위해. 진리를 위해!"

그는 무엇을 비웃듯 씨익 웃으며 외쳤다. 나의 입에서 이런 말이 튀어나왔다.

"흥, 신? 진리? 부패한 집단의 권력을 위해서겠지. 삼신이란 것, 단군이라는 것, 모든 신이라는 게 권력이 만들어내고 권력을 위해 권력이 끔찍히 받들어 뫼시는 거겠지."

그는 돌연 끼끼끼끼끼끼끼끼끼 파충류 울음소리를 내며 배를 움켜쥐었다. 그는 경련을 일으키며 웃었다. 그의 웃음이 얼마나 갑작스럽고 격렬했던지 나는 그가 독기 충천한 뱀이 되어 허공을 마구 날뛰는 환상에 사로잡혔다. 그는 낚시로 금방 잡아올린 장어처럼 방바닥에서 파다다닥 뛰다가, 이 벽에서 저 벽으로 날고, 천장으로 솟구쳐올라가 작은북을 치듯 독오른 꼬리로 보꾹을 빠르게 두드렸다. 그러더니 어느새 은밀한 목소리로 나에게 물었다.

"이제 그대의 에미가 그 모든 것의 후예라는 말의 뜻을 알겠나?"

갑자기 허를 찔린 기분이었다. 완전히 그에게 혼을 빼앗긴 느낌이었다. 나에게 최면요법을 썼던 것이 아닐까.

나지막하게 속삭이는 말투로 그는, 나림이 수세기에 걸쳐 숱한 토벌을 당했는데도 끈질기게 살아온 이유를 묻는 나에게 대답했다.

"그들의 존재를 토벌 당국이 바랐기 때문이지. 제사 때 쓸 닭을 키우듯이."

"바란다고 해서 반체제 집단인 그들이 바라는 대로 되었겠습니까. 닭도 먹이를 주지 않으면 도망가거나 죽지 않습디까."

"먹이를 주지 않았다는 증거는 어디에도 없어."

"그걸 대체 누가 받아먹었다는 거요?"

"권력자. 나림을 다스리는."

"말도 안 돼."

나는 그렇게 말했지만 그의 말에 귀를 기울이지 않을 수 없었다. 오랜 시간을 들여 복잡하고 알아듣기 어렵게 말한 그의 말을 내가 이해한 대로 압축하자면 다음과 같다.

조정은 통치술의 하나로 적당한 때 자신들의 무력을 시위할 수 있는 계획을 갖는다. 무력시위의 대상, 즉 토벌의 대상을 선정한다. 나림은 늘 토벌의 대상으로 선정된다. 나림은 우선 대규모여서는 안 되며, 그들에게 토벌되어야 할 마땅한 이유가 주어져야 한다. 나림이 패악한 무리라는 인식이 일반에 공유되도록 여론을 조장할 필요가 있으며, 나림의 지도자인 이른바 난괴(亂魁)와의 내통을 병행한다. 그들이 패악한 무리라는 사실을 일반에 이해시키는 데 실패하거나 '난괴'가 협조적이지 않을 때는 부득이 마지막 편법을 쓴다. 먼저 공격을 감행해 나림의 저항을 유도해놓고, 폭도의 공격에 자위권을 발동한 것이라고 변명하면 된다.

그러나 녹도 토벌의 경우엔 마지막 편법까지는 가지 않았다. 여론 조장과 난괴와의 내통이 잘 이루어졌으니까. 나림의 무리도 집단은 집단이었으며 따라서 당연히 그 집단에 필요한 권력의 형태를 갖는다. 구조적으로 그들의 결속은 포원(抱寃)이 누적되고 고양될수록 다져지게 되어 있다. 집단의 결속과 지속을 위해 나림의 우두머리(그는 집단 내부에서 삼체신으로 불린다. 환인 환웅 단군이 삼위일체로 육화를 이루신 몸이다)는 포원을 늘 새롭게 정비할 필요를 느끼고 주기적으로 포원을 공급할 계획을 갖는다. 그 계획은 조정의 무력시위 계획과 필요충분의 관계를 형성한다. 나림 내부에 자체적인 혼란과 무질서가 도래할 때마다 수괴는 무질서를 타개하기 위해 조정의 토벌을 기대하게 된다.

조정이 무력을 시위하는 것이나, 나림의 우두머리가 포원 공급 계획을 세우는 것이나 같은 의미를 지닌다. 무력시위와 포원 공급을 통해 그들이 기대하는 것이란, 권력이 흔들릴 정도의 전국적 봉기나 집단 내의 무질서를 미연에 무력화시키자는 것이다. 계획적으로 말이다. 권력이란 원래 제 살 깎아먹고 사는 괴물인 것. 그들이 수세기에 걸쳐 연명할 수 있었던 이유는 그런 통치 기술을 터득했기 때문이며, 자신들의 포악성을 교묘하게 감추어왔기 때문이다. 어떻게 감추었는가. 집단 구성원으로 하여금 권력자를 포함한 모든 구성원이 피해자라는 인식을 갖게 했다. 나림의 무리는 왕조가 바뀌어도 언제나 토벌의 대상이 되어 수난을 겪었다. 한때는 근거지를 부주고개로 옮기는 등 혹독한 피난생활을 해야 했던 무리는, 자신들은 물론이요 난괴인 우두머리도 피해자로 알았다. 그리하여 난괴의 포악성은 은폐되었던 것.

"얘기를 듣고 보니 나림은 역사상에 구체적인 행동집단으로 나타났던 게 분명한데 어째서 그들을 삼신의 기운으로 본다는 말이오?"

그의 얘기를 다 듣고 나서 내가 물었다. 그는 답답하다는 듯 말했다.

"알아듣는가 했더니 그대로군. 내가 지금까지 한 말들은 나림 무리에 대한 일종의 신화다 이거야. 신화란 무어야? 귀신의 이야기 아냐? 나림을 찾겠다구 나서는 사람을 안 건 게 아니라 내 몇 보았지. 하지만 성공했다는 사람은 아직 보지 못했어. 성공할 턱이 있나. 죽어 귀신이 되어서 귀신의 눈으로 찾지 않는 이상 보기가 힘들지, 암. 찾기는커녕 귀신에 홀려서 헛것이나 보구 다니구 이상한 말이나 시부렁거리구 다닌다는 말은 들었지. 넋이 빠지는 거야. 귀신들이 훼방을 놓는 거지."

"그럼 나의 어머니도 귀신이란 말이오? 검찰에서 진술한 기록들이 아직도 또렷하게 남아 있는데?"

난 흥분하지 않을 수 없었다.

"그게 에미의 기록인지 어떻게 증명할 수 있나? ……허기야 나림의 정체를 알겠다고 찾아온 작자치고 제 에미를 찾지 않는 작자는 아직 없었으니까."

"그럼 난 뭐요?"

그는 점점 더 알 수 없는 말을 하고, 나는 그에게 해서는 안 될 하소연을 하고 있는 셈이었다.

"뭐긴 뭐야. 귀신에 씌어서 이승 반 저승 반에 양다리를 걸치고 있구만. 잘못하다간 당신두 나림이 되겠어."

그는 은근히 겁을 주었다. 그와 오랜 시간 나눈 대화란 그런 것이었다. 내가 그 집에서 얻은 것이라고는 어머니 찾기의 자신 없음과 나림과 관련된 가중된 혼돈, 그리고 자동차 바퀴에 압살당해 문드러진 제비 형상의 붉은 부적 한 장이었다.

　어머니 찾기(보다는 어머니가 속해 있었다던 나림의 정체를 알아
보는 일조차)를 포기하고 상경하지 않으면 안 되었던 까닭은 리리코
정의 사고 소식 때문이었다.

　그 소식을 듣기 전까지 나는 나의 일에 여전히 열심이었다. 만나는
사람들에게서, 제시되는 근거들에서 혼란과 장애를 숱하게 느껴야 했
지만 그럴수록 오기가 발동한 것도 사실이었다. 마지막날까지 더위를
아랑곳하지 않고 정신없이 뛰어다녔던 것은 어쩌면 체념에 대한 변명
을 삼기 위해서였는지도 모른다. 그러나 어쨌든 나는 밴댕이젓 파는
아낙한테 들은 말만 믿고 불은면 이씨 집성촌으로 다시 달려가 수염
없는 곰배팔이 노인을 소리쳐 찾기도 했고, 길상면 길상사 터 돌담에
새겨져 있다는 나림 은거지 방향 표지물을 찾는다고 하루 종일 뜨거
운 돌들을 붙안고 땀을 뻘뻘 흘렸다. 나림의 은거지만 찾으면 모든 비
밀이 풀릴 것 같았다. 꼭 그럴 것 같은 기분이었다. 지금 생각건대 그
것은 착각이었다. 그때부터 '일'에서 고의적으로 도피하려 했던 것이
아닐까. 나림의 은거지를 찾는다고 해서 도대체 뭐가 달라진단 말인
가. 그것이 어머니를 찾는 일에 획기적인 단서를 제공할 수 있단 말인
가. 여하튼 나는 리리코 정의 사고 소식을 듣던 날도, 지게를 지고 동
쪽으로 가며 작대기 끝으론 서쪽을 가리키는 늙은 농부의 지시를 따
라 무작정 삼랑성을 올랐었다.

　생각보다 삼랑성은 길이가 짧았다. 삼랑성은 성이라고 할 수 없을
정도였다. 흔적일 뿐이었다. 담장을 쌓듯, 작은 자연석으로 쌓은 성은

산억새와 기장도토리나무와 모밀잣밤나무 사이사이에 숨어 있는 꼴이었다. 수풀을 헤치고 나아가다보면 돌무더기들이 불쑥불쑥 얼굴을 내밀며 튀어나왔다. 나는 그 돌무더기들을 보고 실망하지 않을 수 없었다. 통대나 최무수들이 말하던 역사니 신령이니 하는 기운을 도무지 느낄 수 없었으니까. 성벽을 보면 으레 전근대적인 전투 장면을 회상하거나 공연히 비장해지기 마련인데 삼랑성은 초라하고 황량하기만 했다. 그 성은 이 땅이 삼국으로 분할되었던 시대에 축성된 백제의 여러 향성(鄕城) 중 하나에 지나지 않을지도 몰랐다. 그것에다, 필요한 사람들이 필요한 만큼 단군신화와 대첩의 신화와 녹도의 신화를 붙인 것이 아니겠는가.

그러나 삼랑성이 초라하고 황량하게만 보인 것은 아니었다. 내 키보다 훨씬 크게 자란 산억새를 힘겹게 헤치며 나아가는 동안, 그 산이 겉보기와는 딴판으로 험악하기 이를 데 없는 산이라는 사실을 알게 되었다. 오죽 잘 알아서 삼신이 그곳에다 성을 쌓으려고 했겠느냐는 최무수의 말이 떠올랐다. 돌 구조물 자체는 높지 않았지만 능선이 워낙 깎아지른 절벽이라 낮은 돌담으로도 얼마든지 성의 구실을 다해냈던 것.

곳곳에 거대한 망루의 흔적도 있었다. 주춧돌 한 개가 웬만한 가마솥만했다. 그곳에 올라앉으니 섬의 모습이 한눈에 들어왔다. 프랑스군과 미군한테 초토화됐었다던 초지진, 덕진진, 광성보가 해무에 부옇게 감싸여 있어, 한창 전운에 휩싸인 것처럼 보였다. 그곳에서 이쪽 삼랑성을 향해 달음박질쳐오는 프랑스 병정들의 모습도 보였다. 나는 조악한 삼지창을 움켜쥔 조선 병졸처럼 삼랑성을 이리 뛰고 저리 뛰었다.

홀린 듯 그 성을 헤매고 다녔다. 온몸은 땀투성이가 되었고, 살갗은 싸리나무 쐐기에 쏘여 온통 벌겋게 부풀어올랐다. 무수하게 쏘인 쐐기의 독기 때문에 잠깐 정신을 잃었었는지도 모른다. 아니면 극성스럽게 울어대던 쓰르라미 소리에 혼절을 했든지. 수간(樹間)을 빠져나가는 바람 소리를 들으며 깨어났을 때 나는 커다란 층층나무 그늘 아래 누워 있었다. 잠깐 사이에 꿈을 꾸었다고는 여겨지지 않는다. 그러나 아득히 정신을 잃고 있을 때 내가 얼음집 같은 투명한 구조물 속에 잠시 갇혀 있었던 기억은 지금까지도 선명하다. 이상한 곳이었다. 하늘빛의, 투명한 돔 형식의 구조물 천장엔 단호박 크기의 녹색 둥근 주머니들이 여기저기 걸려 있었다. 나는 그 속에서 녹두를 넣어 안친 햇찹쌀밥을 먹고 싶다고 누구에겐가 큰 소리로 말했던 것 같다. 그러나 그곳엔 내 부탁을 들어줄 사람이 한 사람도 없었다. 나는 투명한 동굴 속을 두리번거렸다. 벽에는 수백 수천의, 사람의 형태가 미세하게 조각되어 있었다. 하나의 그림이 백 원짜리 동전만 했다. 하나같이 알몸이었으며, 어느 백과사전에서 보았던, 인도 오리사의 코나라크 수도원의 양각을 많이 닮아 있었다. 알몸의 남녀 한 쌍이 상하로 에로틱하게 포개지거나, 선 채로 새끼줄처럼 꼬여지거나, 이중섭(李仲燮)의 아이들처럼 여럿이서 조화롭게 엉켜 있거나 혹은 흩어져 있는 그림들이었다. 그림들은 내가 녹색의 둥근 주머니들을 보고 있을 땐 보이지 않았고, 그림을 보고 있을 땐 녹색의 둥근 주머니들이 보이지 않았다. 나는 그 속에서 자꾸 죽을 것 같은 허기를 느꼈다. 녹두를 앉힌 햇찹쌀밥을 주세요, 하고 공포에 휩싸여 거듭 애걸을 하자, 천장에 매달려 있던 녹색 둥근 주머니 한 개가 내 앞으로 툭 떨어져내렸다.

혼절의 상태에서 깨어났을 때 내 무릎 위에는 표면이 매끈거리는 커다란 알 모양의 녹색 둥근 주머니가 얹혀 있었다. 잠시 경험했던 환영이 꿈이 아니라는 사실이 그것으로써 증명되었다. 오씨 집에서 겪었던 첫 밤의 기억이 되살아나 나는 층층나무 그늘 아래서 땀에 젖은 몸을 오스스 떨었다.

녹색 둥근 주머니는 거대한 비타민 정제 같았다. 표면에 비친 내 얼굴이 스테인리스 숟가락 뒷면에 비친 그림처럼 길게 늘어나 보였다. 그 얼굴 뒤로 하늘과 나무들도 비쳤다. 환영에서 깨어나 얼결에 주머니를 집어든 나는 그것이 무엇의 알(卵)이라는 생각과, 내가 보듬고 있을 게 아니라는 확신이 동시에 들었다. 그것을 내가 앉아 있던 층층나무 그늘에다 조심스럽게 내려놓은 뒤, 산적에게라도 쫓기듯 후들거리는 다리를 이끌고 산을 내려왔다. 나는 지금까지도 그 이상한 녹색 둥근 주머니가 어떻게 되었을까 궁금하다. 죄스러울 정도로.

내가 리리코 정의 사고 소식을 알게 된 것은, 그 정체 모를 둥근 주머니를 층층나무 아래 내려놓고 쓰르라미 소리 가득한 산을 내려온 날 저녁이었다. 해가 기울 때 잠깐 머릿속을 비집고 들었던 닭고기 생각이 기어이 잠까지 방해해서 나는 다 늦게 닭고기 바비큐집을 찾았다. 그곳에서 주인의 따가운 눈총을 받으며 술도 없이 여덟 마리의 닭고기구이를 먹어치웠는데 두 마리를 더 싸달라고 하자 주인은 겁이 났던지 돈조차 받지 않으려 했다.

돌아오는 길에 산 석간신문을 펼쳤을 때였다. 두 약혼자가 동침하고 있는 장소에 강도가 침입, 함께 자고 있던 약혼녀를 폭행하려 하자 약혼남이 강도를 찌른 경우와, 성폭행하려 한 강도를 살해한 임신부의 경우는 공히 무죄에 해당한다는 큼지막한 공판기사가 실린 사회면에서 리리코 정의 짤막한 사고기사를 읽었던 것이다. 서울 S호텔 칵테일바 리리코의 여바텐더가 지난주 토요일 하오 7시경 그 호텔 1208호에서 변사체로 발견돼, 경찰이 수사에 나섰다는 내용이었다. 경찰은 그녀가 혼자 투숙했다는 점, 외상과 반항한 흔적이 전혀 없었다는 점, 온돌식 객실 한가운데 알몸으로 반듯이 누워 죽어 있었다는 점, 죽기 직전에 목욕을 하고 화장까지 했다는 점, 약물이나 기타 자살에 필요한 도구가 발견되지 않는다는 점에 수사의 초점을 맞추고 있다고 했다.

그녀가 리리코 정이라는 사실을 나는 어렵지 않게 알 수 있었다. S호텔 리리코의 여바텐더는 그녀 하나뿐이었고, 더욱이 그녀는 나와 함께 밤을 지낼 때도 1208호를 사용했던 것이다. 그러나 걷잡을 수 없는 놀라움에 휩쓸려든 것은 신문에 실린 그녀의 이름을 보고서였다. 그녀의 이름이 포전, 정포전(鄭布傳)이었던 것이다.

신문은 이미 이틀 전의 것이었다. 다음날 아침이 되어서야 그 사실을 확인할 수 있었다. 난 상경하기 전에 최무수를 찾았다. 그녀의 이름이, 나의 어머니라고 지금까지 추측되어온 '이포전'과 동일한 이유를 그는 알 것 같았다. 복채 2만7천 원에 마침내 그는 입을 열었다. 포전이라는 이름은 백절교 직제(職制) 중의 하나라고. 포전이란 이름은 이름이 아닌 거라고. 그것은 나림 집단이 규모를 유지하기 위해, 토벌로 훼손된 구성원을 일반에서 보충시키는 역할을 담당하는 사람에게 붙이는 직책일 뿐이라고. 그들은 집단에서 마련한 소정의 교육을 이수하고 일반에 침투하게 되는데 용모가 단정하고 미인이기 십상이라고. 수세기를 거치면서 나림도 세속의 흥망 과정을 닮아 똑같은 성쇠를 거듭해왔지만, 그들의 직제는 단군이 정교(政敎)를 분리하기 위해 '제천행사'를 마니산에 따로 떼어 옮기며 시작된 뒤로 지금껏 거의 변함이 없다고.

33

정교를 분리한 첫 통치자 단군. 난 그 섬을 빠져나오면서, 가랑잎으로 옷을 해입은, 몸체에 비해 얼굴이 비대한 검은 수염의 단군을 자꾸 떠올렸다. 정교가 분리되지 않았던 제정일치 시대의 그는 나라의 왕이면서 제사장이었다던가. 제사장 역할을 하던 무당이었다던가. 그래서 우린 아직도 세속의 무당을 단군(단골)이라고 한다던가. 왜 정교를 분리하려 했을까. 왕이 곧 신이라는 이데올로기가 더이상 먹혀들지 않았을까. 신은 신을 모시는 사람들이 모시게 하고 정치는 집단을 관리하려고만 했던 것일지도 모른다. 대신 절대신에 대한 맹종이 정치적 맹종으로 쉽게 전이될 수 있도록. 신에 대한 원망은 정권에 대한 원망으로 역류할 수 없도록. 산 사람을 잡아 피를 뿌리는 제사가 합법적으로 용인되는 공간이 영원히, 적어도 아주 오래도록 유지될 수 있도록. 피흘림은 속죄의식(贖罪儀式)이라는 빌미를 끝없이 생산하기 위해서 말이다.

좁은 염하 위에 놓인 콘크리트 연륙교를 지나 육지에 닿자, 오랫동안 어두운 음부를 헤매고 나온 것 같은 각성이 일기 시작했다. 진저리를 치면서 해방감을 맛보았다. 깨어 있는 의식으로 돌아온 것 같았고 한 기업의 부사장이었다는 사실이 자각되었다. 섬에 머문 일주일 내내 전혀 생각지 못했던 가족과 회사의 일이 걱정되기도 했다. 그러나 그 섬에서의 이탈이 단순한 도피에 지나지 않았다는 사실을 안 것은 한참 뒤의 일이었다.

집에 들르기 전에 S호텔 리리코에 들른 것은 당연한 일인지도 몰랐다. 그때까지도 내 일이 끝나지 않았다고 생각했으니까. 섬에 비하면 서울은 하루 24시간 깨어 있는 도시였다. 그것도 아주 활기차게, 지나칠 정도로 활기차게 깨어 있어 정신을 빼는 곳이었다. 익숙한 광화문 골목골목을 휘젓고 다니며 그 섬에서 빠져나왔다는 사실을 실감하고자 했다. 높게 서 있는 회사 건물을 만감 어린 눈으로 올려다보며, 죽어 영혼만 남게 된 사람이 평소 자기가 근무하던 직장의 건물을 보게 되면 이런 감회일까 하고 생각했다. 성화그룹 조이사와 자주 가던 주물럭집 앞을 지나며, 주물럭집 주인다운 추파를 적당히 던질 줄 아는 김마담이 카운터에서 붉은 루주 바른 살찐 입으로 종업원들을 채근하는 모습도 훔쳐보았다. 잠시 비웠던 서울은 하나도 변함이 없었다. 알래스카 순댓집 골목의 작명 전문 운명철학관 간판도 여전히 잘못 쓰여진 대로 '作名專問'이라고 붙어 있었고, 섬으로 떠나던 날 마셨던 내자호텔 커피숍의 인삼즙도 여전히 4천8백 원이었다. 나는 점점 안심이 되었다. 커피숍 종업원이 현실감 넘치는 동작으로 쪼르르 달려오는 모습을 확인하려고 일부러 소리를 내어 부르기도 했다. 돈을 지불할 때 지폐에서 나는 소리 하나에서도 나는 온전한 정신으로 서울에 도착했음을 확인했다.

서울의 밤공기에 젖어들면서 다시 제 물을 찾은 고기처럼 자유스러워지는 나를 발견했다. 그동안 나는 타고 있던 열차에서 잠시 뛰어내려, 황량하고 음신들이 가득하고 어둡고 외로운 들판을 종작없이 헤맨 것 같았다.

그러나 지금 말하건대 서울에 도착해서 느낀 자유로움은 제 물을 찾은 고기에 비유될 것이 아니었다. 이렇게 말하는 게 보다 적절하지 않을까. 지병을 앓던 사람이, 치료를 위해 일정 기간 지병을 거부하는 벅찬 투병생활을 하다가 그만 포기하고 다시 지병으로 돌아왔을 때의 안락 같은 것. 담배를 끊고 금단현상에 시달리다 체념하고 담배 한 개비를 피워 물었을 때의 안도감. 오랜 인고 끝에 필로폰을 주사받고 얻는 황홀경. 이런 것 또한 적절한 비유가 되지는 못하겠지만 내가 서울의 밤공기에 휩싸이면서 느꼈던 자유로움이란 깨끗하고 명징한 것만은 아니었다. 나도 모를 점이 있었다. 내가 느끼고 있는 것이 자유인가, 아니면 오랜 습관으로 되돌아온 편안함인가? 허구에 익숙해진 삶에는 허구가 현실보다 더욱 현실적이고 절실한 거 아닐까 하는.

리리코 역시 여전히 화려하고 커다란 샹들리에 불빛으로 살아 있었다. 나는 머리가 센, 유랑극단 아코디언 연주자 출신의 늙은 바텐더에게 위스키 온더록스를 주문했다. 얼음을 많이 넣으라고. 붉은 알전구가 매달린 테이블에서 간간이 거만하고 기름기 있는 웃음소리들이 들려왔다. 묽은 위스키 한 모금 마시고 나는 바텐더의 얼굴을 쳐다보고, 또 한 모금 마시고 바텐더의 얼굴을 쳐다보곤 했다. 그러기를 스무 차례 했을까. 바텐더는 나에게 그녀의 장례식이 경기도 광주에서 다음 날 있을 예정이라고 했다.

"수사가 종결되지 않아서 장례가 늦어졌답니다."

잔을 바꾸면서 그가 말했다.

"사인은?"

내가 묻자 그가 말했다.

"불명인 채로 수사 종결입니다. 미제 사건으로 남게 되었죠."

34

강변 백사장에는 마그네슘 타는 냄새가 진동했다. 햇빛의 양은 절반으로 줄어 있어 부분일식 하는 날처럼 시야가 개운치 않았고 어지러웠다. 내가 경기도 광주의 어느 작은 강변에 도착했던 때가 한낮이었던가.

리리코 정이 알몸으로 죽었다는 1208호실에서 꿈도 없는 긴 잠을 자고, 호텔에서 주는 밥을 얻어먹고 출발한 지 세 시간 만에 나는 그 강변에 도착했다. 분명 오전이었다. 그러나 내 기억 속의 강변은, 휘영청 밝은 보름달 아래 살갗 흰 여인이 유별나게 늘어진 자신의 나신을 누인 채 습기찬 밤공기를 쏘이는 모습이었다.

꿈도 없이 길기만 했던 전날 밤과는 달리, 광주로 달리는 차 안에서 나는 뜬눈으로 환상에 시달리지 않으면 안 되었다. 푸른 바닷빛 눈을 뜬 채 죽었을 것만 같은 그녀. 꽃술 같은 녹색 실핏줄이 늘어지고 엉겨서 눈동자 전체가 파래뭉치 같았을 그녀. 전지가 소모된 시계 초침처럼 시나브로 피스톤 작용을 멈추어갔을 그녀의 심장. 벗겨놓은 양

파처럼 빛나던 가슴과, 투명한 유두 끝의 은빛 가루들도 빛이 바래기 시작했을 터. 심장이 멎고, 그녀의 몸 전체에 가득했던 신비로운 백랍빛도 영혼과 함께 육신을 떠나 시신은 어항처럼 투명했을지도 모른다. 그늘이 풍요롭던 턱과 겨드랑이와 목덜미. 무른 옥을 깎아 겹꽃잎을 빚어놓은 듯했던 성기. 내 몸뚱이를 사정없이 내리누르며 나를 허구의 현실에서 무지막지하게 이탈케 하던 저 어둡고 거부할 수 없이 막막했던 그녀의 풍요로운 천골.

투명 유리 같기도 하고 거대한 비닐풍선 같기도 한 그녀는, 장군이 탄생했다는 전설의 바위들이 그런 것처럼 둥긋하고 커다란 엉덩이를 벌린 채 엎드려 있었다. 엉덩이와 엉덩이 사이에 생기기 시작한 작고 눈부신 틈서리는 시나브로 고궁의 궐문처럼 활짝 열리며, 나를 그 속으로 끌어들였다. 난 그 안에서, 내가 일하던 빌딩의 집무실이며 최근에 코뼈 수술로 코를 높인 비서실 미스 곽의 푸른 콧잔등이며 끊임없이 왱왱 돌아가는 팩스, 텔렉스, 복사기, 컴퓨터 프린터를 보았다. 청소기로 기실을 청소하다 비뚤어진 브래지어 끈을 바로잡는 아내의 늙은 모습도 있었고, 나무십자가를 붙안고 땀을 흘리며 격렬하게 기도를 올리는 큰누님도 있었다. 삽으로 찍힌 일곱 살배기 어린 계집아이의 흙 묻은 시신이 경제인 연합회의 만찬 석상에 모래를 뿌리며 떠다니는 게 보이는가 하면, 200만 평의 논에서 길고 예리한 반란의 창끝들이 벼포기처럼 무럭무럭 자라나는 모습도 눈에 띄었다. 석유를 먹고 공룡처럼 커진 뱀. 뱀이 배설해놓은 기름 찌꺼기가 해일처럼 넘쳐 들판을 가로지르고, 고속도로를 따라 공동묘지가 들어선 여름 능선을 넘어 도심의 켄터키 프라이드 치킨집을 돌고, 명동을 누비는 사내들과 처녀들의 파리한 발목을 적시고, 남산 밑 일본인 전용 러브호텔의 객실을 돌아, 어느 화창한 일요일 흰 드레스를 차려입은 키 크고 예쁜 신부의 속옷을 몽땅 망쳐놓는 꼴이 보이기도 했다.

울퉁불퉁 솟아오른 콘크리트 보도블록 위에 나를 부려놓고 2만5천 원을 요구하던 택시 운전기사는 까닭 모르게 심통이 나 있었다. 광주까지 가는 길이 생각보다 많이 막혔던가. 그렇지도 않았다. 2만 원에 가기로 약속한 기사는 어떡해서든 5천 원을 더 받으려 했다. 5천 원을 더 받으려고 오십이 훨씬 넘었을 그는 어린애보다 못한 생떼를 쓰기 시작했다. 내 쪽에서 완강하게 나올 것을 지레짐작이나 한 듯 그는 기선을 제압하겠다는 식으로 처음부터 공격적이었다. 그러나 내쪽에서 대응할 기색을 보이지 않고 선선히 5천 원권 지폐를 내밀자 그는 자신의 생떼가 고스란히 어릿광대짓이었음을 알고 얼굴을 붉히며 서울 방향으로 차머리를 돌렸다.

나는 어느 허름한 주막집 앞에 서 있었다. 거리는 역병이 스치고 지난 것처럼 황량했다. 차에서 내려 꽤 오랜 시간을 걸었지만 사람의 그림자를 보지 못했다. 바람도 불지 않았다. 촬영을 위해 만들어놓았다가 쓰지 않게 된 세트 안을 거니는 것 같았다. 낙진의 모양이 그럴 것이라고 여겨지는 흰색 먼지가 거리에 수북이 쌓여 있어 걸음을 내디딜 때마다 풀풀 날렸다. 곧 죽고 말 피폭자가 된 기분이었다.

백사장은 그 도시의 모든 길이 끝나는 곳에 있었다. 하늘을 반사해 은박지처럼 번쩍이며 빛나는 강가에 도착했을 때 나는 도시의 인구가 그곳에 몰려 있다는 사실을 알았다. 구름 같은 인파였고, 대규모 선거 유세장을 방불케 했다. 아무나 붙잡고 여기서 무얼 하느냐고 물었던

가. 정포전의 장례식이 맞느냐고 다그쳤던 것 같기도 하다. 그들은 아주 천천히, 표정이 거세된 얼굴을 끄덕였지만 아무래도 대답 같지는 않았다. 그때부터였던가. 태양빛이 갑작스럽게 반으로 줄어들며 인파는 푸르스름한 어둠 속에 묻히기 시작했다. 동시에 어디선가 마그네슘 타는 냄새가 일기 시작했고, 강안을 비추는 빛도 햇빛이 아니라 마그네슘빛 같았다.

새끼줄로 경계가 표시된 단상에는 흰 천으로 감싸인 사람 크기의 물체가 반듯하게 놓여 있었는데 나는 그것이 리리코 정의 시신이라고 생각했다. 흰 물체가 놓인 단상 아래에는 중년의 남자가 거구의 몸을 웅크리고 기도 같은 것을 올리고 있었는데, 웬일인지 나는 리리코 정의 시신을 어두운 하늘이 기다란 팔을 내어 거두어올릴 것 같은 예감에 잔뜩 사로잡혀 있었다.

얼마 동안 그런 불안과 긴장을 견뎠던가. 나는 어느 한순간 두 손으로 얼굴을 감싸쥐며 뒤돌아서지 않으면 안 되었다. 웅크리고 앉은 거구의, 통곡하는 듯한 격렬한 기도가 극에 달하는 듯하자, 단상 위에 놓인 시신의 심장에서 붉은 피가 분수처럼 솟구치기 시작했던 것. 그때 뒤쪽의 인파가 일제히 하아, 하는 거친 바람 소리 같은 탄성을 질렀고 나는 차마 끔찍해서 더이상 눈을 뜨고 있을 수 없었던 것이다.

그곳을 빠져나가야겠다는 생각이 내 심장을 두방망이질치기 시작한 건 뒤돌아서서 얼굴을 가렸던 손을 내렸을 때였다. 아, 그곳에는 내가 아는 면면들이 하나같이 간경화증에 걸린 검은 얼굴을 하고 눈만 허옇게 뜬 채 서 있었던 것이다. 그들의 머리 둘레는 마그네슘빛으로 희게 빛났고 입으로는 최무수가 중얼거리던 흠치흠치태을천상원군 하는 주문을 끝없이 외고 있었다. 최무수의 얼굴도 보였고, 그 섬에서 보았던 모든 면면들이 그곳에 있었다. 통대라는 작자, 내 멱살을 잡고 계단을 구르던 문화원 청년, 미화리 오씨와 농군답지 않은 흰 살갗을 가진 그의 아내, 소요궁의 녹두, 바비큐, 뽀로수 할머이, 문화원장을 사칭하던 녹색 눈알을 가진 자까지. 그뿐이 아니었다. 그곳에는 내가 아는 더 많은 사람들이 있었다. 경찰 고위간부와 추문을 뿌리고 미국으로 도망갔다 최근에 컴백한 가슴 큰 영화배우도 보였다. 거액의 기부금을 받고 많은 학생을 부정 입학시켜 물의를 빚었던 모 대학 총장, 일간지에 칼럼을 자주 쓰는 변호사, 한 베스트셀러 여작가, 대마초 사건으로 70년대 후반에 자취를 감추었던 정열적인 여가수도 흠치흠치태을천상원군을 외고 있었다. 80년대 초반에 학생운동을 이끌던 낯익은 얼굴, 별 이유도 없이 입각 3개월 만에 전격 교체되어 화제가 되었던 남원 출신의 모 전 장관, 허리까지 내려오는 머리를 붉은 댕기와 함께 땋고 다니면서 떼뱀을 즐겨 그리던 늙은 여류 화가도, 쏟아부은 듯한 땀을 흘리며 필사적으로 주문을 외웠다. 음모로 나를 조종했던 자들이 모두 모여 있었다. 발목까지 푹푹 빠지는 백사장이 다리를 붙잡고 늘어져서 나는 엉금엉금 기다시피 인파로 가득찬 백사장을 빠져나왔다. 그때 비로소 나는 섬에서 빠져나온 게 아님을 알게 되었고, 섬에서 탈출하듯 육지에서 다시 한번 이탈하지 않으면 안 된다는 걸 알았다.

35

나는 부적을 그리듯 글을 쓰기 시작했다. 몸뚱어리에 붙은 귀신을 내쫓을 맘으로 마구 펜을 휘갈겼다. 무당이 환도를 들고 허공을 뚜걱 뚜걱 자르듯이. 내 주위에서 간단없이 발호의 기회를 노리는 어두운 음모들을 나의 글이 막아내기를 바라면서.

그러나 갈급증에 시달리며 써나가던 작업을 중단하지 않으면 안 되었다. 몇 날 밤을 새우며 폭풍 같은 흥분에 휩싸이게 되자 몸이 형편 없는 지경에 이르렀던 것. 나는 두서도 없이 종작도 없이 성급하게 휘갈기던 일을 중단하고 왜 지난여름의 일들을 적어나가야 하는지 그 문제부터 풀기로 했다. 그러나 시간이 지나도 적절한 대답을 찾지 못했고 그 여름의 기억은 끊임없이 나에게 무작정 펜을 잡을 것을 종용했다.

물론 전혀 답 같은 생각이 떠오르지 않았던 것은 아니다. 내가 글을 적으려는 이유 중의 하나로 생각했던 것은, 어떤 '전략'으로서 글을 쓰고자 하는 게 아니냐는 것. 즉 그 여름을 정리함으로써 무질서한 기억에 질서를 부여하고 진실 같은 것까지 거기에 곁들여 끼워넣음으로써 혼돈으로 비롯된 불안을 떨쳐내려고 했던 게 아니냐는 것이다. 내 안에 들이닥쳐 사정없이 휘몰아치는 무질서와 싸워, 질서라는 섬을 확보하려는 안간힘이 아니냐는 것이다. 나아가 사태의 인과로 타인을 설득하고 싶은 것이 아니냐는 것이다. 역사란 것이 그러하듯이.

잠시 펜을 놓고 있던 기간에 그동안 걱정을 끼쳐 미안하기 그지없던 가족에게 다가갔다. 출장을 마친 사람답게 회사 일에도 열성을 보였다. 아내에게 안 하던 스카프 선물도 하고, 저녁을 먹은 뒤엔 자식들과 야권 통합에 관해 열띤 토론을 벌이기도 했다. 아이들도 정치에 무관심했지만 적극 가담하는 성의를 보였다. 걔들 안 돼요! 고등학교 2학년인 둘째가 오랜만에 끼어들었다. 보세요. 통합하겠다던 대국민 약속을 입 쓱 닦고 말 테니까요. 서민 생계 보장하라는 피켓을 그랜저나 임페리얼에 매달고 시위하는 사람들이에요. 나나 가족이나 모두 노력하는 모습이었다. 회복이랄까. 회귀랄까. 큰누님은 나를 돌아온 탕자처럼 장하게 여겼고, 아내는 내가 돌아온 것만으로도 지나칠 만큼 관용적이었다.

그러나 그것은 회복이나 회귀가 아니었다. 도피였을 것이다. 섬에서 육지로 이탈했듯 나는 육지에서 또 한번 이탈을 감행해야 한다는 강박에 시달렸다.

휴일이면 집안 여기저기에 땀을 흘리며 못을 박았고, 애들에게 두꺼운 옷을 입혀 함께 산을 올랐으며, 오래된 디스크를 올려놓고 소리 높여 〈오 솔레 미오〉를 부르기도 했다. 내가 이루어놓은 모든 것들이 소중하게 여겨지기 시작했다. 가정, 회사, 고교 때의 우등생 친구, 오래된 습관들, 추억들, 유학 시절부터 가지고 다니던 노르웨이산 가방, 비 오던 날의 학위수여식 사진, 내 집 현관의 돌기둥, 머피의 윤기나는 털, 상공부 장관의 감사패, 집무실의 일본산 세이코 괘종시계…… 소중하게 여겨졌다기보다는 소중하게 여겨야 했다. 그것들을 꼭 붙들어야 할 것 같았다. 나를 숨길 숲이었으므로. 길이 들어 자유스러워진 일상을 그 숲 밖에서는 찾을 수 없을 것 같았으므로. 그것들에 내 몸뚱어리를 붙들어매는 데 필사적이지 않으면 안 된다는 생각이 들었다. 늪에서 기어나와 숲으로 들어갈 차례였다. 죽을 때까지 숲에서 나오지 말아야 했다. 이 기록은 숲이 울창하도록 나무 한 그루를 더 심는 일인지도 모른다.

어머니를 찾는 일에 난 왜 철저하지 못했을까. 어머니뿐만이 아니었다. 나는 아버지를 드러내는 일에도 소홀했다. 돌이켜보면 섬사람들에게서 나림과 동화고무에 관한 훨씬 많은 정보를 얻을 수 있었다. 그들에게서 얻은 자료를 치밀하게 분석하고 보충 질문할 시간과 여건이 충분했다는 말이다. 일에 접근하는 태도가 처음부터 투철하지 못했던(투철하지 않으려 했던) 것은 아닐까. 일차적인 자료를 얻는 것에 만족하고 피상적인 결론에 안주하고 만 것은 아닐까. 그들에게 질문을 할 때마다 내가 입고 있는 옷들이 한 벌씩 벗겨져나가는 착각에 빠져들었었다. 나의 옷이 대답의 대가로 그들에게 지불되는 화폐이기라도 하듯. 어머니에 관한 힌트 한 가지를 얻을 때마다 나는 점점 알몸에 가까워지고 있다는 착각에 몸을 움츠렸다. 알몸으로 샅샅이 벗겨지기 전에 섬을 탈출할 각오를 미리 다짐하고 있었는지도 모른다. 그때 벗겨나간 옷들을 필사적으로 다시 주워입고자 하는 것은 아닐까. 그 옷 속에서 아내의 남편, 자식들의 아버지, 건실한 중소기업의 부사장으로 살아가는 것에 만족하려는 것이 아닐까. 누에가 고치를 짓듯 옷의 내벽에다 끊임없이 각질의 성을 쌓으며.

그 여름을 기록하려는 이유가 명확하게 정리되지는 않았지만 난 더 오래 참을 수가 없어서 백지 앞으로 달려들었다. 모든 것은 스스로 존재할 권리를 갖듯이, 내 글도 일단 기록을 시작하고 나면 나름의 존재 이유를 얻지 않을까 하는 막연한 생각에서.

36

지난여름의 기록을 난 이쯤에서 마쳤으면 한다. 마칠 수 있을 것 같다. 여기서 마쳐도 상관없을 것 같으므로. 그러나 나의 기록행위는 팩스로 괴문서를 받기 이전의 상태로 온전히 돌아갈 때까지 계속될 것이다. 다만 문자 기술의 형식으로 지속되는 것이 아니라 머리 안에서 명상의 형식으로 진행될 것이다. 사회적인 관계와 규범 들에 적극적으로 개입하는 활동적 형식을 빌릴 것이다. 통대의 만형쯤 돼 보였던, 파괴(?)되었던 나로부터 근엄한 부사장의 체통을 되찾는 방법으로 진행될 것이다. 겨우 일주일 전이었으면서도 아주 멀고먼 과거처럼 여겨지는 나의 일상을 완전히 회복할 때까지, 가족과 이웃과 부단히 부대끼는 노력을 경주하는 것으로써 기록행위를 대신해나갈 것이다. 잃었던 합리성을 되찾는 방법으로 말이다. 의식이 정상의 궤도에 오르고 원인과 결과 사이에 무너졌던 다리가 복구되어서, 아내가 나의 시계 같은 생활에 다시금 넌더리를 낼 때까지, 감히 말하건대 나는 피나는 노력을 할 것이다. 이 글을 쓰는 동안 난 다스릴 수도 예측할 수도 이해할 수도 없었던 혼돈의 열차에서 뛰어내린 것을 확인했고 용기를 얻었다. 글 쓰는 사람들의 속맘을 이해할 수 있게 되었던 것도 이 글을 쓰는 동안에 얻은 소중한 체험이었다. 이 글은 누구에게도 읽히지 않을 것이다. 이 기록은 내 의식 안에 형체도 없이 악머구리처럼 들끓기만 하던 그 여름의 망상을 글이라는 형틀에 꼼짝 못하게 묶어 내 삶의 영역 밖에다 집어던질 작정으로 시작된 것이니까. 나는 육신의 살점을 베어내는 심정으로, 내 생애의 가장 이해할 수 없었던 혼돈

의 흔적을 제웅처럼 꾸려 개울가에 던질 것이다. 그리고 다시는 혼망
과 음모와 귀신이 접근하지 못하도록 빌 것이다. 늘 고사를 지내며 살
것이다.

해설| 류보선(문학평론가)

원초적 어머니의 유혹과 (야생의) '그것'들의 귀환

— 『늪을 건너는 법』 재발간에 부쳐

1. 또하나의 사라진 매개자, 『늪을 건너는 법』

    간혹 이전 시대와 이후 시대를 단절시킨 거대한 사건에 중요하고 핵심적인 역능을 행하고도 후대의 역사 속에 거의 포착되지 않는 매개자(물)들이 있다. 일컬어 '사라진 매개자'라 불린다. 헤겔식으로 말하자면 역사 자체의 반복하려는 경향성 때문일 것이고, 벤야민식으로 말하자면 역사의 연속성에 대한 집요한 의지 때문일 것이다. 역사는 끊임없이 그 동일성을 반복하려 한다. 해서 역사는 그 반복성이나 연속성을 파쇄했던 또다른 힘들, 들뢰즈식으로 말하자면 '질서화되지 않은 혁명적 에너지'들에게 자리를 내주는 데 한없이 인색하다. 아마도 두렵기 때문일 것이다. 여러 다양한 혁명적 에너지들을 원초적으로까지 억압하고자 했던 것은. 질서화되지 않는 혁명적 에너지들을 인정하는 순간 사회 전체 혹은 역사 전체가 카오스 상태에 접어들지도 모른다는 두려움 때문에 모든 상징적 질서는 끊임없이 질서화되지 않은 에너지들을 그토록 집요하게 원초적으로 억눌러왔다. 그러나 질서화되지 않는 혁명적 에너지들이란 무시무시하면서도 매혹적이기에 원초적 억압만으로는 그것들의 귀환을 영원히 억누를 수는 없다. 원초적 억압이 불가능한 경우라면, 그때는 담론의 질서가 작동한다. 그리고 이 담론의 질서는 한 시대를 진정으로 혁신시킨 수많은 혁명적 요소들을 비본질적이거나 우연적이고 찰나적인 것으로 폄훼하거나 '쓸모없는 실존'으로 격하시켜왔고, 그렇게 질서화를 거부하는 혁명적 에너지들은 천재적인 은폐에 의해 역사의 저편으로 사라져갔다. 이랬거나 저랬거나 우리는 꽤나 중요한 수많은 '사라진 매개자'들을 원초적으로 억압하고 담론의 질서 바깥으로 내몰면서 우리의 역사적 연속성을 유지한다. 그런 과정에서 한 시대를 또다른 시대로 바꾼 수많은 매개자들은 종종, 아니 그것이 질서화를 강력하게 거부하면 거부할수록 거의 대부분, 역사의 블랙홀 속으로 사라져가며, 그런 까닭에 우리는 여전히 동질적인 역사를 되풀이하고 있다.

그런가 하면 간혹 그 이전의 문학사적 흐름을 단절시키고 해체시키는 데 결정적인 역할을 하고도 '희미한 그림자'처럼 존재하는 문제작들도 있다. 이 역시 '사라진 매개자'들이 겪는 운명과 크게 다르지 않다. 전시대의 동일성의 감옥을 허무는 결정적인 역할은 했으나 새롭게 형성된 영토에 편입되기에는 지나치게 외설적이거나 아니면 지나치게 기묘한 작품인 경우, 그 작품 중에 많은 작품이 그 문제성에 비해 충분히 읽히지 않고 기억의 저편으로 혹은 역사의 저편으로 사라진다. 하지만 문제작들은 사라질 뿐 죽지는 않는다. 문제작들은 역사의 연속성이라는 견고한 틀에 가려 어딘가로 떠밀려가 있지만 현재적 의미로 충만한 문제성 때문에 언젠가는 돌아온다. 그렇게 돌아와서 지독하게 동종교배를 반복하는 기존의 보편성을 해체하고 균열시켜 결국 새로운 돌연변이를 만드는 자양분으로 작용한다.

구효서의 『늪을 건너는 법』 역시 그 문제성에 비해 충분히 읽히지 않고 기억의 저편으로 떠밀려간 문제작 중 하나다. 앞으로 작품을 분석하는 과정에서 드러날 것이지만 미리 말하자면 『늪을 건너는 법』은 1980년대의 민족·민중담론이라는 거대담론을 해체하고 90년대 문학 특유의 다성적 카니발을 열어젖히는 데 큰 역능을 행사한 바로 그 작품이다. 『늪을 건너는 법』은 낯선 세계로부터의 호출이라는 익숙한 형식을 계승하면서도 기존에는 볼 수 없었던 전혀 다른 낯선 세계를 끌어들임으로써 기존의 보편성을 해체하는 한편 전혀 새로운 맥락의 사회적 관계를 우리 문학사에 끌어들인다. 마치 "지난여름 귀하께서 신문에 게재하신 은어낚시 기사를 읽고 귀하를 우리 모임에 참석시키기로 결정했습니다"[1]라는 낯선 세계의 호출로 시작하는 「은어낚시통신」처럼. 그리고 그 호출로 "존재의 시원으로의 회귀"[2]라는 전혀 새로운 세계상을 구축했던 윤대녕의 모험처럼. 하지만 윤대녕의 「은어낚시통신」은 90년대 문학 이후의 한 기원으로 기억된 반면, 어쩐 일인지 구효서의 『늪을 건너는 법』은 너무 빨리 잊혀진 느낌이다. 아마도 80년대적 중심을 탈영토화하는 데는 파괴적인 힘을 발휘했지만 90년대 문

---

1) 윤대녕, 「은어낚시통신」, 『은어낚시통신』, 문학동네, 1995/2010, 78쪽.

2) 남진우, 「존재의 시원으로의 회귀」, 『은어낚시통신』 해설 참조.

학적 지형도의 한 계보로 자리하기엔 지나치게 이질적이었던 까닭이리라. 또 어쩌면 지나치게 해체적이고 외설적이어서 어떤 상징적 질서에도 포섭될 수 없었는지도 모를 일이다. 하여튼 구효서의 『늪을 건너는 법』은, 한국문학사에서 가장 실재적이고 외설적이었던 작가 이상(李箱)의 표현법을 빌려 말하자면, 80년대적 정치적 상상력과 90년대의 내면적 주체 틈새에서 질식해버린 문제작이라 할 수 있으며, 바로 그 이유로 한국문학사의 주요 계보 바깥으로 떠밀려가버렸다.

그런데, 그랬던 것인데, 『늪을 건너는 법』이 다시 독자들 곁으로 돌아온다. 말하자면 이번에 새롭게 발간되는 『늪을 건너는 법』은 우리가 한 번은 떠나보낸, 그러나 먼길을 돌아 다시 도래한 이방인 같은 존재이다. 일찍이 데리다는 "이방인은 문제를 가져오고, 질문을 한다"고 한 적이 있다. 『늪을 건너는 법』은 그렇게 이방인처럼 우리에게 어떤 문제를 가져오고 질문을 한 그 작품이며, 또한 우리로부터 첫 질문을 받을 만한 대상이기도 하다. 지난날 우리는 『늪을 건너는 법』이 가져온 문제와 제기한 질문을 한 차례 흘려보낸 적이 있다. 하지만 이번에는 『늪을 건너는 법』이 다시 가져온 문제와 질문에 대해 세심하게 읽을 필요가 있다. 앞질러 말하자면 『늪을 건너는 법』에 흩어져 있는 문제와 질문에는 오늘날 한국문학의 한 발생론적 기원이 담겨 있기도 하고 오늘날의 문학이 무심히 잊어버린 한국문학의 또다른 의미 있는 문학적 성찰이 담겨 있는 까닭이다. 그러므로 『늪을 건너는 법』을 세심하게 읽는 것은 곧 오늘날 우리 문학이 서 있는 자리와 나아가야 할 길을 새삼 다시 질문하는 일이며, 이 글의 궁극적인 목적도 바로 그것이다.

2. 아버지 기능의 중지와 원초적 어머니의 귀환

『늪을 건너는 법』이 80년대적 서사를 균열시켰으면서도 90년대적 소설 문법에 포섭되지 않았다고 해서, 그리고 구효서의 소설 대부분이 남다른 '기법에의 의지'에 의해 구성되어왔다고 해서,『늪을 건너는 법』이 이 소설 이전에도 이후에도 보기 힘든 기묘한 형식의 소설이라고 지레 짐작할 필요는 없다.『늪을 건너는 법』의 형식에 관해 말하자면 이 소설은 크게 특이하달 것도 없고 기묘한 이종성도 찾기 힘들다.『늪을 건너는 법』의 형식은,『늪을 건너는 법』이라는 소설 전체가 머금고 있는 외설성과 혁신성에 비추어보자면, 오히려 규범적이고 모범적이다. 이래서는 소설의 육체를 지워버리는 꼴이 되겠지만, 그래도『늪을 건너는 법』의 구조적 특성을 말하기 위해 이 소설의 서사구조를 거칠게 단순화하면,『늪을 건너는 법』은 자기동일성의 감옥에 갇혀 있는 한 인물이 어느 날 문득 낯선 세계의 호출을 받고, 그렇게 충격적으로 마주한 외설적인 실재 때문에 섬뜩해하고 전율을 느끼며 방황하지만, 그 낯선 세계의 낯섦을 감당하기 힘들어 (이미 돌아올 수 없다는 것을 감지하면서도) 원래의 자기로 돌아오려 한다는 이야기 구조를 취하고 있다. 낯선 세계의 호출에 당황하지만 이곳에서의 삶에 대한 불만과 불편 때문에 오히려 잘됐다 싶어 길을 나섰더니 웬걸, 모험의 쾌감은 없고 고통만 있어 저곳의 중심부에는 가보지도 않고 서둘러 돌아오는 이야기. 그렇지만 결과적으로 이전의 자기로는 돌아갈 수 없는 또다른 자기가 되어 있는 이야기. 그렇다. 흔한 이야기다.

하지만 마찬가지로 익숙한 형식이라고 해서 그 소설이 전혀 어떠한 혁신성도 가지고 있지 않다고 미리 짐작할 필요 역시 없을 것이다. 어떤 작품이라도 거칠게 단순화하면 그 작품은 익숙하기 마련이다. 전혀 새로운 형식도 중요할 수 있지만, 그 익숙한 큰 이야기 안을 어떤 세부가 채우고 있느냐 하는 것도 중요하다. 큰 이야기틀에서는 익숙하더라도 그 작품만의 특이하고도 신성한 디테일들이 그 이야기의 내부를 구성하고 있다면, 그래서 이전과는 다른 이질적이면서도 보편적인 혹은 구체적이면서도 보편적인 세계상을 구현하고 있다면, 그렇다면 그 작품은 충분히 혁신적인 작품이 될 수 있다. 『늪을 건너는 법』은 이런 맥락에서는 충분히 혁신적이다. 큰 이야기틀은 익숙하되 그 내부를 구성하는 디테일들은 기묘하고 외설적인 작품이라고나 할까. 일찍이 벤야민은 "중요한 작품은 장르를 세우거나 아니면 지양하는 작품이며, 완벽한 작품들에서 그 둘은 합쳐진다"[3]라고 말한 적이 있다. 이런 벤야민 관점에서 보자면 『늪을 건너는 법』은 당연히 중요한 작품이고, 관점에 따라서는 완벽한 소설이라고도 볼 수 있다. 『늪을 건너는 법』은 기존의 소설 문법을 따르면서도 그 소설 문법을 충분히 지양하는 데 성공하는 한편 그것을 통해 『늪을 건너는 법』만의 전혀 새로운 세계상을 등재하는 데 성공하고 있기 때문이다. 한마디로, 『늪을 건너는 법』은 기존의 형식을 따르면서도 전혀 새로운 상황과 인물을 끌어들임으로써 시대에 대한, 그리고 현존재에 대한 전혀 새로운 절합 혹은 은유를 만들어낸 바로 그 소설이다.

---

3) 발터 벤야민, 최성만 옮김, 『언어 일반과 인간의 언어에 대하여―발터 벤야민 선집 6』, 길, 2008, 174쪽.

『늪을 건너는 법』이 낯선 세계와의 조우, 방황, 그리고 또다른 개인으로의 진화의 필연성과 그것의 부정이라는 극히 일반적인 자기의식의 발전이라는 드라마를 취하면서도 시대와 인간에 대한 새로운 절합을 만들어낼 수 있었던 데에는, 그러니까 수도 없이 반복된 좌절한 자아실현의 이야기를 구체적 보편성을 지닌 드라마로 승화해낼 수 있었던 데에는 크게 두 가지 요인이 주요하게 작동한다. 하나는 『늪을 건너는 법』이 현존재들의 삶의 한 요소로 끌고 들어온 '그것'들이고, 다른 하나는 전혀 새로운 '그것'들 때문에 발생한, 전에는 보기 힘들던 또다른 내용과 형식의 정신분석 드라마이다.

　『늪을 건너는 법』을 혁신적이게 한 이 두 가지 요소 중 우선 주목해야 할 것은 『늪을 건너는 법』이 현존재들의 삶의 이면 혹은 실재로 끌어들인 '그것'들이다. '그것'들의 낯섦이 『늪을 건너는 법』이 기존의 상징적 동일성을 균열시키고 해체시킨 바로 그 작품으로 자리하는 데 결정적인 역능을 행사하기 때문이다. 『늪을 건너는 법』이 이전의 소설에서 보기 힘들었던 또다른 세계로 끌고 들어온 '그것'들은 그러나 하나의 개념으로 특칭하기 어렵다. 충동적이고 무질서한데다가 중층적인 까닭이다. 그러나 범박하게나마 윤곽을 잡는 것까지 불가능한 것은 아니다. 거칠게 말하면 『늪을 건너는 법』이 새롭게 끌고 온 삶의 요소는 아버지의 이름으로 행해진 오이디푸스 서사가 작동하기 이전의 원초적이고 외설적인 풍경이기도 하고 또는 상징 질서 너머의 무시무시하고 매혹적인 실재의 세계이기도 하다. 어떤 것이건, 『늪을 건너는 법』은 현실 바깥의, 상징적 질서 이전 혹은 너머의 어떤 세계를 현존재들의 주체적 조건으로 끌고 들어온다.

물론 소설 처음부터 무시무시하고 매혹적인 실재의 풍경들이 소설 전면에 펼쳐지는 것은 아니다. 이야기의 시작은 역시 우리가 오랫동안 보아왔던, 그래서 마냥 친숙한 그 지점에, 앞서 우리가 말했던 대로 '낯선 세계의 호출'로부터 출발한다. 보다 구체적으로 말하자면 '실제 어머니의 느닷없는 귀환(혹은 도래)'으로부터 시작한다. 그러니까『늪을 건너는 법』은 큰 차원에서는 낯선 세계의 호출에 의한 자기 발전의 드라마이고, 좀더 세밀하게 말하면 실제(혹은 실재) 어머니의 귀환과 출생의 비밀 밝히기, 그리고 그를 통한 자기 정체성의 재정립이라는 전혀 이질적이랄 것이 없는 플롯을 취한 소설이다. 그러나 '나를 낳은 어머니'가 갑작스레 귀환하고 그 '나를 낳은 어머니'(들)와 '나' 사이에 기묘한 관계가 펼쳐지면서 이전의 '생모의 귀환'을 모티브로 하는 소설에서는 볼 수 없었던 '그것'들이 전면에 부상한다.

어쨌거나『늪을 건너는 법』은 사원이 천여 명인 회사의 부사장인 '나', 전봉구 앞으로 "당신은 당신의 가족 중에 죽은 맏딸이 있다는 사실을 아는가"[4]라는 한 줄짜리 괴문서가 팩스로 도착하면서 시작한다. 기존의 자기동일성이 깨지는 상황이 있어야 비로소 이야기가 시작되듯,『늪을 건너는 법』역시 '나'가 신성하다고 믿어왔던 '나'의 가족사에 숨겨진 비밀이 있다는 낯선 세계의 전언이 홀연 도래하면서, 그리고 그것이 '나'의 자기동일성을 균열시키면서 이야기가 시작된다. 당연히 '나'는 이 괴문서의 목소리를 간단하게 부정한다. 사십대 중반의

---

4) 구효서,『늪을 건너는 법』, 문학동네, 2014, 14쪽. 이하 작품 인용시 본문에 쪽수만 표시함.

나이에 누구보다도 안정된 삶을 사는 '나'이기에 출처도 불분명할 뿐만 아니라 '나'를 허물어 자신의 이익을 달성하려는 불순한 의도가 감지되는 괴문서 따위에 흔들릴 리도, 흔들릴 수도 없는 것이다. 이 괴문서는 '나'의 신성한 가족 관계를 모독하는 것으로 '나'가 견고하게 유지하고 있는 상징적 동일성에 도발을 가하지만 '나'는 갑작스레 도래한 상징적 동일성 너머의 외설적인 실재를 간단하게 외면한다. 문득 도착한 가족 로망스적 외설을 승인할 경우 '나'의 세계 내적 위치 혹은 현재의 나를 유지시키는 누빔점이 근본적으로 파쇄될 것이기 때문이고, 그렇게 되면 이제껏 '나' 자신이 살아온 모든 역사가 부정되고 자신의 존재 전체를 근본적으로 부정해야 하는 까닭이다. 게다가 "사건은 처음 발생했을 때 우발적인 트라우마로, 상징화되지 않은 실재의 침입으로 경험"[5]된다.

그러나 모든 것을 아는 듯한 주체의 단호한 목소리로 가득한 두번째 괴문서가 도착하면서부터는 사정이 조금 달라진다. 두번째 팩스에는 '가족의 비밀'이 아니라 바로 '나'의 '출생의 비밀'이 담겨 있었던 까닭. "당신은 당신의 가족 중에 죽은 맏딸이 있다는 사실을 아는가. 알고 있다면 그가 죽은 이유도 아는가. 모르고 있다면 왜 당신만 그 사실에서 소외되어왔는지를 생각해보았는가. 당신이 그 사실을 알고 있다면, 그가 열세 살의 나이로 당신의 부친으로부터 호된 질책을 받고 충동적인 자살을 했다는 사실과 당신의 앎은 과연 일치하는가. 모르고 있다면, 그의 죽음이 혹시 당신의 존재와 어떻게든 연관되었

---

5) 슬라보예 지젝, 이수련 옮김, 『이데올로기라는 숭고한 대상』, 인간사랑, 2002, 113쪽.

기 때문이라고 생각해보진 않았는가. 당신의 가족 구성원 모두가 그 사실을 잘 알고 있는데 당신만 그 사실을 모른다면, 당신은 당신의 탄생에 얽힌 중대한 비밀을 감쪽같이 모른 채 40여 년을 살아온 것이 아니냐는 의혹을 의당 가져야 하지 않겠는가"(14쪽) 하고 시작하는 장문의 두번째 팩스는 '나'만 모르고 있는 '나'의 '출생의 비밀'을 노골적으로 명기하고 있다. 정리하자면 이런 것이 된다. '나'에게는 '나'만 모르는 '출생의 비밀'이 있다는 것. '나'에게는 '나'가 어머니라고 알아온 어머니 외에 또다른 어머니(실제 '나'를 낳은 어머니)가 있고 집안 바깥에서 태어난 '나'가 집안으로 들어오는 과정에서 맏딸이 자살했으며, 가족들 모두가 그 사실을 '나'에게 철저하게 숨겨왔다는 것. 그런 만큼 '나'는 "누군가에 의해 주입되거나 주사(注射)된 바람들로 가득찬 고무풍선"(15쪽) 같은 존재라는 것. 그러니 더이상 "누군가에 의해" 잘못 "주입"된 자본가의 삶을 살지 말라는 것. 구체적으로 말하면 "당신의 현재 삶과, 그 삶이 일방적으로 요구하는 당신의 입장과 처지로부터 멀찌감치 떨어져서 전혀 다른 관점으로 자신과 세상을 되돌아"(15쪽)보라는 것. 이를 소설 전체의 이야기와 결부해서 말하면, 악덕 자본가인 아비가 만들어놓은 상징 질서 안의 아들이 아니라 상징 질서와 항시 싸워왔던 어머니의 아들로 살아가라는 것이 된다.

장문의 두번째 팩스가 도착하는 순간 '나'의 자기동일성에는 심각한 균열이 발생한다. 동요의 진폭도 커지고 동요의 내용도 좀더 근본적인 것이 된다. 첫번째 팩스는 우발적인 것으로 넘길 수 있었지만, 보다 구체적인 진술이 담긴 두번째 팩스는 더이상 외면하기 힘들어진다. 일반적으로 어떤 사건이 반복될 때 그것을 외면하기는 불가능하다. 그것은 어느새 상징적인 네트워크 속에 자리를 잡기 때문이다. 게다가 두번째 팩스는 보편적인 진술을 넘어 그야말로 특수한 진술의 형태를 띠고 있기도 하지 않은가. 첫번째 팩스가 "당신은 당신의 가족 중에 죽은 맏딸이 있다는 사실을 아는가"라는 일반적인 차원의 진술에 그쳤다면, 그래서 그것의 현실성을 유보할 수 있었다면, 구체적인 디테일들로 넘쳐나는 두번째 팩스는 이미 실존적인 구체성이 넘쳐나는 바 이제 이것을 외면하는 것은 불가능해진다. 그런 만큼 '나'는 의식의 차원에서는 그 괴문서를 "정신 빠진 놈의 장난질"(20쪽)이거나 "나와, 사장인 형 사이를 이간하여 사용자측의 전력을 약화시키거나 와해시키려는 수작이었을 것"(20쪽)이라고 판단하고 끝까지 폄훼하고자 한다. 하지만 '나'의 내면 깊은 곳에서는 '나'의 출생의 비밀을, 그리고 '어머니를 둘러싼 수수께끼'를 외면할 수 없음을 스스로 인정하고 만다. 결국 '나'는 "깜축없이 어머니의 망집"(26쪽)에 시달리며, 급기야는 '맏이의 죽음도 죽음이려니와, 나는 그즈음 나를 낳은 어머니에 대한 지나친 집착으로 다른 생각은 거의 할 수 없"(19~20쪽)는 상태에 이르고 만다. 끝내 뒤늦게 귀환한 어머니를 둘러싼 수수께끼를 떨쳐내지 못하고 '나'는 출생의 비밀을 찾기로 한다.

이상이 『늪을 건너는 법』의 출발 지점이다. '나'에게 '나를 낳은 어머니'가 있다는 것, 그것도 '나'가 살아온 역사와 '나'가 정한 삶의 방향과는 전혀 다른 삶을 산 '어머니'가 있다는 사실을 뒤늦게 안 '나'의 입장에서 보자면, 『늪을 건너는 법』의 이 상황은 그 어떤 실존적 조건보다도 심각할 수 있다. 하지만 아주 오래전부터 '뒤늦은 부모의 귀환과 출생의 비밀 밝히기' 이야기를 접해온 우리로서는 『늪을 건너는 법』의 이

러한 출발선은 예전에 있어왔던 플롯의 반복일 뿐이다. 다시 말해 하나
도 기이하지 않다. 만약 『늪을 건너는 법』이 이 정도의 수수께끼를 다
루는 것으로 일관했다면, 『늪을 건너는 법』은 흔한 소설이 되었을 것이
다. 하지만 『늪을 건너는 법』은 '나'의 출생의 비밀을 밝히는 이야기에
그치지 않는다. 『늪을 건너는 법』은 '나'가 뒤늦게 받아 쥔 '출생의 비
밀'이라는 수수께끼 외에 또하나의 수수께끼를 설정하고 있는 바, 아마
도 『늪을 건너는 법』이 한국소설사의 어떠한 계보에도 편입시키기 힘
든 변종이 될 수 있었던 것은 이와 관련이 깊을 것이다.

우리는 성기를 전혀 접촉하지 않고 그 밤을 보냈다. 그러면서도 우
리는 충분히 서로가 필요한 만큼 상대를 향해 스스로를 용해시킬 수
있었다. 색다른 행복감이란 바로 그런 것이 아니었을까. 달의 뒷면을
본 것 같은. 늘 한쪽으로만 보아오던 세상을 이리저리 두루두루 구경
한 것 같은. 한꺼번에 모든 것을 안 것 같은.
그날 나는 고요해진 그녀 곁에서, 내 밖의 세상이 생명의 기운으로
시나브로 충만되고 있음을 쫓기듯 느끼고 있었다. 그 충만한 기운 속
에서 나는 참으로 왜소하게 찌든 껍데기였다. 그래서 난 혼자야! 하고
독백에 가깝게 중얼거렸던 것인데, 물기 묻은 내 목소리는 폭음처럼
커졌고, 난 내 주위에 충만하기 시작한 하늘의 기운을 흩뜨린 역천자
(逆天者)가 된 듯, 금조(禁條)를 깨뜨린 두려움으로 바들바들 떨었다.
그녀와의 만남. 그 신비하고도 두려움 섞인 비현실의 황홀 뒤에 오
는 것은 확인되지도 않은 생모의 환영이었다. 생모를 찾아야겠다는 게
순전히 내 의지만은 아니었으나, 난 그날 내가 다짐했던 각오가 내 의

지에서 비롯된 것이려니 여겼다.(35~36쪽)

위의 장면은, '나'가 '나를 낳은 어머니'를 찾아 떠나기 전 '리리코의 미즈 정'과 나누는 정사 장면이다. 이 장면은 이제까지 우리가 보아왔던 어떤 장면보다도 외설적이라 할 만하다. 일단 이 외설성은 이 둘 사이의 사랑 행위가 흔히 이루어지는 남녀 간의 사랑 행위와 다르다는 것에 기인한다. 하지만 위의 장면이 외설적이라고 할 수 있는 보다 중요한 이유는 '리리코의 미즈 정'이 사실은 '어머니의 분신'(소설 뒷부분에서 '리리코의 미즈 정'은 '나'의 어머니 '이포전'과 이름이 같은 '정포전'인 것으로 밝혀진다)이기 때문이다. 결과적으로 '나'는 '어머니(의 분신)'와 정사를 나눈다. 설마 싶어 동의하기 힘들다 하더라도, 적어도 '나'가 수시로 '리리코의 미즈 정'을 어머니와 동일시한다는 점은 인정해야 한다. '나'는 "그녀와의 만남, 그 신비하고도 두려움 섞인 비현실의 황홀 뒤에" 곧 "생모의 환영"을 떠올린다. 우리가 이 장면을 일컬어 지독하게 외설적이라 한 것은 이 때문이다. 이 장면만큼 이렇게 노골적으로 근친상간적인 충동 또는 어머니-아이 사이의 상상계적 행복[6]을 전면적으로 드러낸 경우를 보기란 좀처럼 쉬운 일이 아니다.

그러니까, 정리하면 이렇다. 『늪을 건너는 법』의 '나'는 '나를 낳은 어머니'가 갑작스레 귀환하자 출생의 비밀을 찾아 길을 떠나는 대신에 먼저 이렇게 어머니와의 이자적인 관계 혹은 근친상간적인 충동에

---

6) 슬라보예 지젝, 한보희 옮김, 『전체주의가 어쨌다구?』, 새물결, 2008, 95쪽.

휩싸여버린다. 그러고 나서야 출생의 비밀을 찾아 길을 나선다. 바로 이 지점이 중요하다. '나를 낳은 어머니'가 귀환하자 어머니와의 근친상간적 충동에 휩싸인다는 것. 이것이야말로 『늪을 건너는 법』이 우리가 수없이 보아왔던 '나를 낳은 어머니의 귀환과 출생의 비밀 밝히기' 이야기와 구분되는 지점이며, 『늪을 건너는 법』이 혁신적이고 특이한 소설일 수 있는 이유도 바로 여기에 있다고 할 수 있다.

상징적 질서가 가장 철저하게 억압하고자 하는 근친상간적 충동에 주인공인 '나'를 맨몸으로 노출시킨 이 장면은 극히 외설적이라 할 만하다. 그런데 『늪을 건너는 법』의 이 외설성은 인간의 본성을 나름대로 분석하는 한편 그것을 재현하고 무대화하고자 한 결과라고 보아야 한다. 정신분석학의 복잡한 이론에 기대지 않더라도 우리는 우리가 감당할 수 없는 원체험이나 원풍경들을 상징적인 질서가 구축한 덮개-기억으로 덮어놓고 살아가고 있다는 점쯤은 쉽게 느낄 수 있다. 마찬가지로 비록 경험해보지는 않았더라도, 때때로 어떤 무시무시한 실재적 사건과 조우하면, 그러니까 '정신병을 촉발할 만한 방아쇠가 당겨지면' 그 덮개-기억이 균열되거나 파쇄될 수 있다는 점 또한 어렵지 않게 미루어 짐작해볼 수 있다. 정작 복잡한 문제는 그다음부터일 수 있다. 이렇게 '아버지의 이름'에 의해 세워졌던 방어벽이 무너져서 그 덮개-기억에 의해 원초적으로 억압되고 폐제되었던 모든 것들이 물밀듯이 밀려들어오면? 우리는 흔히 그것들을 때마침 만들어진 다른 덮개-기억으로 덮어버릴 수 있을 것이라고 믿는다. 하지만 문제는 그렇게 간단하지 않을 것이다. 그 원초적인 풍경이란 하도 외설적이고 그 기세도 대단해서 그것을 순식간에 다른 덮개-기억으로 덮어버리는 것이 거의 불가능하다. 이렇게 '아버지의 이름' 혹은 '아버지의 기능'에 의해 구조화된 덮개-기억이 휩쓸려나가면 그 주체는 '엄마를 향한 오이디푸스적 고착'의 단계 혹은 '아버지의 이름'에 의해 금기시되었던 원초적 어머니와의 이자 관계 단계로 퇴행할 가능성이 높다. '아버지의 이름'이 기능적으로 '아이에게는 엄마에게 끌려가지 못하도록 하고, 엄마에게는 그들의 아이들을 삼켜버리지 못하도록' 하는 역능을 행사하는 것[7]이라면, 이 '아버지의 이름'이 더이상 기능할 수 없을 때 그 주체가 엄마와의 근친상간적 충동에 맨몸으로 노출되는 것은 어쩌면 당연할 수 있다.

그렇다면 앞의 인용이 뿜어내는 외설성, 보다 구체적으로 근친상간적 충동은 '타자의 수수께끼 같은 외상적 침입'이 발생해 '아버지의 기능'이 정지되면서 발생한 내면 풍경을 그야말로 적실하게 형상화하고 무대화한 장면이라 할 수 있다. 어떻게 보면 이제까지 우리는 그 사회를 지탱하던 어떤 '아버지의 이름'이 기능을 정지할 때 그것이 각 개인에게 혹은 사회 전체에 어떤 파급력을 미칠 것인가에 대해 깊이 들여다보지 않으려고 했다고 할 수 있다. 하나의 '아버지의 이름'이 사라지면 곧 그 자리를 보다 고차의 '아버지의 이름'이 대체하게 될 것이라고 믿어왔다. 오히려 그러한 '아버지의 이름'의 대체야말로 곧 사회 발전의 표지라고 규정해왔다. 말하자면 하나의 '아버지의 이름'이 명멸하면 그것을 또다른 '아버지의 이름'으로 대체하는 것은 전혀 문제될

---

7) '아버지의 기능'에 대한 이러한 설명은 부루스 핑크, 『라캉과 정신의학』(맹정현 옮김, 민음사, 2002)을 참조.

것이 없다는 전제에 서 있어왔다고 할 수 있는데,『늪을 건너는 법』의 위 장면은 그러한 전제를 간단하게 부정한다.『늪을 건너는 법』은 '아버지의 기능'이 정지되어 "소화해낼 수 없는 외상적 마주침의 실재, 상징화에 저항하는 수수께끼의 실재"[8]에 각 개인이 맨몸으로 노출된다는 것은 그들이 곧 걷잡을 수 없는 외설성과 감당할 수 없어 덮어두었던 원풍경, 그리고 참을 수 없는 존재의 불안과 직접적으로 조우한다는 것을 의미한다고 아주 단호하게 못박는다. 결국『늪을 건너는 법』에 따르면 한 개인을 지탱하던, 그리고 한 사회를 유지하던 '아버지의 이름'이 무너져내리면 그들은 그간 그토록 경계해마지 않는 근친상간적 충동에 휩싸인다.『늪을 건너는 법』식의 이러한 인간에 대한 규정이『늪을 건너는 법』에서 얼마나 예술적으로 구현되었는가를 말하는 것은 글의 전개상 좀 이른 감이 있지만, 그러나 지금 이 지점에서도 충분히 짚고 넘어갈 만한 것이 한 가지 있다.『늪을 건너는 법』이 상징적 질서 너머의 무시무시하고도 매혹적인 실재의 풍경을 어떤 소설보다도 본격적으로 무대화하고자 했다는 것. 해서,『늪을 건너는 법』의 '나' 덕분에 실제와 환상, 이성과 야성, 상징적 질서와 질서화를 거부하는 에너지들, 아직은 절대 권위를 획득하지 못한 아버지와 원초적 어머니, 삼자적 관계와 이자적 관계가 격렬하게 쟁투하는 원풍경을 들여다볼 수 있게 되었다는 것. 단언컨대 우리가 살펴본『늪을 건너는 법』의 그 장면은 이제까지 한국소설사에서 보기 힘들었던 이채롭고 이질적이며 기묘한 풍경, 바로 그것이다.

---

8) 슬라보예 지젝, 한보희 옮김, 같은 책, 93쪽.

3. 야생의 파토스라는 또다른 상징 전통

하지만 『늪을 건너는 법』이 끌어들인 '그것'들은 '아버지의 이름'이 정지되었을 때 경험할 수 있는 실재적이고 원초적인 풍경에 국한되지 않는다. 그것은 어디까지나 『늪을 건너는 법』의 출발 지점일 뿐이다. 『늪을 건너는 법』의 '나'는 실재적 어머니라는 타자가 던져준 수수께끼에 동요하는 데서 멈추지 않고 그 수수께끼를 풀기 위해 모험을 떠난다. 아니, 『늪을 건너는 법』의 많은 부분이 이 모험의 궤적에 배분되어 있는 것을 보면, 이 모험의 과정을 위해 실재적 어머니를 귀환시켰다고 볼 수도 있다. 사정이 어떠하건 『늪을 건너는 법』의 '나'는 '나'의 출생의 비밀과 가족사의 미스터리를 풀기 위해 '나를 낳은 어머니'를 찾는 한편 '나'가 '나를 낳은 어머니'를 떠나 성장한 이유를 찾아 떠난다. 물론 '나'가 아버지의 집으로 들어오면서 벌어졌던 사건, '나'로서는 그 존재조차 알지 못하던 '누나'의 죽음에 대한 관심 역시 없지 않다. 하지만 모든 탐색담이 그러하듯, '나'는 '나'가 풀고자 하는 모든 미스터리를 충분히 해소하지 못한다/않는다. 대신, 이것 역시 모든 탐색담이 그러하듯, 더 큰 진리를 발견한다. '나'는 '나'의 출생의 비밀을 풀기 위해 '그것'들이 모여 있는 그곳에 갔으나 '나'의 출생의 비밀보다 본질적인 인간의 성장 형식 혹은 야만의 역사와 문명의 역사 사이의 변증법을 깨닫고 돌아온다. 『늪을 건너는 법』이 우리 소설사에 끌어들인 또하나의 '그것' 혹은 낯선 요소 역시 이것임은 물론이다.

아버지의 기능이 멈추면서 "혼돈의, 미망의, 난마처럼 뒤엉킨 혼류"(11쪽)의 상태에 빠진 '나'는 어쩔 수 없이―소설 전체의 맥락에서 보자면 드디어—타자의 외상적 개입과 더불어 운명처럼 마주한 수수께끼를 풀기 위해 길을 떠난다. '나'가 향한 곳은 강화도이다. 그곳 강화도는 먼저 아버지의 과거(혹은 과거의 아버지)가 있는 곳이고 '나를 낳은 어머니'를 둘러싼 수수께끼가 있는 곳이다. 그리고 '나'의 출생 비밀이 담긴 곳이기도 하다. 그런가 하면 아버지의 이름에 의해 원초적으로 억압된 '이전의 나'/'또다른 나'의 흔적이 흩뿌려져 있는 곳이기도 하다. 반대로, 괴문서를 보내온 존재의 입장에 따르면, 그곳은 '나'의 미래가 창조되어야 할 곳이다. 괴문서는 '나'에게 "당신의 피와 이름과 과거와 성장과 의지와 사랑 들이 모두 조작된 것이라면, 당신의 인생 자체가 그 처음부터 가짜 신분의 벽돌 한 개로 시작된 것이라면, 당신의 삶은 무엇이겠는가"(14~15쪽)라고 묻고 조작되지 않은 있었던 그대로의 '당신', 그러니까 '아버지의 기능'에 의해 억압되기 이전의 '나'를 찾으라고 강하게 권유하거니와, 이에 따르면 강화도 그곳은 '나를 낳은 어머니'의 실체를 통해 지금의 '나'가 아닌 전혀 새로운 '나'로 재탄생해야만 하는 곳인 셈이다. 그러나 이 전신(轉身)의 요구는 곧 '나'의 내면에서 우러나오는 명령일 수도 있다. 사실 이렇게 유령처럼 출몰한 어머니를 만났을 때의 대처 방법은 『늪을 건너는 법』의 '나'처럼 요란스러울 필요가 없는지도 모른다. 그 괴문서를 받은 순간 그 내용이 진실인지를 주변 사람에게 확인하면 되고, 내용 확인 후엔 애도할 사람은 애도하고 용서를 받거나 빌 사람에겐 용서를 받거나 빌면 된다. 이제와 새삼 그 나이에 그렇게 자신의 정체성 전체를 뒤흔들 필요는 없는 것이다. 하지만 '나'는 괴문서가 강요하는 전신의 방향은 부정하지만 괴문서가 제기한 수수께끼를 '아버지의 이름'의 자장 안에서 풀려고 하지는 않는다. 굳이 괴문서가 아니더라도 '나'는 항시 아버지의 이름에 의해 지탱되는 이 견고한 상징적 감옥을 벗어나고픈 열망을 저 깊숙이 감추고 있었던 것이다. 그런 점에서 '전신'을 요구하는 괴문서는 '전신'하고픈 '나'의 무의식의 투사물일지도 모른다. 오로지 차갑고 냉정한 계산 가능성의 원리에 모든 영혼을 내 맡긴 삶으로부터 벗어나고 싶으나 벗어날 수 없다는 '성숙한 남성의 멜랑콜리'가 빚어낸 '나'의 욕망의 투사물. 어쨌거나 '나'는 강화도를 향한다. 어느 날 문득 도래한 타자의 외상적 개입 덕분에 드디어 또다른 '나'로 다시 태어나게 해줄 것으로 기대되는 그곳으로.

처음 '나'의 강화도행은 '나'의 '나를 낳은 어머니'를 찾기 위한 여행으로 시작된다. 하지만 '나'의 원초적으로 억압된 과거 혹은 원풍경을 찾기 위한 개체발생적인 여정은 곧 상징적 질서 바깥으로 떠밀려간 또다른 상징 질서들을 찾는 계통발생적인 도정으로 확대된다. 그리고 이와 더불어 『늪을 건너는 법』의 주인공도 서서히 '나'에서 강화도(의 전통과 역사)로 옮겨간다.[9] 『늪을 건너는 법』에서 '나'는 강화도를 세 번 찾는다. 강화도에서 제일 먼저 '나'가 찾는 것은 과거의 아버지 혹은 아버지의 과거이다. 그런데 강화도에서 만난 아버지는 '나'가 알고 있었던, 그리고 괴문서를 통해 다시 알게 된 아버지가 아니다. 과거의 아버지는 내가 예상하던 그것보다 훨씬 더 원초적이고 탐욕적이

---

9) 이 작품의 주요 원천을 '강화도의 힘'에서 찾고자 한 논의로는 김윤식, 「설화적인 것과 소설적인 것의 절묘한 결합—구효서의 『늪을 건너는 법』에 부쳐」(『문예중앙』 1991년 봄호)를 참조.

다.[10] 강화도에서의 아버지는 한마디로 오로지 계산 가능성만을 좇았던 냉혈한이다. 이윤의 극대화와 부의 축적을 위해서라면, 그것이 같은 민족 구성원들을 치명적인 상태로 전락시키는 결과를 가져온다 하더라도, 일본제국의 지배원리에 철저하게 순종한다. 아니, 순종하는 것에 그치지 않는다. 그 정도를 넘어 그 어떤 일본인들보다 더 맹목적으로 제국의 정책을 앞서서 실행한다. 우선 기업체를 유지하는 것이 중요하므로 일본인에게는 큰 손해도 감수한다. 하지만 같은 민족 구성원들에게는 태도가 달라진다. 기업체를 유지하기 위해 일본인들에게 입은 막대한 손실까지를 보상받아야 이윤을 창출하는 것이 가능하므로 같은 민족 구성원들에게는 극악하게 과잉의 이윤을 탐한다. 한데 그것이 전부가 아니다. '나'의 아버지는 기업 이윤의 극대화뿐만 아니라 자신의 기업에서 제왕이 되고자 한다. 모든 걸 독점하려 한다. 강화도 시절의 '나'의 아버지는 마치 '원초적 아비'[11]와 닮아 있는 바, 이곳에서 아버지는 여러 여자와 재화를 욕심껏 독점하고 기업체 안에서는 무소불위의 권력을 행사한다.

첫번째 여행이 아버지의 실체를 확인하는 것이었다면, 두번째 여행은 '나'의 어머니의 실체를 확인하는 여정이 된다. 두번째 여행에서

---

10) 이것은 어쩌면 당연한지도 모른다. 이 여정은 '아버지의 이름' 혹은 '아버지의 기능'이 정지될 때 가능한 모험이다. 그런 만큼 아버지는 갈수록 '나'가 더이상 신뢰할 수 없는 인물이어야 하며 그래야만 이 모험은 지속될 수 있다. 그러므로 시간이 갈수록, '나'가 이 모험을 포기하고 싶은 또다른 유혹에 빠지면 빠질수록 아버지는 더 추악해진다. 그렇게 예상 밖의 아버지의 면모가 하나씩하나씩 더 부가되며, 이는 '나'의 모험을 지속시키는 중요한 원천이 된다.

11) 지그문트 프로이트, 김종엽 옮김, 『토템과 타부』, 문예마당, 1995, 206~207쪽.

'나'는 '나를 낳은 어머니'가 '이포전'임을 암시받는다. 첫번째 강화도행에서 '나'의 아버지의 원초적 아버지에 가까운 탐욕과 호색에 대해 알게 된 '나'는 강화도 시절 아버지의 행적을 알려준 '통대'를 통해 '뽀로수 할머이'라는 별명을 지닌 노인네를 만난다. '나'는 그 '뽀로수 할머이'에게 강화도 시절 '나'의 아버지의 탐욕과 호색이 단지 소문이 아니라 실제였음을 생생하게 전해 듣고 '이포전'이라는 여성의 존재를 알게 된다. 그 순간 '나'는 본능적으로 '이포전'이 '나'의 어머니임을 직감한다. 결국 두 번의 강화도행으로 '나'는 괴문서의 내용이 사실임을 확인한다.

두 번의 강화도행 이후 '나'는 다시 갈림길에 놓인다. 괴문서에 적시된 내용이 거의 사실로 드러나 실존적 결단이 필요한 상황에서 때마침 누나가 '나'를 찾아온다. 누나의 방문을 계기로 '나'는 집안 식구들이 '나'의 실존적 '동요'를 잠시 동안의 일탈 혹은 외도로 규정하고 있음을 알게 된다. 이 순간 '나'는 어떤 결단, 보다 구체적으로 말하자면 주체적 결단의 순간에 놓인다. 주변 사람들의 오해를 풀고 지금까지 확인한 내용을 중심으로 가족들에게 '나'의 출생 전후사를 확인하느냐 아니면 가족 구성원들의 오해를 받으면서도 '나를 낳은 어머니'가 던져준 수수께끼를 스스로 풀어가느냐. 어떻게 보면 양자택일의 문제가 아닐 수도 있다. 예컨대 자신의 현 상황을 알려주고 어머니를 찾아나서는 것과 '나를 낳은 어머니'와 관련된 수수께끼를 풀고 나서 가족의 오해를 푸는 것은 어떻게 보면 어떤 것을 먼저 하느냐의 문제일 뿐 결과는 같을 수도 있다. 하지만 '나'는 그렇게 받아들이지 않는다. '나'는 현 상황에서 '나'의 출생 전후사를 가족에게 확인하게 되면 그 순간부터 '나를 낳은 어머니'를 둘러싼 수수께끼를 지금처럼 적극적으로 풀어나갈 수 없다고 파악한다. 그것은 곧 어머니라는 타자의 외상적 침입이 가져온 원풍경들을 또다시 상징적 질서 안에 가두는 것을 의미하며, '나'는 예전의 '나' 그대로 돌아갈 수밖에 없을 것으로 판단한다. '나'는 그것을 원하지 않는다. 다시 예전처럼 산다는 것이 이젠 불가능해진 까닭이다. 이제 예전의 생활이란 안정감을 뺀다면 아무런 가치도 없는 삶인 것이다. 더이상의 발전도 그렇다고 치명적인 타락도 불가능한, 어제가 오늘이고 오늘이 곧 내일인 삶인 것이다. 이 무의미하고 지루한 삶으로 돌아가는 대신 '나'는 '외도한다'는 오해를 받으면서도 유령처럼 도래한 실재의 어머니가 던져준 수수께끼 혹은 무시무시하고 매혹적인 실재적 풍경들에 '나'를 맡기기로 한다. 그리고 세번째 강화도행을 감행한다.

앞의 두번째의 강화도행이 잠깐 동안의 외출이라면 세번째 강화도행은 좀더 본격적인 여행에 해당한다. '나'는 세번째 강화도행에서 드디어 '나를 낳은 어머니'가 '이포전'임을 확증한다. '이포전'의 재판 기록에서 '이포전'이 '나'의 아버지의 추행에 의해 임신한 사실이 있음을 확인한 것이다. 그런데 이 순간 '나를 낳은 어머니'를 둘러싼 미스터리는 해소되는 것이 아니라 증폭된다. 뜻밖에도 '나'의 관심사가 살짝 다른 쪽으로 옮겨가기 때문이다. 무슨 까닭인지 '나'는 '나를 낳은 어머니'를 확인한 순간부터 처음 '나'를 강화도로 이끈 문제, 그러니까 '나'의 출생 전후사와 아버지의 가계 바깥에서 태어난 '나'가 아버지의 가계 안으로 들어선 과정, 그 과정에서 죽어간 '누이'의 이야기, 그리고 마지막으로 '나를 낳은 어머니'의 이후 삶의 흔적 등으로부터 멀어져간다. 특히 '나를 낳은 어머니'의 경우 그 이후의 행적이 불분명한 것으로 되어 있으나 '나'는 그 어머니의 구체적 행적을 치밀하게 찾아 나서지 않는다. 그렇다고 '나'가 실재의 어머니가 던져준 수수께끼를 외면하는 것은 아니다. 오히려 '이포전'이라는 존재가 '나'의 어머니라는 것을 확인하는 순간 어머니의 실체적 진실에 대한 관심은 맹렬해진다. 한데 '나'는 '나'의 출생 전후나 입적 전후의 어머니의 행적 대신 어머니의 다른 것을 찾아다닌다. '나'는 '나'의 어머니가 '이포전'임을 확증하는 과정에서 어머니가 녹도라는 기묘한 집단의 한 일원임을 전해 듣는다. 그런데, 어머니가 속한 이 집단이 '나'에게는 더할 나위 없이 문제적인 것으로 다가온다. '나'가 흘려들은 이 집단은 '나'가 상상할 수 있는 범위 이상으로 기이하고 특이하다. 이 집단은 말하자면 타락한 사회를 그 타락한 사회가 허여하지 않는 타락한 방식으로 비판하고 균열을 가하고 넘어서고자 하는 무리들인바, '나'는 이 형용할 수 없는 무리에 대한 이야기를 접하는 순간 꼼짝없이 매료되어버린다.

이 순간부터 『늪을 건너는 법』은 '나'의 출생 비밀과 '나를 낳은 어머니'의 개인적인 흔적을 뒤로하고 이 특이한 무리의 수수께끼로 넘어간다. 아니, 아니다. 『늪을 건너는 법』에서의 비중이나 단연코 압도적인 묘사의 열도를 놓고 볼 때, 『늪을 건너는 법』은 이 특이한 무리의 수수께끼를 말하기 위해 출생의 비밀을 간직한 '나'를 설정했다고 볼 수도 있다. 어쨌거나 이후 '나'는 '나를 낳은 어머니'가 속했던 이 무리의 흔적을 찾아 강화도 전역을 헤맨다. '나'는 이 정체불명의 집단을 역사적으로 상징적으로 맥락화하려는 여러 인물을 만난다. 통

대, 뽀로수 할머이, 이씨 집성촌의 이성희, 향토사학자 김송배, 오호
자의 조카 오씨, 초지진 관리인 이씨, 무당 최무수 등등. 그리고 그들
이 그 무리를 맥락화한 근거로 내세운 여러 자료들도 제공받는다.『혈
구지』,『고려잡사』,『가람유설』등등. 하지만 이 인물들이 마치 천기를
누설하는 듯 조심스레 내민 자료들은 수수께끼를 푸는 데 어떤 결정
적인 열쇠를 제공하기는커녕 어떻게 보면 간단할 수도 있을 수수께끼
를 더욱 복잡하게 만든다. 이들이 이 무리에 대해 가지고 있는 빈약한
자료와 그에 근거한 부실한 역사철학적 맥락들은 이 무리에 대해 상
이하게 파악하고 또 너무나 다르게 규정한다. 그런 까닭에 이 무리에
대한 이야기를 들으면 들을수록 이 무리는 오리무중의 그 무엇이 되어
간다. 너무 많은 이설(異說)들이 이 무리를 둘러싸고 있고 그 이설들
이 또다른 풍문을 만들어내어 도대체 그 실체를 확인할 수 없게 되
었다고나 할까. 우선 이 무리는 명칭부터가 여럿이다. 녹도, 나림, 백
절교 등등. 그런가 하면 이 무리에 대한 세간의 평가는 다르다못해 극
단적이다. 어떤 이들에게 이 무리는 "남녀가 구별 없이 배암처럼 한 구
뎅이에 모여" 살며 "내 남자 니 남자 내 여자 니 여자 구분도 없이 아
무허구나 껴안구 자구 아무허구나 붙어먹는""화냥것들"(96쪽)이기도
하며, 또 어떤 이들에겐 "전통적으로 異民族에 대한 排他心이 유별함
으로 因하여, 國家가 外侵으로부터 患難을 겪을 때마다 인원을 배출
하여 出戰케 하였는데, 조사한 바에 의하면 그 始初는 抗蒙 三別抄부
터라 함. 그후 그의 선조들은 壬辰戰爭은 물론 丁卯, 丙子年의 胡兵의
侵入에 맞서 싸웠다는 기록이 전하며, 丙寅 · 辛未洋擾와 抗日, 그리
고 해방 후에는 人民解放을 위해 鬪爭하였다"(86~87쪽)던 무리들이

기도 하다.

그런가 하면 이 무리의 기원에 대해서도 제각각이다. 저 멀리는 "항몽전의 선두에서 삼별초를 따르던 무리들"(107쪽)이기도 하고, 조선 왕조 왕족의 후손으로 "정치권력에 대한 혐오는 대단한 것이어서 조정의 비리와 학정이 계속될 때에는 과감하게 모습을 나타내어 적극적으로 조정의 부도덕성을 대외에 폭로하기도 했고(그들은 왕족이었으므로 매우 효과적으로 궁궐 내부의 사정을 폭로할 수 있었다한다), 나아가서는 인간에게 내재한 권력 지향의 본능을 소거하는 일종의 수양법까지 자체적으로 개발하여 체계적으로 학습하기도 했"(136쪽)던 집단이기도 하다.

'나'는 어머니가 속한 무리에 대한 이 수많은 속설들 앞에서 도대체 갈피를 잡지 못한다. 이 무리에 관한 말들은 도대체가 편폭이 너무 크고 그 무리에 대한 평가가 너무 극단적인 까닭이다. 그런데다 이 무리에 대해 각각이 가지고 있는 태도는 이상적 자아에 대한 추종 정도가 아니라 자아-이성에 대한 맹목적 믿음에 가깝다. 해서 이들 긱자는 또다른 사람들이 이들 무리에 대해 가지고 있는 또다른 생각들을 전혀 종합적으로 이해하려 하지 않는다. 대신 자신과는 다른 관점으로 이 무리를 바라보는 자들을 경멸하고 적대시한다. 이들에 따르면 '녹도'들은 (상징 질서의 맥락에서 보자면) 근친상간적 충동이 전혀 금기시되지 않을 정도로 외설적인 집단이기도 하고 그러면서도 자신의 집단이 속한 더 큰 공동체가 위기에 빠질 때나 사회의 부조리나 모순이 만연하여 더이상 최소한의 인간적인 삶이 불가능할 때는 그 어떤 집단보다도 먼저 일어서서 견결하게 투쟁할 정도로 혁명성이 강한 집단이기도 하다. '나'는 이 극단적인 평가 사이에서 쉽게 어떤 접점을 찾아내지 못한 채 방황에 방황을 거듭한다.

하지만 '나'가 방황에 방황을 거듭한다고 해서 전혀 속수무책인 것은 아니다. '나'는 강화도에 들어서는 순간부터 수시로 빠져드는 연쇄적인 환각을 통해 서서히 하나의 결론에 접근해간다. '나'는 강화도에서 자신이 알고 있는 '나'가 아니라 자신이 의식하지 못하는 또다른 '나'의 지배를 받고 있는 듯한 착각 혹은 환각에 자주 빠진다. 그 환각이 실제 현실은 아니라고 의심하지만 그러나 '나'는 그것을 통제하지는 못한다. 그렇게 '나'는 또다른 '나'의 충동에 이끌려 매번 그 환각 속으로 끌려들어가거니와 때로는 그 환각 속에서 서울에서는 경험할 수 없었던 강렬한 황홀경을 경험한다. 그리고 서울의 입장에서 보자면 '그것'들이 모여 있는 그곳 강화도에서 또다시 '리리코의 미즈 정'들, 그러니까 어머니의 분신들과 조우하고 이제는 자발적으로 근친상간적 쾌감에 자신을 내맡긴다.

그녀들 앞으로 다가간 나는 그녀들의 흰 어깨와 둥근 가슴과 활짝 열린 성기를 어렵지 않게 볼 수 있었다. 내가 가까이 다가가 물끄러미 내려다보아도 당황하기는커녕 아무 곳도 가리려 하지 않았다. 나도 마찬가지였다. (……) 그곳에 우리가 모여들었던 까닭은 정적(靜寂)을 느끼기 위해서가 아니었나 싶다. 우주에 혼돈이 도래하기 이전의, 태초의 정적. 아니면 심연, 선정(禪定). 거창해서 오히려 부적절해 보이지만 그렇게밖에 말할 수 없는 그런 지경 말이다. 나신을 보고도 아무런 동요를 느끼지 않는, 거듭거듭 소급된 초세기적 초사회문화적 지점이랄까.

아무런 동요를 느끼지 않았다는 말은 적절치 않을지도 모른다. 느끼긴 느꼈으되 서기 1990년 8월이라는 시점에서 평범한 남자가 느낄 수 있는 그런 감정은 아니었다고 해야 좀더 정확한 말이 될 것 같다. (……) 그날 낯선 밤에 여인들과 함께 시간을 보내면서 줄곧 느꼈던 감정들이란 바로 그 녹두라는 여인과의 첫 만남에서 느꼈던 것들과 다를 게 없었다. 즉 리리코 정과 함께 있음으로써 맛볼 수 있었던 전혀 색다른 행복감 그것이었다. 초세기적 초사회문화적 지점의 느낌이란.(132~133쪽)[12]

강화도 그곳에서 '나를 낳은 어머니'를 찾는 동안 '나'는 위와 같은 '초세기적 초사회문화적 공간의 체감'을 두세 차례 경험한다. 이 두세 차례의 격정과 정적은 '나'에게 '녹도'(혹은 '나림' 혹은 '백절교')의 무리가 왜 외설적인 집단으로 불렸는지를 감지하게 한다. 뿐만 아니라 그들이 왜 세간으로부터 그렇게 유독 극심한 경멸과 기피의 대상이 되었는지도 충분히 이해할 수 있도록 해준다. 그리고 그것은 동시에 '녹도'의 무리가 세간의 경멸과 경계 속에서도 여전히 살아 존속하는지를 실감하게 해주는 계기가 되기도 한다. 비유하자면 '녹도'의 무

---

12) 이 인용 구절은 처음 『문예중앙』 연재본에 비해 보자면, 유독 가감이 있다. 특히 "그날 여인들의 나신에서 아무런 성적인 동요를 느끼지 않았다는 말은 적절치 않을지도 모른다"는 구절이 "아무런 동요를 느끼지 않았다는 말은 적절치 않을지도 모른다"는 구절로 바뀌어 있는 등 외설적이고 노골적인 표현들이 완곡하게 바뀌었다. 아마도 "초세기적 초사회문화적 지점의 느낌"이란 것이 단순히 성적인 그것만이 아니라는 사실을 강조하기 위한 것일 게다.

리란, 그리고 그들 사이에만 이루어지는 친밀성의 관계란 마치 근친상간의 금기 이전의 원시공동체에서의 그것과 닮아 있는 것이다. 바깥 세계와 어떤 교환도 행하지 않는 자족적 세계를 구축하고 그 안에서 친밀성을 쌓아가는 이 '야생'의 근친혼적이고 근친상간적 관계에서 '나'는 '전혀 색다른 행복감'을 느끼며 마냥 매혹당한다.

'나'는 이처럼 '나'가 경험한 '초세기적 초사회문화적 공간의 체감'을 통해 외설적이고 실재적인 '녹도'의 존립 근거를 나름대로 자기화하는 한편, 여러 인물들과 흔적들을 찾아다니며 '녹도'라는 이 특이한 무리를 심상지리적으로 역사철학적으로 문맥화하고자 한다. 물론 표면적으로 '나'는 '녹도'에 관한 여러 이설 때문에 당혹해하고 혼란스러워하는 것으로 되어 있지만 사실 이 혼란의 장면들은 유예되고 지연된 결론을 말하기 위한 장치들이다. '녹도'에 대한 이설들은 자세히 보면 나름 공통점이 있다. 그것은 현재 우리를 지탱하는 상징적 질서가 원초적으로 억압하거나 폐기처분한 또다른 상징적 질서들이다. 레비스트로스의 표현을 빌리자면 문명 질서가 억압하고 폐제한 "야생의 사고"라고나 할까. 실제로 『늪을 건너는 법』은 '나'가 강화도 여행의 마지막에 만난 역시 정체불명의 인물인 최무수라는 인물의 입을 통해 '녹도'를 다음과 같이 맥락화한다.

녹도는 그 모든 것—삼별초의 후예, 이통의 후손, 혼혈 몽고인, 조선 왕족, 선원보각 관리, 삼랑성 야산대, 기타 등등—이라고 그는 말했다. 나의 어머니도 그 모든 것의 후손이라고 말했다. (……)

그는 우선 녹도를 인간의 집단으로 보지 않았다. 귀신의 무리라고 했듯이 그는 나림의 무리를 혼이나 영, 혹은 신의 섭리 영역으로 보았다. 녹도는 특정한 역사적 사건을 배경으로 발생한 실재적인 인간 집단이 아니라, 마니산과 삼랑성에 서린 삼신의 기운이 역사(歷史)를 통해 역사(役事)했던 형태가 바로 녹도라고 했다(이게 무슨 말인가).

"(……) 거대한 집단 속에서의 불만, 그 부패한 집단으로부터의 이탈, 반란의 도모, 토벌과 희생, 포원의 발생, 포원의 승계, 반란의 반복 및 지속이라는 사슬에 공통적으로 걸려든 것이지. 그들이 거대한 집단 속에서 불만을 느끼고 그곳에서 이탈을 꿈꿀 때부터 이미 삼신의 지배를 받기 시작한 것이므로 삼신이 마련해놓은 운명의 사슬에서 자유로울 수 없었던 거야."(184~185쪽)

조정은 통치술의 하나로 적당한 때 자신들의 무력을 시위할 수 있는 계획을 갖는다. 무력시위의 대상, 즉 토벌의 대상을 선정한다. 나림은 늘 토벌의 대상으로 선정된다. 나림은 우선 대규모여서는 안 되며, 그들에게 토벌되어야 할 마땅한 이유가 주어져야 한다. 나림이 패악한 무리라는 인식이 일반에 공유되도록 여론을 조장할 필요가 있으며, 나림의 지도자인 이른바 난괴(亂魁)와의 내통을 병행한다. (……) 나림의 무리도 집단은 집단이었으며 따라서 당연히 그 집단에 필요한 권력의 형태를 갖는다. 구조적으로 그들의 결속은 포원(抱冤)이 누적되고 고양될수록 다져지게 되어 있다. 집단의 결속과 지속을 위해 나림의 우두머리(그는 집단 내부에서 삼체신으로 불린다. 환인 환웅 단군이 삼위일체로 육화를 이루신 몸이다)는 포원을 늘 새롭게 정비할 필요를 느끼고 주기적으로 포원을 공급할 계획을 갖는다. 그 계획은 조정의 무력시위 계획과 필요충분의 관계를 형성한다. 나림 내부에 자체적인 혼란과 무질서가 도래할 때마다 수괴는 무질서를 타개하기 위해 조정의 토벌을 기대하게 된다.(187~188쪽)

한마디로 녹도란 인류가 차가운 문명사회로 진입하면서 너무 뜨거워 원초적으로 억압하고 폐기처분한 야생의 에토스 모두를 끌어안고 있는 집단이다. 아니, 좀더 정확하게 말하자면, 문명사회가 폐기처분한 모든 것, 그러니까 인간의 문명이라는 질서를 유지하기 위해 폐제해버린 신성한 것과 악마적인 것, 증여의 모럴과 경제외적 착취의 도덕, 외설적이고 근친상간적인 친밀성의 관계와 원초적 아비의 독점적 소유 관계 등 문명적 시각에서 보자면 이율배반적인 힘들이 한자리에 모여 있는 집단이다.

『늪을 건너는 법』은 이렇게 '나'의 실재적 충동과 분열증적 여정을 통해 우리의 상징 질서 너머에, 바로 바깥에 이러한 야생적 에토스의 세계가 여전히 꿈틀거리고 있음을 암시한다. 아니, 강조한다. 『늪을 건너는 법』은 이렇게 '녹도'라는 상징적으로 맥락화하기 힘든 집단을 전면에 내세워 분명한 메시지를 전달하려 한다. 우리가 이제까지 이야기해왔던 문맥에 따르자면 『늪을 건너는 법』이 말하고자 하는 바는 이렇게 정리할 수 있을 것이다. 한 사회의 대타자가 근본적으로 동요하고 그에 따라 아버지의 기능이 정지하면 그 사회 구성원들은 그동안 상징 질서에 억눌렸던 실재적 풍경에 압도된다는 것, 이 외설적인 실재와의 조우는 사회 구성원들 대부분을 정신분열증적 혼란과 혁신의 기로에 서게 한다는 것.

그러나 또하나 분명히 할 점은 '나'의 혼몽의 경험을 통해 『늪을 건너는 법』이 말하고자 하는 바는 이상의 것이 전부는 아니라는 점이다. 『늪을 건너는 법』은 '나'의 정신분열증적 환청과 환시, 그리고 환각을 통해 인류 역사의 문화 지리지를 제시하고자 한다. 『늪을 건너는 법』이 제시하고자 하는 문화역사 지리지는 이러하다. 『늪을 건너는 법』에 따르면 야생의 에토스는 문명사회의 차가운 이성에 원초적으로 억압되어 인간 사회 어느 곳으로 떠밀려가 있을 뿐 사라지지는 않는다. 마치 각 개인들의 이드, '그것'이 초자아에 억눌려 자아의 의식 너머에 흩뿌려져 질서화되지 않은 에너지의 형태로 꿈틀거리고 있는 것처럼, 야생의 에토스들 역시 문명이라는 억압의 논리에 의해 문명사회 너머로 떠밀려가 있지만 잔뜩 웅크린 채 항시 분출할 준비를 하고 있으며, 또한 그러한 문명 너머의 외설적 열망들을 구현하고 있는 집단들도 있다. 그리고 이 야생의 에토스들은, 그리고 그것을 구현하는 집단들은 실제로 문명이라는 아버지의 기능이 느슨해질 때 항시 문명사회로 틈입해 들어와 기존의 문명화 규범을 위협한다. 문명이라는 억압의 논리가 근본적으로 흔들릴 때는 그 논리를 근본적으로 해체하고 내파하는 등 파괴적인 역능을 행사하기도 하고, 문명이라는 아버지의 기능이 압도적으로 강할 때는 그 사회를 근본적으로 뒤흔드는 외설적이고 파괴적인 집단으로 철저한 억압을 받는다. 뿐만 아니다. 『늪을 건너는 법』에 따르면 문명사회와 야생의 집단은 마냥 적대적이지만은 않다. 때에 따라서는, 아마도 문명사회가 더욱더 견고해질 때일 터인데, 그때는 서로가 서로를 활용하기도 한다. 문명사회는 야생 집단의 과잉의 외설성과 질서화되지 않은 혁명적 에너지를 빌려 억압의 논리를 강화하고 야생의 집단은 문명사회의 과잉의 억압성을 빌려 그들의 외설성과 혁신성의 존재론적 근거를 확보한다. 이 서로에 대한 견제와 활용은 암묵적으로 이루어지기도 하지만 경우에 따라서는 직접 거래되기도 한다. 문명사회는 자신의 상징적 질서가 동요할 때 야생의 집단을 동원해 무질서한 혁명적 에너지가 가져오는 혼돈의 상태를 경험하게 하고는 보다 견고한 문명사회의 질서를 구축한다. 반면 야생의 집단 역시 더이상 그 예외적 성격을 유지하기 힘들 때 문명사회의 과도한 억압을 유도하고 활용해 야생 집단의 정체성을 강화시켜나간다. 『늪을 건너는 법』에 따르면 문명 질서와 야생의 사고는 이렇게 겉으로는 적대적인 관계지만 한 단계 안으로 파고들면 서로가 공생하고 공존하기도 한다.

이것이 『늪을 건너는 법』의 '나'가 '녹도'라는 집단을 따라다니면서 집중적으로 부각시키고 있는 점이다. 이렇게 『늪을 건너는 법』은 문명사회의 로고스 중심주의가 폐기처분한 야생의 에토스를 우리 삶의 전면에 끌어놓는다. 그리고 새로운 상징 질서는 단순히 또다른 아버지의 기능을 도입하는 것으로 그쳐서는 안 되고, 바로 문명사회가 폐기한 야생의 에토스 모두를 귀환시킨 자리에서 모색되어야 하며, 그것도 문명사회와 공생하는 야생의 파토스 외에 문명사회가 폐기한 그 모든 것을 불러들인 자리에서 이루어져야 한다고 말한다. 이것이 『늪을 건너는 법』이 전달하고자 하는 핵심적인 메시지 중에 하나이다. 이러한 목소리가 80년대적 대타자가 한순간에 명멸하고 시대 전체가 혼란에 빠져 있던 시점에 나온 것임을 감안하면, 『늪을 건너는 법』에 내장된 메시지는 결코 범상한 것이 아니다. 그렇다. 80년대적 대타자가 명멸했을 때 우리 사회 전체에 필요했던 것은 바로 그것이었다. 그간의 문명사회 전체가 원초적으로 억압했던 외설적인 실재들을 모두 귀환시키고 그 상태에서 또다른 (탈)근대적 윤리와 정치를 모색하고 발명하는 것. 그렇다면 『늪을 건너는 법』은 당시 한국문학 더 나아가 한국 사회가 놓여 있던 자리를 어떤 작품보다 선명하게 짚어낸 경우라할 수 있으며, 이것이 바로 오늘날 『늪을 건너는 법』을 다시 꼼꼼하게 읽어야 하는 첫번째 이유이기도 하다.

4. 위상학적 정신분석 드라마와 분열적 주체

80년대적 시대정신이 동요하는 그 순간에 씌어진 『늪을 건너는 법』이 단순하게 또다른 시대정신을 끌어들이지 않고 대신에 새로운 윤리혹은 새로운 시대정신이 출발해야 할 지점을 정확하게 짚어냈다는 것은 거듭 강조할 필요가 있다. 『늪을 건너는 법』은 의식과 무의식, 문명과 야만, 상징적 도덕과 외설적 실재, 아버지의 기능과 어머니의 욕망 사이를 누볐던 그간의 상징 질서가 해체되면서 생긴 카오스의 상태를 성급하게 봉합해서는 안 된다고, 새로운 누빔점은 야생의 에토스들을 귀환시킨 자리에서 근본적으로 다시 설정되어야 한다는 점을설득력 있게 제시하거니와, 『늪을 건너는 법』은 이 점 때문에 한껏 문제적이다. 하지만, 『늪을 건너는 법』이 혁신적인 것은 오로지 이 때문만은 아니다. 한 가지 요소가 더 있다. 『늪을 건너는 법』 이전은 물론그 이후에도 쉽게 보기 힘든 밀도 높은 정신분석의 드라마와 그 드라마 끝에 제시된(혹은 암시된) 주체상이 그것. 이것은 어쩌면 필연적인 결과라고 보아야 한다. 『늪을 건너는 법』 자체가 아버지의 기능이 정지하게 되면 그 상태는 단순히 정체성의 혼란을 겪는 정도가 아니라 그간 억눌러놓았던 모든 무의식과 실재들과 적나라하게 조우하게 된다는 전제에 서 있을 뿐만 아니라 오히려 새로운 상징 질서는 기존의 상징 질서가 원초적으로 억압한 실재들까지를 감싸안은 자리에서 출발해야 한다는 입장을 유지하고 있는 까닭이다. 그러므로『늪을 건너는 법』에는 실재 혹은 어머니의 욕망의 외상적 조우 과정이 필연적으로 뒤따를 수밖에 없으며, 또 당연히 어머니의 욕망이 불러온 그것과 그간 '나'를 유지하던 상징적 질서와의 쟁투와 병존 과정 역시 동시에 펼쳐져야 한다. 『늪을 건너는 법』에 만약 이것, 그러니까 정신분석의 치열한 드라마가 없었다면, 『늪을 건너는 법』이 뒤늦게 출생의 비밀을 찾는 이야기이거나 강화도의 향토사학적 민속지를 복원하는 수준에서 멈췄을 가능성이 높음은 물론이다.

『늪을 건너는 법』에서 '나'가 겪는 정신적 변화의 과정은 말 그대로 근본적이고 치열하다. 『늪을 건너는 법』의 '나'는 그야말로 '상징계적 자동성의 논리 안'을 무한반복하며 살아온 자동인형과 같은 존재였다. 그러던 '나'는 '상징계적 자동성의 논리'를 한순간에 파쇄시킬 만한 '수수께끼의 실재'와 조우[13]한다. 처음에는 이 수수께끼 같은 타자의 메시지를 거부하고 그것이 '나'의 삶 안으로 밀고 들어오는 것을 온몸으로 저항한다. 하지만 '리리코의 미즈 정'의 황홀한 애무 속에서

---

13) 슬라보예 지젝, 한보희 옮김, 같은 책, 93쪽.

어머니의 욕망을 감지한 '나'는 더이상 '나'를 방어해내지 못한다. 아니, 방어하지 못하는 정도가 아니라 급기야 어머니의 욕망에 속수무책으로 빠져들어간다. 여기에 "바기나 속으로 미끄러져들어가"듯 들어선 그곳 강화도에서 '원초적 아비'에 가까운 아버지의 실체를 접하고는 급기야 '아버지의 이름'을 부정하기에 이른다. 이렇게 '어머니에 대한 불가해한 욕망'에 노출되고 '아버지의 이름'을 부정하게 되면서 '나'는 백일몽 같기도 하고 악몽과도 같은 몽상의 상태에 빠져든다.

강화도 그곳에서 '나'는 황홀경과 악몽이라는 두 가지 극단적인 경험을 반복한다. '나'는 그곳 강화도의 내밀한 그곳, 그러니까 '아버지의 이름'이 폐제한 또다른 상징 질서 속에서 수시로 어머니의 분신들과 '상상계적 행복'을 맛본다. 『늪을 건너는 법』의 '나'의 말을 빌리자면, "초세기적 초사회문화적 지점의 느낌" 혹은 "전혀 색다른 행복감"에 흠뻑 잠긴다. '리리코의 미즈 정'이나 '녹두', 그리고 환각 속에서 만난 어머니의 분신들에게서, 그리고 그녀들과의 성적이지 않으나 진정으로 성적인 관계 속에서 생애 최고의 황홀경을 경험한다. 하지만 '나'는 그 황홀경에 가까운 환각의 상태를 마냥 향유하지는 못한다. 그 환각의 상태는 '나'의 실존 전체를 요구하기 때문이다. 이 환각 상태가 주는 황홀경을 유지하려면 '나'는 이전까지의 '나'의 전부를 버려야 한다. 그런 까닭에 '나'는 어머니의 분신들과의 외설적 관계를 반복하며 '나를 낳은 어머니'에게 가까이 가려 하지만, 어느 순간부터 '나를 낳은 어머니' 찾기를 계속 지연시킨다. '나를 낳은 어머니'를 찾는 순간, 그래서 어머니와의 이자적 상상계적 행복에 '나'를 맡기는 순간 더이상 현재의 상징적 질서 속으로 돌아갈 수 없으리라는 두려움 때문이다. '나'는 겉으로는 '나를 낳은 어머니'를 열심히 찾아 헤매는 척하고, 수시로 "일종의 사료라고 할 수 있는 그들의 진술이 누적될수록 어찌하여 어머니를 찾을 확률은 오히려 낮아지고, 내가 다가가고자 하는 실체에서 나는 점점 떠밀려나는 것일까"(140쪽) 하고 원망하지만, 그것은 어디까지나 실제로 '나를 낳은 어머니'를 찾을 것에 대한 두려움의 다른 표현일 뿐이다. '나'는 '나를 낳은 어머니'가 '이포전'임을 감지하는 순간부터 기실은 어머니의 흔적과 실체를 밝히기 위해 모든 역량을 집중하지 않는다. '나'를 키워준 어머니나 누나, 그리고 형에게 '나를 낳은 어머니'의 실체를 묻거나 아니면 강화도에서 '나'를 낳아 아비에게 넘겨준 후 어떻게 살았으며, 또 어떻게 죽었는지에 대해 탐문하지 않는다. '나'는 '나를 낳은 어머니' 이포전을 찾지 않는다. 대신 '나'는 어머니의 정체(성)를 밝힌다는 명분하에 설이 분분한 '녹도'의 정체를 규명하는 것에 몰두한다. 그렇게 '나'는 '나를 낳은 어머니'를 찾는 것을 스스로 지연시키거나 슬그머니 포기하고는 계속 어떤 "거대하고 치밀한 음모가 나의 의식을 조종"(140쪽)하여 자꾸 '나'를 "망매(茫眛)의 와중에 휩쓸려버"(140쪽)리게 한다고 말한다. 그러나 그것은 정작 '나를 낳은 어머니'를 찾은 이후에 대한 두려움 때문에 만들어낸 의식적/무의식적 방어기제에 가깝다.

어머니와의 무시무시하고 매혹적인 외설적 관계에 대해, 그리고 그 외설적 관계에서 무한정한 상상계적 행복을 느끼는 '나'에 대해 '나'가 느끼는 두려움은 '나를 낳은 어머니'의 정체를 왜곡하는 존재들에 대한 분노로 표현된다. '나'는 '나를 낳은 어머니' 혹은 '녹도'의 무리들에 대해 왜곡된 상, 그러니까 '왜상(歪像)'을 만들어내는 자들에 대해 걷잡을 수 없는 분노를 느끼며 폭력을 마다않는다. 예컨대 "난 그의 엉덩이를 힘껏 발로 걷어찼다. 이 새끼 너 이리 오지 못해? 도망치는 그를 잡아먹을 것처럼 으르렁거리며 뒤쫓았다"(100쪽)거나 "개새끼. 녹도의 후예라면서 왜 그곳에서 살지 않았어. 엉? 느닷없이 이렇게 다그쳤던 것 같다. 극도로 흥분해서"(150쪽) 하는 식이다. '나'는 어머니와의 외설적 관계에 대한 양가적 감정 때문에 한편으로는 '나'의 '어머니'에 대한 이데올로기적 왜상을 제공하는 자에게는 한없이 분노하며 자신이야말로 '나를 낳은 어머니'를 애타게 찾는다고 스스로를 위안한다. 하지만 실제로는 오히려 그들이 제공하는 이데올로기적 왜상을 내밀하게 환호하는 편이기도 하다.

사실 '나'는 '나를 낳은 어머니'의 실체를 직접 확인하는 것은 물론 '나를 낳은 어머니'와의 관계 속에서 '나'의 위치를 재정립하는 것, 최종적으로 어머니와 외설적이고 근친적인 상상계적 행복감을 느꼈다는 것, 더 나아가 '나를 낳은 어머니'를 확인하게 됐을 때 그 행복감을 부정하고 또 죄의식에 시달리게 될 것 등을 두려워하고 있다. 이 두려움 탓에 '나'는 처음에는 어머니를 애타게 찾는 듯 헤매고 그것을 방해하는 자들에게 분노하지만 그것을 빌미삼아 점점 어머니를 찾지 않는 방향으로 나아간다.

난 어머니의 정체와 내 탄생의 비밀이 밝혀지지 않기를 바랐는지도 모른다. 아무 일도 않고 가만히 앉아 있으면 이후에 나에게 닥쳐올 자책을 감당할 수 없을 것 같아 그저 흉내만 내려고 떠난 것이 아니었을까. 그래서 그 일에 온전히 집착하거나 몰두할 수 없었던 것은 아닐까.

통대를 필요 이상으로 두들기고, 후련한 기분까지 맛볼 수 있었던 것은, 그 일에 스스로 뛰어들긴 했지만 사실은 당장이라도 그 일에서 다시 뛰쳐나가고 싶다는 바람을 드러낸 것인지도 모른다. 모든 것을 묻어버리고 서울로 돌아가고 싶었다. 어머니나 탄생의 비밀을 추적하고픈 것만큼이나 유혹적이었다.(126쪽)

'나'는 이렇게 어머니와의 상상계적 행복에 강렬한 유혹을 느끼면서도 결국 그 유혹으로부터 벗어나 '아버지의 기능'이 존재하는 현실 속으로 다시 되돌아가고픈 더 강렬한 유혹에 휩싸인다. '나'를 더욱 강하게 견인해낸 쪽은 '아버지의 기능'이 절대 권력을 누리는 그곳이다. '나'는 결국 '아버지의 기능'이 강력하게 작동하는 서울로, 그러니까 현재의 상징 질서가 지배하는 그곳으로 돌아온다. 그리고 결심한다. "의식이 정상의 궤도에 오르고 원인과 결과 사이에 무너졌던 다리가 복구되어서, 아내가 나의 시계 같은 생활에 다시금 넌더리를 낼 때까지"(206쪽) "나는 육신의 살점을 베어내는 심정으로, 내 생애의 가장 이해할 수 없었던 혼돈의 흔적을 제웅처럼 꾸려 개울가에 던질 것이다. 그리고 다시는 혼망과 음모와 귀신이 접근하지 못하도록 빌 것이다. 늘 고사를 지내며 살 것이다"(206~207쪽)라고 말이다.

『늪을 건너는 법』의 결말을 놓고 보면 『늪을 건너는 법』은 어머니의 귀환과 유혹으로 시작된 모험담이자 동시에 그 모험의 좌절 이야기이다. 하지만 『늪을 건너는 법』을 '나'의 단순한 모험 이야기 혹은 좌절의 이야기로만 읽어서는 안 된다. '나'의 이 모험과 좌절의 드라마에는 중요한 정신분석학적 진실이 하나 내장되어 있다. 그것은 '아버지의 기능'이 왜 개인의 자유를 억압하는데도 불구하고 그토록 집요하게 유지되며 또 어떤 점에서는 필요하기까지 한가라는 문제와 관련되어 있다. '나'는 '나를 낳은 어머니'라는 수수께끼와도 같은 타자의 외상적 침입을 받기 전까지 '아버지의 기능'에 철저히 순종하는 주체로 살아온 존재다. 아버지는 아버지식의 통치술로 "당신 자신을 우리들의 우상으로 만들었"(80쪽)으며 '나' 또한 아무런 의심 없이 아버지를 우상으로 섬긴다. "아버지가 무섭고 엄격하기만 해서 그랬다기보다는, 우리 스스로 아버지를 받들었고, 받듦이 당연하고 자연스럽게 여겨지도록 아버지는 우리들의 충분하고 완벽한 울타리가 되어주었"(80쪽)기 때문이다. 그러나 이때 '나를 낳은 어머니'가 외상적으로 외설적으로 침입해오고 '나'는 우상인 아버지를, 더 나아가 '아버지의 기능'을 의심하기 시작한다. 그리고 뒤이어 아버지가 외경할 만한 존재가 아니라 참을 수 없을 정도로 파렴치하고 욕심 많은 원초적 아비에 가까웠음을 알게 된다. 그러자 '나'는 '나'의 모든 것을 지탱해주던 누빔점을 잃고 전혀 상상할 수 없었던 무시무시하고도 매혹적인 야생의 사고와 파토스들에 맨몸으로 노출된다. 처음에 '나'는 야생의 파토스들 사이에서 생애 최고의 황홀경과 유대감을 맛보기도 하지만, 어머니의 분신들과의 근친적인 관계에 매혹되면 매혹될수록 더이상 현재의 상징적 질서 속으로 되돌아갈 수 없으리라는 두려움과 공포에 시달린다. 처음의 기세와는 달리 '나'는 이 두려움과 공포를 이겨내지 못한다. 결국 '나'는 '나'가 '나를 낳은 어머니'를 찾지 않은 것은 아니라는 자기기만적인 증거를 확보하고는 그토록 배반감을 느끼며 떠나고자 했던 현재의 상징 질서 속으로 다시 돌아온다. 아니, 도피해 들어온다.

이러한 '나'의 모험과 또 한번의 (아버지의 기능이 작동하는 상징 질서 속으로의) 도피는 사실 아버지(의 이름)가 어머니와 아들/딸 사이의 이자적 상상계적 행복을 파괴하는 침입자가 아니라 이자적 관계 속에서 형성된 궁지에 대한 해결책임을 보여주기에 충분하다. 즉 "아버지가 타자의 욕망이라는 공허와 정면으로 맞부딪치는 참을 수 없는 불안을 완화시켜주는 하나의 타협적 해결책"[14]이라고 한다면, 『늪을 건너는 법』에 제시된 어머니들과의 외설적 관계에서 참을 수 없는 불안을 느낀 '나'가 "나의 육신의 살점을 베어내는 심정으로" 어머니들과의 상상계적 행복을 뒤로하고 '돌아온 탕아' 모양 아버지의 품으로 귀의하는 장면은 그러한 정신분석학적 진실을 재현한 것으로 손색이 없다. 아버지의 기능이 반드시 바람직한 것은 아니지만 그것이 없는 상태의 불안을 '견딜 수 없는' 인간 존재들은 아버지의 기능에 따른다는 것, 그리고 만약 아버지의 기능 자체가 작동을 하지 못하면 『늪을 건너는 법』의 '나'처럼 어머니와의 이자 관계에 집착하거나 세상 전체가 '나'를 '나'이지 못하게 음모를 꾸민다는 박해망상에 시달릴 가능성이 높다는 것, 그러므로 아버지의 은유보다 더 나은 은유가 없는 한 아버지의 상징 기능은 필요하다는 것.

『늪을 건너는 법』은 이처럼 '나'의 모험과 방황, 그리고 좌절의 이야기를 통해서 인간의 정신분석적 드라마를 제시하는 한편 현대 문명의 형성 과정과 그것을 극복할 수 있는 출발 지점을 설득력 있게 지정한다. 『늪을 건너는 법』에는 결코 가볍게 넘길 수 없는 또하나의 혁신적

---

14) 슬라보예 지젝, 한보희 옮김, 같은 책, 96쪽.

요소가 있는데, '나'의 백일몽 같은 몇 달을 통해 제시된 주체상이 그 것이다. 『늪을 건너는 법』의 '나'는 그간 우리 소설사에서 쉽게 볼 수 없었던 주체상을 우리 앞에 제시한다. 『늪을 건너는 법』의 '나'는 어떤 맥락에서는 진정한 의미의 자유로운 주체이자 실재적 윤리의 구현자이다. 『늪을 건너는 법』의 '나'는 '나를 낳은 어머니'의 귀환 이후 더이상 이전의 상징 질서로 돌아갈 수 없는 존재가 된다. 비록 '어머니의 분신'들과의 외설적이고도 상상계적인 행복이 힘겨워 또다시 아버지의 이름(혹은 아버지의 기능)으로 그 외설적인 행복을 덮어써보려 하나 그것이 불가능하다는 것은 '나' 자신도 이미 알고 있는 바다. 그러므로 '나'에게 주어진 길은 어쩔 수 없이 자유로운 주체로 사는 것이다. "수수께끼 같은 타자의 메시지에 영향받아/'유혹되어' 일어나는 충격적인 쇼크는 자동인형처럼 움직이던 주체를 탈선시키고 어떤 간극을 여는데", 한순간에 이 단절과 간극과 마주한 주체는 이렇게 되면 "이를 상징화하려는(궁극적으로 실패할) 노력들로 자유로이 채워넣게" 된다. 물론 이러한 "주체의 우발적인/부적절한 상징화들/번역들"로 그 간극을 메우는 일은 '나'의 악몽과도 같은 강화도 여정에서 볼 수 있듯 힘겨운 작업이며 궁극적으로 실패할 수밖에 없는 행위이다. 하지만 어쩌면 "자유란 궁극적으로 외상적 마주침에 의해 개방된 공간"[15]을 상징 질서의 정언명령이 아닌 그 무엇으로 끊임없이 홀로 메워야 하는 악무한적인 저항일지도 모른다. 그런 점에서 보자면 『늪을 건너는 법』의 '나'는 바로 이러한 점에서 온전히 자유로운 주체라

---

15) '자유'에 대한 이러한 설명은 슬라보예 지젝, 한보희 옮김, 같은 책, 93~94쪽 참조.

할 수 있으며 그리고 또한 무슨 저주처럼, 혹은 운명처럼 받아든 자유를 위해, 아니, 자유를 위하지 않더라도 어쩔 수 없이 더이상 자유롭지 않을 수 없으므로, 끊임없이 실재와의 외상적 마주침 속에서 스스로의 윤리를 구축해갈 수밖에 없는 존재라고 할 수 있다. "다시는 혼망과 음모와 귀신이 접근하지 못하도록" "늘 고사를 지내며 살"아야 하는 '나'가 중요한 것은 이 때문이며, 등장인물인 '나'를 이러한 자리에 위치시킨 『늪을 건너는 법』이 중요한 것도 이 때문이다. 『늪을 건너는 법』으로 우리는 비로소 상징 질서와 실재 사이의 경계에 설 수밖에 없는 어쩔 수 없이 자유로운 주체와 그 주체들이 밀고 나가야 할 실재의 윤리의 윤곽을 접할 수 있었다고나 할까.

5. 『늪을 건너는 법』의 귀환과 '실재의 윤리'의 길

김애란은 한 소설에서 작중화자의 입을 빌려 "사라지는 것들은 이유가 있다. 그러나 사라졌다가 다시 나타나는 것들은 반드시 할말이 있는 것이다"[16]라고 한 적이 있다. 김애란식의 표현을 끌어 쓰자면 이번에 『늪을 건너는 법』이 돌아오는 것은 오늘날의 한국문학 전반에 무슨 말인가를 건네기 위해서일 게다. 매우 문제적이었지만 이미 한번은 놓치고 지나쳤던 목소리. 그렇지만 여전히 우리가 경청해야 할 그 문제의식.

---

16) 김애란, 「사랑의 인사」, 『달려라 아비』, 창비, 2005, 144쪽.

이제까지 우리가 살펴본 대로 『늪을 건너는 법』의 문제의식은 여전히 생생한 편이다. 어떤 면에서는 오늘날 우리 문학이 딛고 나아가야 할 꽤 단단한 디딤판이라고도 할 수 있다. 오늘날 우리 문학에는, 『늪을 건너는 법』이라는 혁신적인 작품이 이미 치밀하게 보여주었듯, 여전히 아버지의 이름과 그 아버지의 기능에 공조하는 상징적인 어머니의 품에서 살아가는 자동인형적인 삶 대신 아버지의 이름에 의해 폐기처분된 '나를 낳은 어머니'들을 계속 불러들이는 저주 같은 반복이 필요하다. 그런가 하면, 역시 『늪을 건너는 법』이 보여주었듯, 오늘날의 문학에는 현존재들 모두를 오로지 지루한 일상적 존재로 전락시키는 문명 질서 대신 그것에 억압된 야생적인 에토스들을 모두 불러와 그 혼돈 속에서 인간을 보다 살아 있도록 만드는 또다른 상징 질서를 반복적으로 기획하는 일이 요구되며, 그리고 결정적으로 '참을 수 없을 정도로 가벼운 존재'가 아니라 보다 자유로운 주체가 되기 위해 '또 실패하되 더 낫게 실패하고 분열적이되 보다 더 낫게 분열적인' 실재의 윤리들을 찾아나서는 모험이 절실하다. 물론 80년대의 상징 질서가 명멸한 이후 한국문학이 내내 집중적으로 매달려온 것이 바로 이것임은 분명한 사실이라 할 것이다. 하지만 어느 순간 이러한 모색은 왜 이런 모색이 필요했는지에 대한 기원의 기억을 잃고서 서서히 단순 반복에 빠져든 감이 없지 않다.

한데, 때마침, 오늘날 우리가 어떤 늪에 빠져 있는지를 어떤 작품보다도 선명하게 보여준 바로 그 작품 『늪을 건너는 법』이 돌아온 것이다. 『늪을 건너는 법』이 처음 발간되었을 때 우리는 『늪을 건너는 법』이 말하는 '늪'의 참의미도, 그리고 이 작품에 제시된 '늪을 건너는 법'의

유의미성도 충분히 읽어내지 못한 바 있다. 그 이유 때문에 『늪을 건너는 법』은 우리의 시선 안에서 서서히 사라져버리고 만 것이 사실이다. 그러나 『늪을 건너는 법』의 '나'에게 어느 날 운명처럼 '나를 낳은 어머니'가 외설적으로 도래했듯 곡절 끝에 다시 『늪을 건너는 법』이 우리에게 귀환했고, 그런 만큼 이번에는 『늪을 건너는 법』에 담긴 진리 내용에 충분히 귀기울일 필요가 있다. 단언컨대, 『늪을 건너는 법』은, 정말, 그럴 만한 작품이다.

바야흐로 이제 우리가 늪을 건널 차례이다.

이제 또 새롭게 건너야 할 늪들

이 글이 필요하지 않을지도 모른다. 이미 『늪을 건너는 법』을 통하여 할말을 다 해버렸기 때문이다. 소설이 아닌 이런 식의 글로는 나는 어떤 말도 제대로 할 줄 모르므로. 그리고 누구도 이 신통치 않은 글로 나와 내 소설과 소설을 대하는 나의 태도 따위에 대해 어떤 시사도 받을 수 없을 것이기 때문이다.

그래도 난 이 글을 쓴다―이 말까지 함으로써 난 정말로 해야 할 말을 전부 한 것 같다. 그러니 다음에 이어지는 글들은 모두 부연, 즉 되풀이거나 사족이거나 둘 중의 하나겠다.

『늪을 건너는 법』을 쓰기 전까지 나는 아닌 게 아니라 늪에 빠져 있었다. 그것이 늪이었다는 생각은 내가 소설을 써야겠다는 마음을 처음 품던 시절로 나를 되돌려놓는다.

글을 가지고 무엇인가를 해보고 싶었다. 무엇을 해보려 했느냐 묻는다면 선뜻 대답이 나오지 않는 성격의 그 무엇 말이다. 정말 그것은 무엇이었을까. 어쨌든 여기서 그것이 무엇이었느냐는 질문은 그리 중요하지 않다. '무엇'이었다는 것만으로도 충분하니까. 그냥 모든 것이라고 해두자. 정말 모든 것이었다.

쉽게 생각하면 그건 뻔하다. 소설가 등의 문필업에 종사하는 것, 그래서 문명을 날리고 돈도 벌고 하는 것, 빼기고 사는 것, 성공하는 것이었을 게다. 너무 세속적인 것 같아서 그럴듯한 명분을 마련해두지 않은 것도 아니었다. 구원 말이다. 구원. 말만 들어도 탄성이 절로 나올 법한 그것. 세상의 온갖 경전과 복음이 다 글이니라 글. 거기에서 구원이 나오지 않더냐. 말씀. WORD.

사실 핑계나 명분만은 아니었다. 자기최면이었는지 어쨌는지 정말로 그 일을 해낼 수도 있겠다는 생각이 겁도 없이 들었다. 석가나 예수처럼 인류의 2분의 1, 혹은 그 전부는 아니더라도, 적어도 내 몸 하나쯤은.

구원이 뭔지 모르던 시절이었으니까 그런 망령된 생각이 들었던 것이었겠지만.

이미 예상했겠지만, 그런 허무맹랑한 생각은 오래가지 않았다.

학교에서 데모를 할 땐데 신문에 난 기사가 사실과 전혀 달랐다. 다른 게 뭔가. 정반대이지 않았던가. 졸업을 하고 책을 만드는 직장에 매이다보니 글이라는 게 참 우스워졌다. 한국의 현대문학사를 정리하는 어느 학자의 저술에 자기 이름을 어거지로 끼워넣는 작가를 보았다. 그의 몰염치가 안쓰러웠던 것이 아니라, 문학사 저술에 정도 이상의 의미를 두는 그가 안타까웠다.

이념을 달리했던 작가라고 이름 없이 성만 밝히는 문학사를 공부한 이 땅의 불행한 문학도 중의 하나가 나였다. 상처투성이의 역사를 보아오면서 어떻게 글의 권위를 신뢰할 수 있었겠는가.

그러나 기록자들이 어찌 고의로 왜곡과 곡해를 일삼았겠는가. 내가 혼돈의 늪에 다다랐던 것은, 그들 모두가 상당한 사명감과 엄청난 노력을 지녔던, 진지하고 열렬하고 순수한 사람들이었다는 사실에 부닥치면서부터였다.

터무니없는 열정이여. 허망의 늪이여. 내가 소설을 위해 엄숙했던 지난날이 구원은커녕 왜곡된 것을 한번 더 뒤트는 날들은 아니었을까. 구원을 향해 간다 간다 하면서 반대로만 줄뿔나게 내달린 건 아닐까. 글에 대한 신앙이 깊을수록 영혼의 병은 깊어갔던 건 아닐까. 아무 일도 하지 않고 아무것도 되지 않으려 해야 하지 않을까. 그런 상태가 그나마 천국에서 가장 적게 걸어나온 지점이 아니겠는가. 글? 그건 독이 아닐까.

눈을 감으면 다음과 같은 말이 자꾸 들려왔고, 책을 펼쳐도 이런 글만 읽혔다.

1. 말이 의미의 인플레이션을 일으킨다. 의식을 마비시킨다. 폭력을 자행한다. 구원은커녕 지배를 꿈꾸진 않았는가?

2. 너는 너의 소설을 통해 누군가와 싸우고 있다고 생각하겠지만 너의 소설이 그 누군가에게 사랑받기를 원하지 않았던가.

3. 가상의 누각에 또하나의 가상의 누각을 세우는 일은 아닌가.

4. 그런 소설을 예술로 생각한다는 건 얼마나 소박하며 용서받을 수 없는 죄악인가.

그러나 내가 글을 쓰지 않는다고 해도 누군가는 글을 쓸 것이었다. 이는 나를 또 한번 절망의 늪으로 밀어넣었으며, 한편으론 용기를 주었다.

공중을 둥둥 떠다니는 말의 껍데기들을 보아라! 라고 스스로 고백한 뒤, 난 농아의 언어 수단인 수화를 쓸 것이었던가. 그건 언어가 아니던가.

난 다시 말하는 법을 배워 말하기로 했다. 외치지 않고 떠벌리지 않고 주장하지 않고 구속하지 않는 언어를 찾아보기로. 외치고 떠벌리고 주장하고 구속하는, 공중을 떠다니는 말의 헛껍데기들을 요격하는 언어를!

—보라. 난 지금 외치지 않고 떠벌리지 않고 주장하지 않고 구속하지 않는 언어를 찾겠노라고 외치고 떠벌리지 않는가. "이 글이 필요하지 않을지도 모른다"며 벌써 열네 장의 원고지를 넘기지 않는가.

이러한 와중에 『늪을 건너는 법』을 썼다. 어머니, 근원, 뿌리, 혹은 역사, 본질, 의미 따위의 '낯빤대기'를 찾으려고 달려들어봤지만 승산 없는 일이었으며, 결국 이는 '승산 없음'의 낯빤대기를 보기 위한 일이 되었다.

'승산 없음'만 보여줘서 어쩌자는 것이냐는 질문에는 아직 할말이 없다. 그 물음에 대답을 하면 대답은 다시 질문이 될 것이기 때문에. 한 편의 문제 많은 장편소설보다 더 긴 글이 되고 말 것이기에.

지난 80년대는 이 땅의 많은 젊은이가 '~을 위하여' 하나밖에 없는 목숨을 버린 시대였다.

258

엔트로피와, 의미의 인플레이션과, 산더미처럼 쌓이는 말 껍데기의 환영에 가위눌리며 쓴 소설이지만, 어쨌든 작가는 무언가를 끊임없이 쓰고 있을 때 비로소 작가일 수 있다는 궁색한 변명에 기대어 끝까지 마칠 수 있었다.

나의 변명이 변명으로 끝나지 않으려면 더 많은 쓰레기를 퍼내야겠지만, 그러려면 도처에 산재한 늪에 스스로 빠지는 것을 두려워하지 말아야겠다.

1991년 6월
구효서

늪이 되는 법

1990년에 썼고 이듬해 책으로 나왔다. 24년 만에 다시 읽었다. 부끄럽지만 돌이킬 수 없다. 다행일까. 돌이킬 수 있다면 이 소설은 세상에 없을 테니까.

그때가 등단 3년, 직장생활 3년, 결혼 3년째였고 아이가 세 살이었다. 모든 게 세 살인 시절이었다. 매일 새벽 4시에 일어나 7시까지 이소설을 쓰고, 부천 역곡동에서 광화문으로 출근했다. 그때나 지금이나 저녁엔 글을 쓰지 못한다. 이 소설을 끝내고 직장을 그만둔 뒤 다시 가진 적이 없다.

세 살적 치기를 떠올리며 조마조마 읽었다. 마지막엔 안도의 숨을 쉬었다. 맘에 들어서가 아니었다. 참혹했으나, 다시는 이처럼 못할 것 같았기 때문이었다. 부끄럽고 미숙한 열정이, 조금은 그리웠다는 말이다. 세월이 가면서 열기는 식고 말만 늘었다. 그토록 혐의를 두었던 말에 붙들려 24년을 휘둘렸다.

늪을 건넌다 건넌다 하면서, 서른 권이 넘는 말의 늪을 만들고 그곳에 빠져 지냈다. 건너려 하는 한 영원히 건널 수 없는 게 늪이라는 사실을 몰랐기 때문이다. 건너려 하지 않고 스스로 늪이 될 때 비로소 건너게 되는 게 늪이라는 이치를 몰랐기 때문이다. 늪이 나를 건너게 했어야 했다. 24년 전 '그해 여름' 혼돈의 기회를 제대로 잡지 못해 여직 미망의 세월을 보냈다.

늪을 건너든 늪이 되든, 정작은 늪을 볼 줄 알아야 하거늘, 징후에만 휩싸여 휘갈기는 청맹이라 나는 아직도 말만 많고 남들처럼 깔끔한 작가의 말조차 못 쓰는가보다.

2014년 5월
구효서

문학동네 장편소설
늪을 건너는 법
ⓒ 구효서 2014

초판인쇄 2014년 5월 20일
초판발행 2014년 5월 27일

지은이 구효서
펴낸이 강병선
책임편집 김형균 | 편집 강윤정 유성원
디자인 김현우 유현아 | 마케팅 정민호 나해진 이동엽 김철민 조영은
온라인마케팅 김희숙 김상만 한수진 이천희
제작 강신은 김동욱 임현식 | 제작처 한영문화사

펴낸곳 (주)문학동네
출판등록 1993년 10월 22일 제406-2003-000045호
주소 413-120 경기도 파주시 회동길 210
전자우편 editor@munhak.com | 대표전화 031) 955-8888 | 팩스 031) 955-8855
문의전화 031) 955-8890(마케팅) 031) 955-2679(편집)
문학동네카페 http://cafe.naver.com/mhdn | 트위터 @munhakdongne

ISBN 978-89-546-2232-5 03810

www.munhak.com